annabrevet

SUJETS & CORRIGÉS 2024

Maths 3e

- **Emmanuelle Michaud**
  Professeure agrégée de mathématiques
  Collège Simone-Veil de Wassigny
- **Jérôme Boudier**
  Professeur de mathématiques
  Collège Marcel-Aymé de Saint-Florentin
- **Bernard Demeillers**
  Professeur de mathématiques

ISSN 1168-3791 ISBN 978-2-278-10584-7

Achevé d'imprimer par IPS en France
Dépôt légal 10584-7/01 - Août 2023

Hatier

SOMMAIRE GÉNÉRAL

Avec ton Annabrevet, prépare-to

1 S'échauffer, s'approprier les méthodes

2 S'entraîner sur chaque thème du programme

3 Préparer l'épreuve du brevet : le sprint final

… l'épreuve de maths en 3 étapes !

Infos et conseils sur l'épreuve 12

Cinq sujets étape par étape

SUJET 1 Nombres et calculs 18

SUJET 2 Gestion de données, probabilités 21

SUJET 3 Notion de fonctions 24

SUJET 4 Grandeurs, mesures et géométrie 31

SUJET 5 Algorithmique et programmation 34

Nombres et calculs

SUJETS 6 à 19 41

Données, fonctions

SUJETS 20 à 37 80

Grandeurs et mesures

SUJETS 38 à 44 137

Espace et géométrie

SUJETS 45 à 58 158

Algorithmique et programmation

SUJETS 59 à 68 198

Voir la liste des sujets par thème 4

L'essentiel du programme en 15 fiches mémo 234

Trois sujets complets

SUJET 69 France métropolitaine 2023 249

SUJET 70 Amérique du Nord 2023 263

SUJET 71 France métropolitaine 2022 276

DERNIÈRE SESSION

Les sujets et les fiches classés par thème

Pour chaque thème, voici les ressources de ton Annabrevet.

Indique sur cette liste l'avancement de tes révisions.
☐ À retravailler encore ☒ Désormais ok !

Nombres et calculs

Utiliser les nombres pour comparer, calculer et résoudre des problèmes

- ☐ FICHE 1 Différents nombres et leurs représentations 234
- ☐ FICHE 2 Puissance et racine carrée 235
- ☐ FICHE 3 Calcul avec des fractions 236
- ☐ SUJET 1 La collection de BD • ÉTAPE PAR ÉTAPE 18
- ☐ SUJET 6 QCM nombres et calculs • Amérique du Nord, juin 2022 41
- ☐ SUJET 7 QCM nombres et géométrie
  France métropolitaine, septembre 2021 44
- ☐ SUJET 8 Transformations, nombres et géographie
  Polynésie française, juin 2021 47
- ☐ SUJET 9 Le gaspillage alimentaire • Amérique du Nord, juin 2019 51
- ☐ SUJET 10 Les JO de Rio • Polynésie française, juillet 2019 54
- ☐ SUJET 11 Abonnements Internet • Amérique du Nord, juin 2018 56
- ☐ SUJET 69 QCM octogone et jetons
  EXERCICE 3, France métropolitaine juin 2023 251

Comprendre et utiliser les notions de divisibilité et de nombres premiers

- ☐ FICHE 4 Multiples, diviseurs, nombres premiers 237
- ☐ SUJET 12 Un QCM très varié
  France métropolitaine, septembre 2020 58
- ☐ SUJET 13 Décompositions
  France métropolitaine, septembre 2019 61

- [ ] SUJET 14 Les barquettes de nems et samossas
Nouvelle-Calédonie, décembre 2018 63
- [ ] SUJET 71 Les cartes de jeu
EXERCICE 3, France métropolitaine, juin 2022 278

Utiliser le calcul littéral

- [ ] FICHE 5 Calcul littéral 238
- [ ] SUJET 15 Avec des nombres entiers
Amérique du Nord, juin 2022 65
- [ ] SUJET 16 Un programme de calcul carré
France métropolitaine, septembre 2021 69
- [ ] SUJET 17 Que de consignes !
France métropolitaine, septembre 2020 72
- [ ] SUJET 18 Calcul littéral
France métropolitaine, juin 2018 75
- [ ] SUJET 19 Programme de calcul
France métropolitaine, juillet 2019 77
- [ ] SUJET 69 Programmes de calcul et fonctions
EXERCICE 5, France métropolitaine (juin 2023) 253

Organisation et gestion de données, fonctions

Interpréter, représenter et traiter des données

- [ ] FICHE 6 Statistiques 239
- [ ] SUJET 20 Sport et santé • Amérique du Nord, juin 2022 80
- [ ] SUJET 21 Surveillance des tortues de Madagascar
France métropolitaine, septembre 2021 83
- [ ] SUJET 22 Vitesse maximale aérobie • Asie, juin 2021 87
- [ ] SUJET 23 Sécurité routière • Antilles, Guyane, juin 2019 90
- [ ] SUJET 24 Rupture de contrat • Polynésie française, septembre 2019 93
- [ ] SUJET 69 Statistiques de lunettes de soleil
EXERCICE 1, France métropolitaine (juin 2023) 249
- [ ] SUJET 70 Fréquentation d'un site touristique
EXERCICE 3, Amérique du Nord (juin 2023) 265

Comprendre et utiliser des notions élémentaires de probabilités

- [ ] **FICHE 7** Probabilités 240
- [ ] **SUJET 2** Le lecteur audio • ÉTAPE PAR ÉTAPE 21
- [ ] **SUJET 25** Les probabilités tous azimuts • Centres étrangers, juin 2021 96
- [ ] **SUJET 26** Les températures à Tours • France métropolitaine, juin 2021 100
- [ ] **SUJET 27** QCM • France métropolitaine, juin 2021 102
- [ ] **SUJET 28** Montres • Centres étrangers, juin 2018 105
- [ ] **SUJET 29** Des chaussures en vitrine • Centres étrangers, juin 2019 107
- [ ] **SUJET 30** Téléchargements • Polynésie française, septembre 2019 110

Résoudre des problèmes de proportionnalité

- [ ] **FICHE 8** Proportionnalité, pourcentages 241
- [ ] **SUJET 31** L'éco-conduite • Polynésie française, septembre 2019 112
- [ ] **SUJET 32** La randonnée • Centres étrangers, juin 2019 116
- [ ] **SUJET 33** Les pièces montées • France métropolitaine, septembre 2019 119
- [ ] **SUJET 70** Course de vitesse • EXERCICE 5, Amérique du Nord juin 2023 268

Comprendre et utiliser la notion de fonction

- [ ] **FICHE 9** Fonctions 242
- [ ] **SUJET 3** Magazine sportif • ÉTAPE PAR ÉTAPE 24
- [ ] **SUJET 34** Vive le ski ! • Centres étrangers, juin 2021 122
- [ ] **SUJET 35** Occupations pendant les vacances scolaires France métropolitaine, septembre 2020 126
- [ ] **SUJET 36** Le médicament • Amérique du Nord, juin 2019 130
- [ ] **SUJET 37** Le réchauffement climatique France métropolitaine, septembre 2019 133
- [ ] **SUJET 71** QCM géométrie, analyse et statistiques EXERCICE 2, France métropolitaine, juin 2022 272

Grandeurs et mesures

Calculer avec des grandeurs mesurables

- [ ] **FICHE 10** Grandeurs et mesures 243
- [ ] **SUJET 4** Le garage • ÉTAPE PAR ÉTAPE 31
- [ ] **SUJET 38** Les bougies • Amérique du Sud, novembre 2021 137
- [ ] **SUJET 39** Le triathlon • Amérique du Nord, juin 2021 140
- [ ] **SUJET 40** Rénovation d'une salle de bain
Amérique du Nord, juin 2021 143
- [ ] **SUJET 41** Les verres de jus de fruits • Antilles, Guyane, juin 2019 146
- [ ] **SUJET 42** La terrasse en béton • Amérique du Nord, juin 2018 150
- [ ] **SUJET 70** Cinq questions variées
EXERCICE 1, Amérique du Nord juin 2023 263
- [ ] **SUJET 71** Le robinet qui fuit
EXERCICE 5, France métropolitaine, juin 2022 280

Comprendre l'effet de quelques transformations sur des grandeurs géométriques

- [ ] **FICHE 11** Transformations sur une figure 244
- [ ] **SUJET 43** La pyramide du Louvre • Polynésie française, juillet 2019 153
- [ ] **SUJET 44** La frise • Amérique du Nord, juin 2018 156

Espace et géométrie

Représenter l'espace

- [ ] **FICHE 12** Repérages 245
- [ ] **SUJET 45** Le composteur • France métropolitaine, juin 2021 158
- [ ] **SUJET 46** La yourte • Asie, juin 2018 161
- [ ] **SUJET 47** Le globe de cristal • France métropolitaine, juin 2018 163

Utiliser les notions de géométrie plane pour démontrer

- [ ] **FICHE 13** Triangle et parallélogramme 246
- [ ] **FICHE 14** Pythagore et Thalès 247

- [ ] SUJET 48 Géométrie plane • Amérique du Nord, juin 2022 166
- [ ] SUJET 49 Redresser l'étagère • France métropolitaine, septembre 2021 169
- [ ] SUJET 50 Agrandissement de carrés • Asie, juin 2021 172
- [ ] SUJET 51 Géométrie classique • Polynésie française, juin 2021 175
- [ ] SUJET 52 Au Futuroscope • France métropolitaine, juin 2021 178
- [ ] SUJET 53 Vrai ou faux ? • Amérique du Nord, juin 2021 181
- [ ] SUJET 54 Des transformations géométriques
  Amérique du Nord, juin 2021 184
- [ ] SUJET 55 La balançoire • France métropolitaine, septembre 2020 186
- [ ] SUJET 56 Les transformations du plan
  France métropolitaine, juillet 2019 190
- [ ] SUJET 57 Un bac à sable • Polynésie française, septembre 2019 193
- [ ] SUJET 58 Deux voiliers face au vent • Polynésie française, juillet 2019 196
- [ ] SUJET 69 Triangles et rectangle
  EXERCICE 2, France métropolitaine (juin 2023) 250
- [ ] SUJET 70 Des triangles emboîtés
  EXERCICE 2, Amérique du Nord (juin 2023) 264
- [ ] SUJET 71 La rivière • EXERCICE 1, France métropolitaine, juin 2022 276

Algorithmique et programmation

Écrire, mettre au point et exécuter un programme simple

- [ ] FICHE 15 Algorithmique et programmation 248
- [ ] SUJET 5 Le vélo de piscine • ÉTAPE PAR ÉTAPE 34
- [ ] SUJET 59 Les motifs d'un jeu de hasard
  Amérique du Nord, juin 2022 198
- [ ] SUJET 60 Triangle et quadrilatère emboîtés
  France métropolitaine, septembre 2021 202
- [ ] SUJET 61 De belles figures ! • Polynésie française, juin 2021 205
- [ ] SUJET 62 Scratch et résolutions d'équations
  France métropolitaine, juin 2021 208
- [ ] SUJET 63 Le damier • Amérique du Nord, juin 2021 211

- [ ] SUJET 64 L'éolienne • France métropolitaine, septembre 2020 214
- [ ] SUJET 65 Scratch • Amérique du Nord, juin 2019 217
- [ ] SUJET 66 Jeux de dés • France métropolitaine, septembre 2019 220
- [ ] SUJET 67 Programmes de calculs • Polynésie française, juillet 2019 224
- [ ] SUJET 68 Le robot jardinier • Centres étrangers, juin 2018 228
- [ ] SUJET 69 Monter un escalier avec Scratch
EXERCICE 4, France métropolitaine juin 2023 252
- [ ] SUJET 70 Dessine-moi une fleur
EXERCICE 4, Amérique du Nord juin 2023 266
- [ ] SUJET 71 Aire et algorithmique
EXERCICE 4, France métropolitaine, juin 2022 279

- Coordination éditoriale : Grégoire Thorel et Gaëlle Messé assistés de Rachel Le Nouail
- Édition : Jean-Marc Cheminée
- Graphisme : Dany Mourain et le studio Favre & Lhaïk
- Prépresse : Hatier et Nadine Aymard
- Illustration : Juliette Baily
- Schémas : STDI
- Mise en page : STDI

S'échauffer, s'approprier les méthodes

INFOS et CONSEILS sur l'épreuve

FICHE 1 Comment s'organise l'épreuve de maths ? 12

FICHE 2 Quels sont les types d'exercices ? 14

FICHE 3 Quel matériel peux-tu apporter et comment l'utiliser ? 15

FICHE 4 Comment réussir l'épreuve ? 16

FICHE 5 Comment te préparer à l'examen ? 17

Cinq sujets ÉTAPE par ÉTAPE

SUJET 1 Nombres et calculs 18

SUJET 2 Gestion de données, probabilités 21

SUJET 3 Notion de fonctions 24

SUJET 4 Grandeurs, mesures et géométrie 31

SUJET 5 Algorithmique et programmation 34

1 Comment s'organise l'épreuve de maths ?

Le brevet comprend une épreuve écrite de mathématiques qui évalue les connaissances et compétences attendues en fin de cycle 4.

A La durée et le barème

- L'épreuve dure **2 heures**.
- L'ensemble de l'épreuve est noté sur **100 points**. Les points attribués à chaque exercice sont indiqués dans le sujet.

> **RAPPEL Le brevet est noté sur un total de 800 points :**
> **– 400 pour le contrôle continu ;**
> **– 400 pour les épreuves finales.**
>
> **Pour l'obtenir, il te suffit d'avoir 400 points, mais tu peux évidemment viser plus pour obtenir une mention.**

B La composition de l'épreuve

- Le sujet est constitué de **six à huit exercices**. Ils peuvent être traités indépendamment les uns des autres et dans l'ordre qui te convient. Au moins l'un des exercices porte sur l'algorithmique ou la programmation.

- Les exercices peuvent se présenter sous **diverses formes** :

– questions ouvertes ;
– questionnaires à choix multiples (QCM) ;
– questions de type vrai/faux.

Certains exercices ou certaines questions exigent de ta part une **prise d'initiative** et sollicitent principalement ta capacité de raisonnement.

> **INFO Le jour de l'épreuve, tu es autorisé à utiliser ta calculatrice mais attention, cela ne te dispense pas de connaître par cœur les formules au programme.**

- Note également que la série d'exercices comprend souvent un **problème** prenant appui sur des situations issues de la vie courante ou sur d'autres disciplines.

C Les critères d'évaluation

- Les correcteurs évaluent la clarté et la **précision des raisonnements** – et, par conséquent, la qualité de la rédaction mathématique.
- Si tu ne termines pas un exercice, les démarches engagées, même non abouties, sont prises en compte dans la notation.

> CONSEIL **Prends soin de bien noter, au brouillon, les étapes de ta recherche et de recopier les éléments permettant de la valoriser.**

D En résumé

Épreuve de MATHS

DESCRIPTIF

- 2 heures
- 100 points
- 6 à 8 exercices

MÉTHODE

1. Survolez l'intégralité du sujet.
2. Commencez par les exercices qui vous semblent les plus faciles.
3. Justifiez et rédigez toutes vos réponses (sauf pour les QCM).

CONSEILS

- Quand vous développez un calcul, passez à la ligne pour chaque étape et encadrez le résultat.
- Vos figures doivent être précises, soignées et bien codées.

2 Quels sont les types d'exercices ?

Un sujet de brevet est composé d'exercices de mathématiques de natures variées. Les exercices fondamentaux font surtout appel à tes connaissances. La plupart des exercices sollicitent ta capacité à résoudre des problèmes.

A Les exercices fondamentaux

- Dans ce type d'exercice, il s'agit d'appliquer une leçon. Tu dois montrer que tu as compris les **notions fondamentales** du programme de maths du collège.
- Si l'exercice prend la forme d'un **QCM** (questionnaire à choix multiple), tu dois choisir parmi plusieurs réponses la seule qui est correcte. Tu n'as pas à justifier ta réponse. Sur ta feuille, indique le numéro de la question et recopie la bonne réponse. Les mauvaises réponses n'ôtent pas de points.

B Les exercices contextualisés

- Les exercices contextualisés s'appuient sur des **situations** issues de la vie courante ou faisant référence à d'autres disciplines, et qui sont modélisées sous une forme mathématique.
- Leur énoncé peut comprendre un schéma explicatif, une formule, etc.

C Les exercices de type « tâche complexe »

- Pour certains exercices de type « tâche complexe », une série de **données** et/ou de documents sont fournis. Une seule question t'est posée.
- Tu dois mobiliser tes connaissances sur **plusieurs leçons** et **trouver toi-même les étapes** à suivre pour résoudre le problème. Ta réponse devra faire apparaître clairement ton raisonnement.

> CONSEIL **Même si ta démarche n'aboutit pas, n'hésite pas à écrire toutes tes pistes de recherche. Elles comptent dans ta note.**

D L'exercice d'algorithmique

- L'exercice d'algorithmique fait référence au logiciel de programmation Scratch.
- Tu dois montrer que tu as **compris un programme** déjà écrit et que tu sais éventuellement le **modifier**.

3 Quel matériel peux-tu apporter et comment l'utiliser ?

Le brevet des collèges est un examen officiel soumis à des règles et à des procédures strictes. Afin d'éviter la triche, un certain nombre d'objets y sont interdits.

A Une trousse complète

- Toute communication entre les candidats est interdite durant les épreuves. Tu ne pourras donc pas emprunter une gomme ou un crayon s'il te manque des fournitures. C'est pourquoi tu dois veiller à disposer de tout le matériel nécessaire avant l'épreuve.

✓ stylos
✓ cartouches d'encre
✓ effaceur
✓ crayon à papier
✓ taille-crayon
✓ gomme
✓ surligneurs
✓ crayons de couleur
✓ règle

- En maths, tu dois également apporter tous les outils de géométrie.

ASTUCE Prépare ton sac, la veille de l'épreuve pour ne rien oublier ! Vérifie bien l'état de ton équipement.

B Une calculatrice

- Pour le brevet, tu as le droit d'avoir avec toi une calculatrice non programmable et sans mémoire (standard ou « type collège ») ou bien une calculatrice programmable avec mémoire et/ou écran graphique possédant un mode examen.
- Familiarise-toi avec ta calculatrice avant l'épreuve, ainsi tu ne perdras pas de temps à chercher certaines fonctionnalités le jour même.
- N'oublie pas les ordres de priorités quand tu rentres des opérations. La multiplication et la division sont prioritaires sur l'addition et la soustraction. Les calculatrices « type collège » et scientifique te permettent d'inclure les parenthèses dans tes calculs pour être sûr(e) de ne pas te tromper.

QUEL MATÉRIEL EST INTERDIT LE JOUR DE L'ÉPREUVE ?

- Les téléphones portables, les mp3, les liseuses électroniques ou encore les montres connectées doivent être rangés et éteints dans ton sac.
- Inutile également d'apporter ton propre brouillon. Des feuilles d'une couleur distincte de celle de tes voisins te seront distribuées.

4 Comment réussir l'épreuve ?

Pour chaque exercice, tu dois comprendre le problème posé, utiliser les données fournies, mobiliser tes connaissances et expliquer clairement ton raisonnement.

A Bien gérer son temps

- Commence par **survoler l'intégralité** du sujet. Les exercices sont indépendants : tu peux les traiter dans l'ordre que tu veux.
- Tu disposes de 2 heures pour faire 6 à 8 exercices : tu dois donc accorder environ **15 minutes** à chacun. Veille néanmoins à garder **10 minutes** à la fin de l'épreuve pour te relire.
- Si tu peines sur une question ou sur un exercice, ne t'y attarde pas trop : passe au suivant, et tu y reviendras ensuite.

B Bien analyser chaque exercice

- Lis une fois chaque énoncé ; puis relis en soulignant les **données clés**.
- En géométrie, si l'énoncé ne fournit pas de figure, **trace rapidement celle-ci au brouillon** : tu visualiseras mieux le problème et feras apparaître des configurations connues.

C Bien rédiger et bien présenter sa copie

1. La présentation de la copie

- Travaille d'abord au brouillon, afin d'éviter les ratures.
- Sur ta copie, indique bien le numéro de chacun des exercices. Quand tu développes un **calcul**, passe à la ligne pour chaque étape et souligne le résultat. Tes **figures** doivent être précises, soignées et bien codées.

2. La qualité de la rédaction

Tu dois **justifier et rédiger** toutes tes réponses, sauf dans les QCM.

- Dans une démonstration, explicite les hypothèses te permettant de faire appel à une propriété, écris la formule employée.
- Quand tu donnes une réponse chiffrée, fais attention à la précision demandée, n'oublie pas l'unité.
- De façon générale, exprime-toi dans un français correct et efforce-toi d'employer avec justesse le vocabulaire mathématique.

5 Comment te préparer à l'examen ?

Les épreuves finales du brevet constituent ton premier examen. Cela peut générer du stress. Mais, si tu es en bonne forme et que tu as travaillé régulièrement tout au long de l'année, tu n'as aucune raison de t'inquiéter.

A De manière générale

1. La préparation physique

- Il est recommandé de **dormir correctement** dans les deux derniers mois avant l'examen. Le manque de sommeil risque en effet de réduire tes performances intellectuelles.
- Pour mieux gérer ton stress, continue de **faire du sport**, sans excès, dans les jours qui précèdent l'examen.

2. La préparation intellectuelle

Cette préparation-là s'effectue tout au long de l'année.

- En premier lieu, sois **attentif en cours**.
- **Apprends tes leçons** au fur et à mesure ; n'attends pas le contrôle. Donne du sens à ce que tu apprends : n'hésite pas à expliquer, à l'oral ou à l'écrit, le contenu de ta leçon à un proche ou à un camarade de classe.
- Lors de la préparation d'un contrôle, entraîne-toi à **extraire de ta mémoire** ce que tu y as mis. Révise pour de vrai !

> **ATTENTION ! Réviser n'est pas seulement relire. Il faut reformuler mentalement ce que tu lis et, si possible, par écrit, devant une feuille blanche.**

B Dans chaque discipline

- En **mathématiques et en sciences**, fais une fiche de révision par chapitre : note les définitions et les propriétés à connaître, illustrées par des exemples rédigés.
- En **français**, prends le temps nécessaire pour lire attentivement les textes qu'on te donne à lire à la maison (sous forme d'extraits ou d'œuvres complètes).
- En **histoire, géographie et EMC**, pour chaque chapitre, note les points principaux en t'appuyant sur ton cours ou ton manuel.

1 Nombres et calculs : un exercice *étape* par *étape*

La collection de BD

15 min
12 points

ph© Erik Mclean / Unsplash

Avant son déménagement, Hugo décide de se séparer de sa collection de 300 BD. 15 % de ces BD sont trop abîmées pour être vendues. Il les dépose à la déchèterie. À la braderie du village, il vend ensuite trois cinquièmes de ce qu'il lui reste.

▶ **Combien rapporte-t-il de BD chez lui à la fin de la braderie ?**

ÉTAPE 1 *au brouillon* Lire attentivement l'énoncé

6 min

Pour bien comprendre la situation, **reformule avec tes mots** les informations fournies par l'énoncé. Déduis-en **ce que tu vas devoir faire.**

REFORMULATION

Hugo a une collection de BD, dont il se sépare en deux temps :
– il jette une partie des BD à la déchèterie ;
– il en vend une autre partie à la braderie.
Je cherche à savoir combien il lui en reste à la fin.

CE QUE JE VAIS FAIRE

Il va falloir que je calcule le nombre de BD dont Hugo se sépare à chaque étape.

ÉTAPE 2 au brouillon — Organiser sa démarche

3 min

Relève dans l'énoncé les nombres dont tu as besoin et demande-toi ce qu'ils permettent de calculer.

> Hugo se sépare de 300 BD. 15 % de ces BD sont trop abîmées pour être vendues.

15 % s'applique aux **300 BD de départ** ; permet de calculer le nombre de BD qu'Hugo jette.

> À la braderie il vend ensuite trois cinquièmes de ce qu'il lui reste

$\frac{3}{5}$ s'applique aux **BD restantes** ; permet de calculer le nombre de BD vendues.

Représente la situation par un schéma, pour mieux la visualiser.

15 % des 300 BD → déchèterie	$\frac{3}{5}$ des BD restantes → braderie	BD qu'il rapporte chez lui

(sous les deux dernières cases :) BD restantes après avoir jeté celles allant à la déchèterie

ÉTAPE 3 au propre — Répondre à la question posée

6 min

Calcule d'abord le **nombre de BD laissées à la déchèterie.**

On commence par calculer le nombre de BD jetées à la déchèterie : 15 % des 300 BD de départ.

$\frac{15}{100} \times 300 = 45$

Hugo jette 45 BD à la déchèterie.

RAPPEL
Calculer un pourcentage (ici 15 %) revient à calculer une fraction $\left(\frac{15}{100}\right)$ d'une quantité (ici 300).

Puis calcule le **nombre de BD vendues à la braderie.**

• Sur les 300 BD de départ, 45 ont été jetées à la déchèterie :

$300 - 45 = 255$

Il reste à Hugo 255 BD après son passage à la déchèterie.

• Le nombre de BD vendues lors de la braderie s'obtient alors par le calcul suivant : $\frac{3}{5} \times 255 = 153$.

Hugo vend 153 BD lors de la braderie.

MÉTHODE
De nouveau, tu dois calculer une fraction d'une quantité, en multipliant celle-ci par la fraction.

Calcule enfin le **nombre de BD qu'Hugo va rapporter chez lui.**

Sur les 255 BD qu'il lui restait, Hugo s'est encore séparé de 153 d'entre elles.

$255 - 153 = 102$

Hugo rapporte 102 BD chez lui.

CONSEIL
Tu dois terminer par une phrase qui répond à la question posée.

Le lecteur audio

15 min
12 points

Dans son lecteur audio, Théo a téléchargé 375 morceaux de musique. Parmi eux, il y a 125 morceaux de rap. Il appuie sur la touche « lecture aléatoire » qui lui permet d'écouter un morceau choisi au hasard parmi tous les morceaux disponibles.

▶ **1.** Quelle est la probabilité qu'il écoute du rap ?

▶ **2.** La probabilité qu'il écoute du rock est égale à $\frac{7}{15}$. Combien Théo a-t-il de morceaux de rock dans son lecteur audio ?

▶ **3.** Alice possède 40 % de morceaux de rock dans son lecteur audio. Si Théo et Alice appuient tous les deux sur la touche « lecture aléatoire » de leur lecteur audio, lequel a le plus de chances d'écouter un morceau de rock ?

ÉTAPE 1 Comprendre l'enjeu de l'exercice

1 min

Pour comprendre la situation, **reformule avec tes mots** les informations fournies par l'énoncé. Déduis-en **ce que tu vas devoir faire.**

REFORMULATION

- Théo a 375 morceaux de musique sur son lecteur, 125 sont du rap.
- La touche « lecture aléatoire » lui permet de lancer un morceau de musique au hasard parmi les 375 titres.

CE QUE JE VAIS FAIRE

Il va falloir que je calcule différentes probabilités à partir de cette situation.

ÉTAPE 2 Répondre à la question 1

4 min

Relève dans l'énoncé les nombres dont tu as besoin et n'hésite pas **à schématiser la situation** pour bien la comprendre.

Après avoir rappelé que l'on est dans une **situation d'équiprobabilité,** fais appel à la formule qui te permet de calculer la probabilité demandée.

▶ 1. Sachant que l'on est dans une situation d'équiprobabilité, on peut calculer ainsi la probabilité qu'il écoute du rap :

p (« Théo écoute du rap »)

$$= \frac{\text{nombre de morceaux de rap}}{\text{nombre total de morceaux disponibles}} = \frac{125}{375} = \frac{1}{3}.$$

CONSEIL
Présente le résultat sous forme d'une fraction irréductible.

ÉTAPE 3 Répondre à la question 2

5 min

Analyse bien la question avant de te lancer dans la rédaction.

LE SENS DE LA QUESTION

• La probabilité $\frac{7}{15}$ signifie que si son lecteur contenait 15 morceaux, 7 seraient du rock.
• À partir de cette probabilité et du nombre total de morceaux (375), je dois calculer le nombre total de morceaux de rock.

LE MODE DE RÉSOLUTION

Je peux utiliser un tableau de proportionnalité.

Rédige la réponse en y incluant le tableau de proportionnalité.

▶ 2. On calcule le nombre de morceaux de rock contenus dans le lecteur audio.

Nombre de morceaux de rock	7	$7 \times \frac{375}{15} = 175$
Nombre total de morceaux	15	375

Théo a donc 175 morceaux de rock dans son lecteur audio.

MÉTHODE
Tu dois faire apparaître le détail du calcul de la quatrième proportionnelle.

ÉTAPE 4 Répondre à la question 3

5 min

Prends le temps de réfléchir et de bien comprendre la question.

LE SENS DE LA QUESTION

Je dois comparer deux probabilités, exprimées ici sous la forme d'un pourcentage (40 %) et d'une fraction $\left(\frac{7}{15}\right)$.

LE MODE DE RÉSOLUTION

Je réduis le pourcentage et la fraction au même dénominateur.

Rédige ta réponse en précisant bien quelles probabilités tu compares. On calcule les probabilités d'écouter du rock :

▶ 3.

p(« Alice écoute du rock ») $= \frac{40}{100} = \frac{40 \times 3}{100 \times 3} = \frac{120}{300}$

p(« Théo écoute du rock ») $= \frac{7}{15} = \frac{7 \times 20}{15 \times 20} = \frac{140}{300}$

Comme $\frac{140}{300} > \frac{120}{300}$, c'est Théo qui a le plus de chance d'écouter un morceaux rock.

CONSEIL
La rédaction est en deux temps : la réduction des fractions au même dénominateur, puis la phrase de conclusion.

Magazine sportif

15 min
16 points

Une personne s'intéresse à un magazine sportif qui paraît une fois par semaine. Elle étudie plusieurs formules d'achat de ces magazines qui sont détaillées ci-après.

- Formule A – Prix du magazine à l'unité : 3,75 €.
- Formule B – Abonnement pour l'année : 130 €.
- Formule C – Forfait de 30 € pour l'année et 2,25 € par magazine.

On donne ci-dessous les représentations graphiques qui correspondent à ces trois formules.

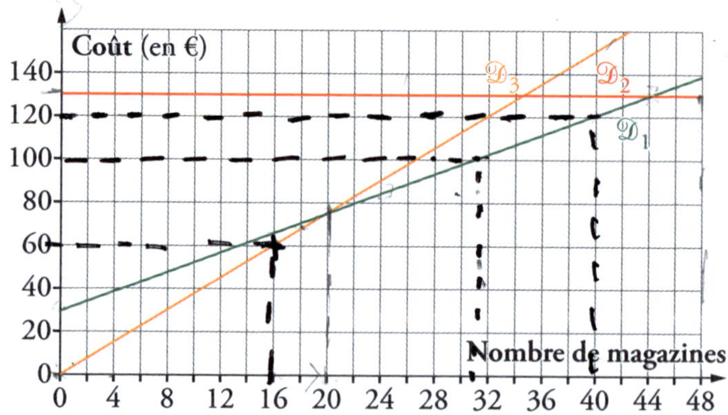

▶ **1.** Sur votre copie, recopier le contenu du cadre ci-dessous et relier par un trait chaque formule d'achat avec sa représentation graphique.

Formule A •	• $\mathscr{D}_1$
Formule B •	• $\mathscr{D}_2$
Formule C •	• $\mathscr{D}_3$

▶ **2.** En utilisant le graphique, répondre aux questions suivantes.

Les traits de construction devront apparaître sur le graphique.

a) En choisissant la formule A, quelle somme dépense-t-on pour acheter 16 magazines dans l'année ?

b) Avec 120 €, combien peut-on acheter de magazines au maximum dans une année avec la formule C ?

c) Si on décide de ne pas dépasser un budget de 100 € pour l'année, quelle est alors la formule qui permet d'acheter le plus grand nombre de magazines ?

▶ **3.** Indiquer la formule la plus avantageuse selon le nombre de magazines achetés dans l'année.

ÉTAPE 1 Comprendre l'enjeu de l'exercice

2 min

Pour comprendre la situation, **reformule avec tes mots** les informations fournies par l'énoncé. Déduis-en **ce que tu vas devoir faire** dans l'exercice.

REFORMULATION

- *Avec la formule A, pour chaque magazine acheté, on paie 3,75 €.*
- *Avec la formule B, quel que soit le nombre de magazines achetés dans l'année, on paie 130 €.*
- *Avec la formule C, on paie un abonnement fixe unique de 30 € puis on paie 2,25 € pour chaque magazine acheté.*

CE QUE JE VAIS FAIRE

Il va falloir que je compare ces trois formules dans différentes situations.

ÉTAPE 2 Répondre à la question 1

3 min

Observe bien les trois tracés et demande-toi à quel type de fonction ils correspondent.

La droite $\mathscr{D}_1$ ne passe pas par l'origine du repère. Elle n'est pas constante non plus.

Donc elle correspond au tracé d'une fonction **affine**.

La droite $\mathscr{D}_2$ est constante.

Donc elle correspond au tracé d'une fonction qui prend **toujours la même valeur**.

La droite $\mathscr{D}_3$ passe par l'origine du repère.

Donc elle correspond au tracé d'une fonction **linéaire**.

Donne tes réponses en reliant chaque formule à la courbe qui lui correspond.

▶ 1.

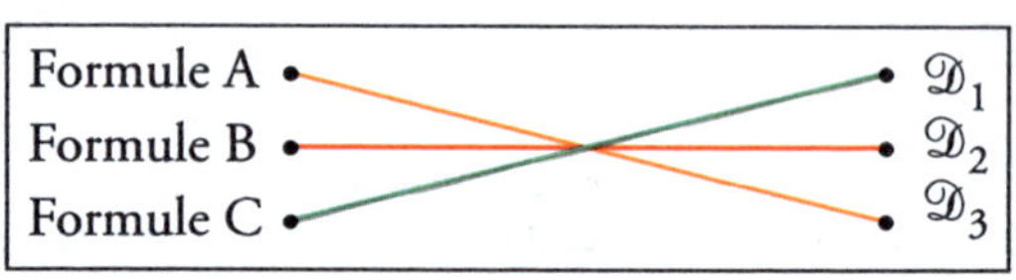

S'ÉCHAUFFER

ÉTAPE 3

Répondre à la question 2. a)

1 min

Tu dois étudier la formule A donc seul le graphique de $\mathscr{D}_3$ nous intéresse ici.

LE SENS DE LA QUESTION

Je dois donner le prix de 16 magazines.
Il s'agit donc de trouver l'ordonnée du point de $\mathscr{D}_3$ d'abscisse 16.

LE MODE DE RÉSOLUTION

- *Je dois me placer sur l'axe des abscisses à 16.*
- *Je trace des pointillés verticalement jusqu'à la droite $\mathscr{D}_3$, puis horizontalement jusqu'à l'axe des ordonnées.*
- *Je lis le prix correspondant.*

Donne la réponse en y incluant les **traits de construction**.

▶ 2. a)

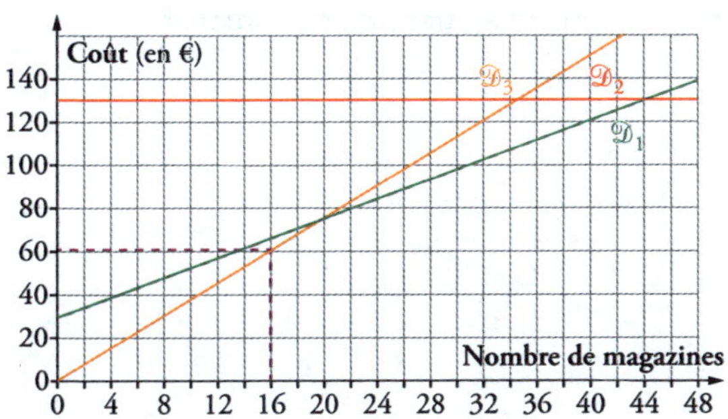

Pour 16 magazines achetés, avec la formule A, on paie 60 €.

CONSEIL
N'oublie pas de rédiger la réponse, le tracé ne suffit pas.

ÉTAPE 4

Répondre à la question 2. b)

1 min

Relève dans la question les **mots importants.**

On étudie la formule C, donc seul le graphique de $\mathcal{D}_1$ nous intéresse ici.

LE SENS DE LA QUESTION

Je cherche le nombre de magazines achetés pour une dépense de 120 €.
Il s'agit donc de trouver l'abscisse du point de $\mathcal{D}_1$, d'ordonnée 120.

LE MODE DE RÉSOLUTION

- *Je me place sur l'axe des ordonnées à 120.*
- *Je trace des pointillés horizontalement jusqu'à la droite $\mathcal{D}_1$ puis verticalement jusqu'à l'axe des abscisses.*
- *Je lis le nombre de magazine correspondant.*

Donne ta réponse en y incluant les **traits de construction.**

▸ 2. b)

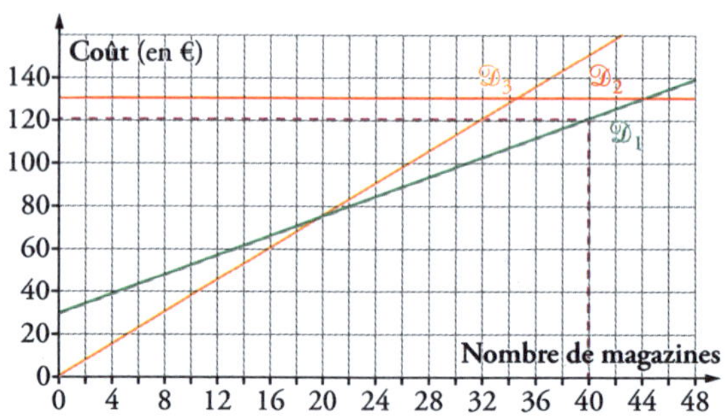

Pour 120 €, avec la formule C, on achète au maximum 40 magazines en une année.

CONSEIL
La réponse doit être un nombre entier de magazines ! Au besoin, prends la valeur entière juste avant.

ÉTAPE 5

Répondre à la question 2. c)

3 min

S'ÉCHAUFFER

Réfléchis.

LE SENS DE LA QUESTION

On fixe le prix payé à 100 €.
Je dois chercher par quelle formule, parmi les 3, on obtient le plus de magazines avec 100 €.

LE MODE DE RÉSOLUTION

Je dois d'abord trouver les abscisses des points de $\mathcal{D}_1$, $\mathcal{D}_2$ et $\mathcal{D}_3$ d'ordonnée 100. Puis je pourrai déterminer lequel a l'abscisse la plus grande.

Donne la réponse en y incluant les **traits de construction.**

▶ 2. c)

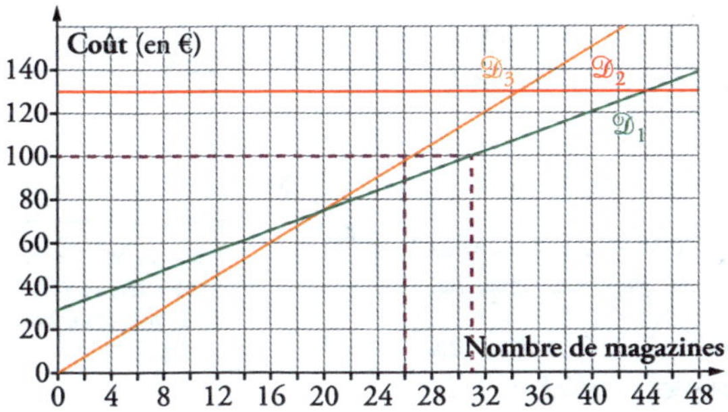

• Pour 100 €, avec la formule A, on aurait environ 26 magazines.

• Pour 100 €, avec la formule B, on n'aurait aucun magazine.

• Pour 100 €, avec la formule C, on aurait environ 31 magazines.

• C'est donc avec la formule C que l'on aurait, pour 100 €, le plus de magazines.

CONSEIL
Ici aussi, tu dois donner un nombre entier de magazines en arrondissant par défaut.

ÉTAPE 6 Répondre à la question 3

5 min

Prends le temps d'analyser la question, afin de bien comprendre ce qui t'est demandé.

LE SENS DE LA QUESTION

Je cherche à comparer les trois formules en fonction du nombre de magazines achetés dans l'année.

LA MODE DE RÉSOLUTION

- La formule la plus avantageuse est celle dont la représentation graphique est en dessous des deux autres, car alors son coût est le moins élevé.
- Je dois donc, par lecture graphique, décrire les positions relatives des courbes $\mathscr{D}_1$, $\mathscr{D}_2$ et $\mathscr{D}_3$ et déterminer quelle courbe est en dessous des deux autres entre chacun de leurs points d'intersection.

Rédige la réponse en indiquant les **étapes de ton raisonnement.**

▶ **3.** Soit x le nombre de magazines achetés.

- Si $x < 20$, $\mathscr{D}_3$ est en dessous de $\mathscr{D}_1$ et de $\mathscr{D}_2$. La formule A est alors la plus avantageuse.
- Si $x = 20$, les formules A et C sont les plus avantageuses et reviennent au même prix.
- Si $20 < x < 44$, $\mathscr{D}_1$ est en dessous de $\mathscr{D}_3$ et de $\mathscr{D}_2$. La formule C est alors la plus avantageuse.
- Si $x = 44$, les formules B et C sont les plus avantageuses et reviennent au même prix.
- Si $x > 44$, $\mathscr{D}_2$ est en dessous de $\mathscr{D}_3$ et de $\mathscr{D}_1$. La formule B est alors la plus avantageuse.

CONSEIL

Repasse au crayon les portions de courbes les plus basses et repère les deux points de changement de droite.

Le garage

15 min
12 points

Paul veut construire un garage dans le fond de son jardin. Sur le schéma ci-dessous, la partie colorée représente le garage positionné en limite de propriété.

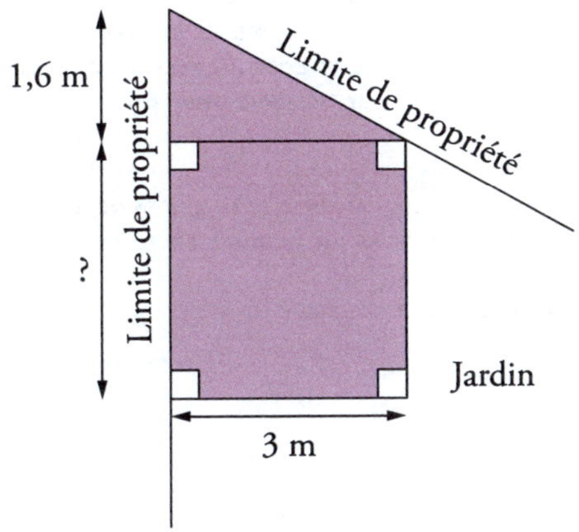

Les longueurs indiquées (1,6 m et 3 m) sont imposées ; la longueur marquée par un point d'interrogation est variable.

Toute trace de recherche, même incomplète, pourra être prise en compte dans la notation.

▶ Sachant que la surface du garage ne doit pas dépasser 20 m², quelle valeur maximale peut-il choisir pour cette longueur variable ?

ÉTAPE 1 au brouillon — Lire attentivement l'énoncé

4 min

Pour bien comprendre la situation, **reformule avec tes mots** les informations fournies par l'énoncé. Attarde-toi ensuite sur **la consigne** et déduis-en ce que l'on te demande.

REFORMULATION

- Paul construit un garage dont le plan forme un quadrilatère constitué d'une partie rectangulaire et d'une partie triangulaire.
- Deux côtés du garage sont fixes, ce sont les limites du jardin.
- Paul a décidé de la longueur d'un côté du rectangle, l'autre reste à déterminer pour avoir une surface maximum.

CE QUE JE VAIS FAIRE

- Il s'agit de trouver la valeur maximale de la longueur variable, de manière que l'addition des aires du triangle et du rectangle soit inférieure à 20 m².
- Pour cela, je vais poser x la longueur du rectangle.

ÉTAPE 2 au brouillon — Organiser sa démarche

4 min

Relève dans l'énoncé les nombres dont tu as besoin et demande-toi ce qu'ils permettent de calculer.

Les deux côtés de l'angle droit du triangle mesurent 1,6 m et 3 m.

→ Ces nombres permettent de calculer l'aire du triangle.

Le rectangle a comme largeur 3 m et comme longueur x.

→ Ces nombres permettent de calculer l'aire du rectangle.

ÉTAPE 3 au propre

Répondre à la question posée

7 min

Calcule les aires des deux parties du garage.

$Aire_{triangle} = \frac{3 \times 1,6}{2} = 2,4\ m^2$.

$Aire_{rectangle} = 3 \times x = 3x\ m^2$.

RAPPELS

- $Aire_{triangle\ rectangle} = \frac{L \times l}{2}$.
- $Aire_{rectangle} = L \times l$.

Puis calcule l'aire totale du garage.

$Aire_{garage} = Aire_{triangle} + Aire_{rectangle} = 2,4 + 3x$.

Détermine alors la valeur de x pour que l'aire totale du garage soit inférieure à 20 m².

L'aire du terrain doit être inférieure à 20 m².

$Aire_{garage} < 20$

$2,4 + 3x < 20$

$3x < 20 - 2,4$

$3x < 17,6$

$x < \frac{17,6}{3}$

$x < 5,866...$

La longueur variable doit mesurer au maximum 5,8 m pour que l'aire du garage soit inférieure à 20 m².

MÉTHODE
Tu dois choisir une valeur approchée par défaut.

CONSEIL
N'oublie pas de terminer par une phrase qui répond au problème posé.

Le vélo de piscine

20 min
14 points

Une personne pratique le vélo de piscine depuis plusieurs années dans un centre aquatique à raison de 2 séances par semaine. Possédant une piscine depuis peu, elle envisage d'acheter un vélo de piscine pour pouvoir l'utiliser exclusivement chez elle et ainsi ne plus se rendre au centre aquatique.

- Prix de la séance au centre aquatique : 15 €.
- Prix d'achat d'un vélo de piscine pour une pratique à la maison : 999 €.

▶ **1.** Montrer que 10 semaines de séances au centre aquatique lui coûtent 300 €.

▶ **2.** Que représente la solution affichée par le programme ci-après ?

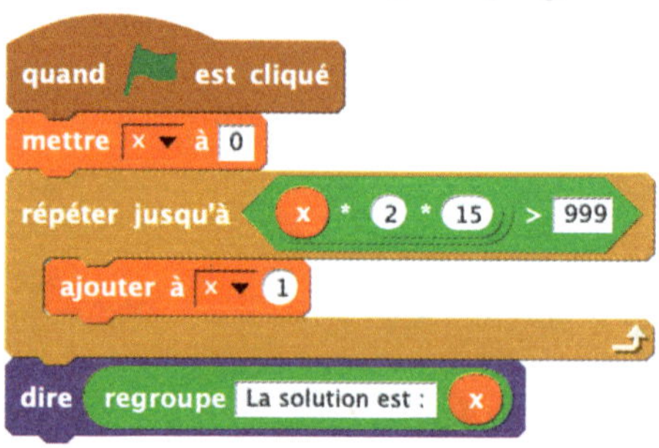

▶ **3.** Combien de semaines faudrait-il pour que l'achat du vélo de piscine soit rentabilisé ?

S'ÉCHAUFFER

ÉTAPE 1 Lire attentivement l'énoncé

1 min

Pour comprendre la situation, **reformule avec tes mots** les informations fournies par l'énoncé. Déduis-en **ce que tu vas devoir faire.**

REFORMULATION

- *Une personne fait, 2 fois par semaine, du vélo de piscine dans un centre.*
- *Elle envisage, ayant une piscine chez elle, d'acheter son propre vélo.*

CE QUE JE VAIS FAIRE

Il va falloir que je calcule combien lui coûtent ses séances au centre. Puis, à l'aide d'un programme, je vais devoir calculer au bout de combien de semaines l'achat de son vélo est rentabilisé.

ÉTAPE 2 Répondre à la question 1

1 min

Relève dans l'énoncé les nombres dont tu as besoin.

LE SENS DE LA QUESTION

Je vais devoir calculer la somme totale que dépense cette personne en allant 2 fois par semaine pendant 10 semaines au centre aquatique.

LE MODE DE RÉSOLUTION

- *Je note que le prix à payer pour 1 séance au centre est de 15 €.*
- *Je dois multiplier la somme dépensée en une semaine par le nombre total de semaines.*

Donne ta réponse.

▶ 1. 2 × 15 = 30
Elle paie 30 € par semaine.
10 × 30 = 300
Elle paie 300 € pour 10 semaines de séances au centre.

CONSEIL
Tu peux décomposer le calcul, comme ici, ou répondre avec un seul calcul.

ÉTAPE 3 Répondre à la question 2

8 min

Lis attentivement **chaque ligne du programme** pour comprendre ce que chacune produit. Sur ton propre énoncé, n'hésite pas à faire correspondre à chaque instruction l'élément de l'énoncé qu'elle traduit.

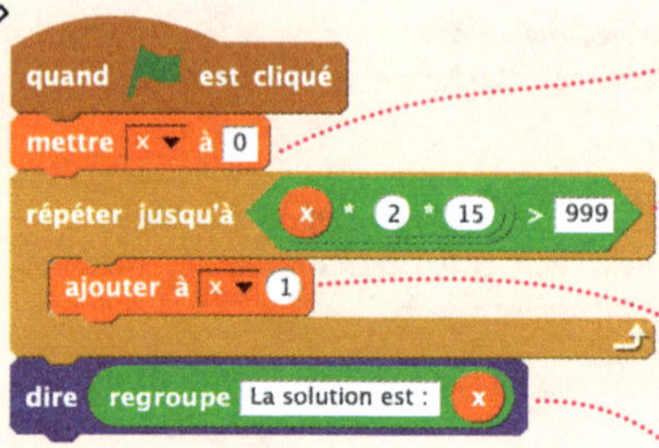

Le nombre de semaines est au départ de 0.

On répète jusqu'à ce que le prix payé par semaine pour les 2 séances soit supérieur au prix du vélo de piscine (999 €).

On augmente le nombre de semaines de 1 à chaque fois.

On conclut.

Donne ta réponse.

▶ 2. La valeur finale de x donne le nombre de semaines à partir duquel il est plus avantageux d'acheter son propre vélo de piscine.

ÉTAPE 4 Répondre à la question 3

5 min

Relève dans la question **les mots importants**.

LE SENS DE LA QUESTION

• Le terme « rentabilisé » signifie que l'argent dépensé pour acheter son propre vélo de piscine est moins important que celui que la personne dépenserait en allant au centre.
• Je dois chercher le nombre x de semaines à partir duquel le prix payé en centre est supérieur au prix d'achat d'un vélo.

LE MODE DE RÉSOLUTION

Je dois résoudre une inéquation.

Rédige la réponse en **détaillant la résolution de l'inéquation.**

▶ 3. Chaque séance au centre coûte 15 €.
La personne y va 2 fois par semaine.

Donc le prix payé pour x semaines au centre est :
$2 \times 15 \times x$

On résout l'inéquation :
$2 \times 15 \times x > 999$
$30x > 999$
$x > \frac{999}{30}$
$x > 33{,}3$

C'est donc au bout de 34 semaines que l'achat du vélo devient plus rentable que les séances au centre aquatique.

CONSEIL
Le nombre de semaines doit être un nombre entier : arrondis à l'entier supérieur.

S'entraîner sur chaque thème du programme

Utiliser les nombres pour comparer, calculer et résoudre des problèmes
SUJETS 6 à 11 41

Comprendre et utiliser les notions de divisibilité et de nombres premiers
SUJETS 12 à 14 58

Utiliser le calcul littéral
SUJETS 15 à 19 65

Interpréter, représenter et traiter les données
SUJETS 20 à 24 80

Comprendre et utiliser des notions élémentaires de probabilités
SUJETS 25 à 30 96

Résoudre des problèmes de proportionnalité
SUJETS 31 à 33 112

Comprendre et utiliser la notion de fonction
SUJETS 34 à 37 122

Calculer avec des grandeurs mesurables
SUJETS 38 à 42 137

Comprendre l'effet de quelques transformations sur des grandeurs géométriques
SUJETS 43 et 44 153

Représenter l'espace
SUJETS 45 à 47 158

Utiliser les notions de géométrie plane pour démontrer
SUJETS 48 à 58 166

Écrire, mettre au point et exécuter un programme simple
SUJETS 59 à 68 198

6 Amérique du Nord • Juin 2022

QCM nombres et calculs

EXERCICE 2

15 min
15 points

Dans cet exercice, aucune justification n'est demandée.

Cet exercice est un questionnaire à choix multiple. Pour chaque question, une seule des quatre réponses est exacte.

Question	Réponse A	Réponse B	Réponse C	Réponse D
▶ **1.** On lance un dé équilibré à 20 faces numérotées de 1 à 20. La probabilité pour que le numéro tiré soit inférieur ou égal à 5 est…	$\frac{1}{20}$	$\frac{1}{4}$	$\frac{1}{5}$	$\frac{5}{6}$
▶ **2.** Une boisson est composée de sirop et d'eau dans la proportion d'un volume de sirop pour sept volumes d'eau (c'est-à-dire dans le ratio 1:7). La quantité d'eau nécessaire pour préparer 560 mL de cette boisson est…	70 mL	80 mL	400 mL	490 mL
▶ **3.** La fonction linéaire f telle que $f\left(\frac{4}{5}\right)=1$ est…	$f(x)=x+\frac{1}{5}$	$f(x)=\frac{4}{5}x$	$f(x)=\frac{5}{4}x$	$f(x)=x-\frac{1}{5}$
▶ **4.** La décomposition en produit de facteurs premiers de 195 est…	5×39	$3\times 5\times 13$	1×100 $+9\times 10+5$	3×65
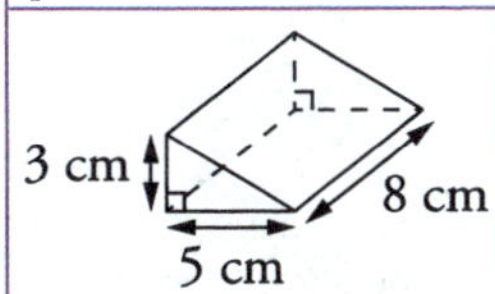 ▶ **5.** Le volume de ce prisme droit est…	40 cm^3	60 cm^3	64 cm^3	120 cm^3

LES CLÉS DU SUJET

L'intérêt du sujet

Ce type d'exercice te permet de visualiser rapidement les notions élémentaires de calcul numérique à bien maîtriser.

Nos coups de pouce, question par question

▶ **1. Calculer une probabilité**	Combien y a-t-il de cas favorables ?
▶ **2. Calculer un ratio**	Combien y a-t-il de volume de liquide en tout ?
▶ **3. Déterminer une fonction linéaire**	Quelle est la forme générale d'écriture des fonctions linéaires ?
▶ **4. Décomposer un nombre en produit de facteurs premiers**	Utilise les nombres premiers 2 ; 3 ; 5…
▶ **5. Calculer le volume d'un prisme droit**	Utilise la formule $\mathcal{V}$ = aire de la base × hauteur.

6 CORRIGÉ GUIDÉ

▶ **1.** La bonne réponse est la réponse B.

Il y a 5 cas favorables (les nombres de 1 à 5) sur les 20 issues possibles.

Donc $p(\text{« nombre} \leqslant 5\text{ »}) = \dfrac{5}{20} = \dfrac{1}{4}$.

RAPPEL
Toute fraction doit être écrite sous forme irréductible.

▶ **2.** La bonne réponse est la réponse D.

Les 560 mL correspondent à 8 volumes de liquide (1 volume de sirop + 7 volumes d'eau).

Donc 1 volume de liquide correspond à $560 \div 8 = 70$ mL.

Le volume d'eau est de $70 \times 7 = 490$ mL.

▶ **3.** La bonne réponse est la réponse C.

Toute fonction linéaire f s'écrit sous la forme $f(x) = ax$.

Si l'on remplace x par $\frac{4}{5}$ et $f\left(\frac{4}{5}\right)$ par 1, on trouve $1 = a \times \frac{4}{5}$, soit $a = 1 \div \frac{4}{5} = \frac{5}{4}$.

▶ **4.** La bonne réponse est la réponse B.

$195 = 3 \times 65 = 3 \times 5 \times 13$.

▶ **5.** La bonne réponse est la réponse B.

Le volume $\mathcal{V}$ du prisme est :

$\mathcal{V}$ = aire de la base × hauteur $= \frac{3 \times 5}{2} \times 8 = 60$ cm^3.

ATTENTION !
La base de ce prisme est un triangle rectangle.

S'ENTRAÎNER

7 France métropolitaine • Septembre 2021

QCM nombres et géométrie

EXERCICE 1

30 min
20 points

Toutes les réponses doivent être justifiées, sauf si une indication contraire est donnée. Pour chaque question, si le travail n'est pas terminé, laisser tout de même une trace de la recherche ; elle sera prise en compte dans la notation.

Cet exercice est un QCM (questionnaire à choix multiples). Chaque question n'a qu'une seule bonne réponse. Pour chaque question, précisez sur la copie le numéro de la question et la réponse choisie. Aucune justification n'est demandée pour cet exercice.

Question	Réponse A	Réponse B	Réponse C
▶ **1.** $\frac{4}{7}+\frac{5}{21}=\ldots$	$\frac{9}{21}$	$\frac{9}{28}$	$\frac{17}{21}$
▶ **2.** Une urne contient 3 boules jaunes, 2 boules bleues et 4 boules vertes, indiscernables au toucher. On tire une boule au hasard. Quelle est la probabilité d'obtenir une boule verte ?	$\frac{4}{5}$	$\frac{4}{9}$	$\frac{5}{9}$
▶ **3.** Sur quelle figure a-t-on représenté une flèche et son image par une rotation de centre O et d'angle 90° ?	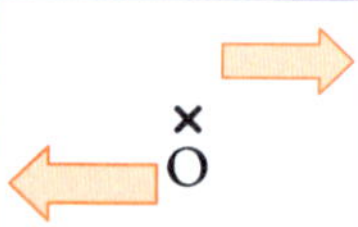	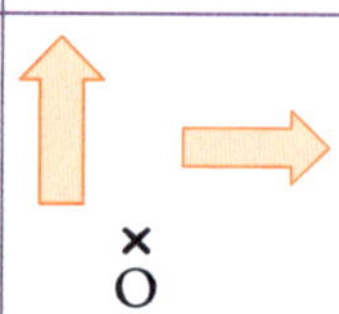	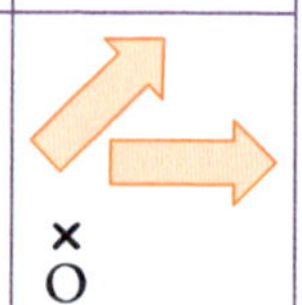
▶ **4.** La décomposition en produit de facteurs premiers de 117 est :	$3\times3\times13$	9×13	$3\times7\times7$
▶ **5.** $\frac{1}{(-2)\times(-2)\times(-2)}=\ldots$	$(-2)^{-3}$	$(-2)^{3}$	2^{-3}

LES CLÉS DU SUJET

L'intérêt du sujet

Ces questions indépendantes permettent de revoir des points très précis de calculs numériques.

Nos coups de pouce, question par question

▶ **1. Additionner des fractions**	Pour ajouter deux fractions, tu dois les mettre au même dénominateur.
▶ **2. Calculer une probabilité simple**	La probabilité d'un événement est le quotient du nombre de cas favorables par le nombre de cas possibles.
▶ **3. Reconnaître une transformation du plan**	Une rotation fait pivoter la figure.
▶ **4. Décomposer en produit de facteurs premiers**	Teste si le nombre est divisible par 2, puis par 3, etc.
▶ **5. Connaître la définition de l'inverse d'une puissance**	L'inverse de a^n est $\frac{1}{a^n}$ et se note a^{-n}.

7 CORRIGÉ GUIDÉ

▶ **1.** La bonne réponse est la réponse C.

$$\frac{4}{7}+\frac{5}{21}=\frac{4\times 3}{7\times 3}+\frac{5}{21}=\frac{12}{21}+\frac{5}{21}=\frac{12+5}{21}=\frac{17}{21}.$$

▶ **2.** La bonne réponse est la réponse B.

Il y a 4 boules vertes sur un total de 9 boules donc :

$$p(\text{tirer une boule verte})=\frac{4}{9}.$$

▶ **3.** La bonne réponse est la réponse B.

▶ **4.** La bonne réponse est la réponse A.
$117 = 3 \times 39 = 3 \times 3 \times 13$.

▶ **5.** La bonne réponse est la réponse A.

$$\frac{1}{(-2)\times(-2)\times(-2)} = \frac{1}{(-2)^3} = (-2)^{-3}.$$

8 Polynésie française • Juin 2021

Transformations, nombres et géographie

EXERCICE 1

20 min
22 points

S'ENTRAÎNER

Cet exercice est constitué de 5 questions indépendantes.

▶ **1.** Sur la figure ci-dessous, chacun des quadrilatères quad1, quad2 et quad3 est l'image du quadrilatère TRAP par une transformation.

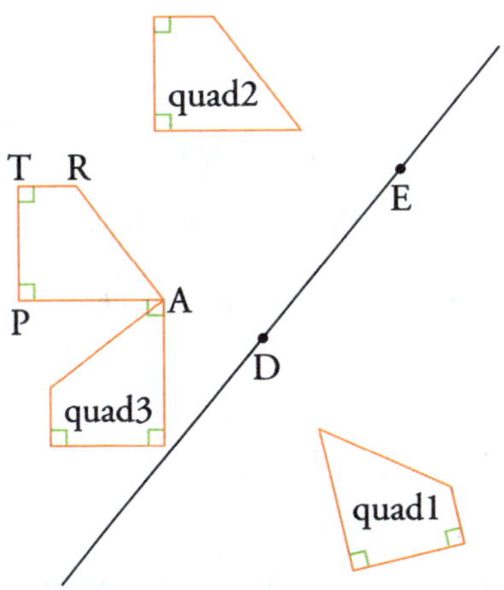

Recopier les trois phrases ci-dessous sur la copie et compléter, sans justifier, chacune d'elles par le numéro de l'une des transformations proposées dans le tableau qui suit.

a) Le quadrilatère quad1 est l'image du quadrilatère TRAP par la transformation numéro…
b) Le quadrilatère quad2 est l'image du quadrilatère TRAP par la transformation numéro…
c) Le quadrilatère quad3 est l'image du quadrilatère TRAP par la transformation numéro…

Transformation n° 1	Translation qui transforme le point D en le point E.
Transformation n° 2	Rotation de centre A et d'angle 90° dans le sens contraire des aiguilles d'une montre.
Transformation n° 3	Symétrie centrale de centre D.
Transformation n° 4	Translation qui transforme le point E en le point D.
Transformation n° 5	Rotation de centre A et d'angle 120° dans le sens contraire des aiguilles d'une montre.
Transformation n° 6	Symétrie axiale d'axe (DE).

▶ **2.** Développer et réduire l'expression suivante :

$$(2x - 3)(-5 + 2x) - 4 + 6x.$$

▶ **3.** Résoudre l'équation suivante : $(x + 6)(5x - 2) = 0$.

▶ **4. a)** Décomposer, sans justifier, en produits de facteurs premiers les nombres 1 386 et 1 716.

b) En déduire la forme irréductible de la fraction : $\dfrac{1\,386}{1\,716}$.

▶ **5.** Les coordonnées géographiques de la ville appelée Jokkmokk sont environ : 67° nord et 19° est.
Placer approximativement la ville de Jokkmokk sur le planisphère ci-dessous.

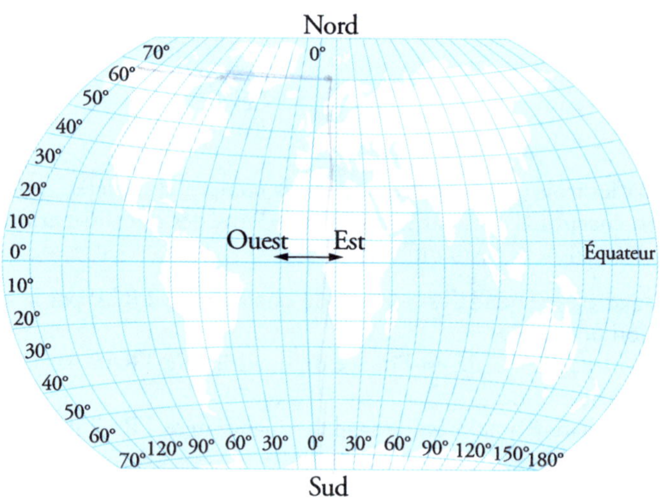

LES CLÉS DU SUJET

L'intérêt du sujet

Cet exercice te permet de réviser une multitude de leçons différentes.

Nos coups de pouce, question par question

▶ 1. Reconnaître des transformations	Une translation donne un effet « glissement » et une symétrie axiale un effet « miroir ».
▶ 2. Développer avec la distributivité double	Utilise la formule : $(a + b)(c + d) = ac + ad + bc + bd$.
▶ 3. Résoudre une équation produit	Un des deux facteurs au moins vaut 0. Tu as donc deux équations à résoudre.
▶ 4. Décomposer en produit de facteurs premiers	Teste si le nombre est divisible par 2, puis par 3, etc.
▶ 5. Se situer sur la sphère terrestre	Un point sur Terre est représenté par deux coordonnées : latitude et longitude. La latitude se repère sur les parallèles et la longitude sur les méridiens.

S'ENTRAÎNER

8 CORRIGÉ GUIDÉ

▶ **1. a)** Le quadrilatère quad1 est l'image du quadrilatère TRAP par la transformation numéro 6.

b) Le quadrilatère quad2 est l'image du quadrilatère TRAP par la transformation numéro 1.

c) Le quadrilatère quad3 est l'image du quadrilatère TRAP par la transformation numéro 2.

▶ **2.** On calcule :

$$(2x-3)(-5+2x)-4+6x = -10x+4x^2+15-6x-4+6x$$
$$= 4x^2-10x+11.$$

▶ **3.** $(x+6)(5x-2)=0$ est une équation produit.

Or, si un produit de facteurs est nul alors l'un au moins de ses facteurs est nul.

Donc $x + 6 = 0$ ou $5x - 2 = 0$.

Soit $x = -6$ ou $5x = 2$, c'est-à-dire $x = \dfrac{2}{5}$.

L'ensemble des solutions de l'équation est $S = \left\{-6\ ;\ \dfrac{2}{5}\right\}$.

▶ 4. a)

1 386	2
693	3
231	3
77	7
11	11
1	

1 716	2
858	2
429	3
143	11
13	13
1	

Donc $1\,386 = 2 \times 3^2 \times 7 \times 11$ et $1\,716 = 2^2 \times 3 \times 11 \times 13$.

b) Le plus grand diviseur commun à 1 386 et 1 716 est $2 \times 3 \times 11 = 66$.

Donc pour rendre la fraction $\dfrac{1\,386}{1\,716}$ irréductible, on divise numérateur et dénominateur par 66.

$$\frac{1\,386}{1\,716} = \frac{1\,386 \div 66}{1\,716 \div 66} = \frac{21}{26}.$$

▶ 5.

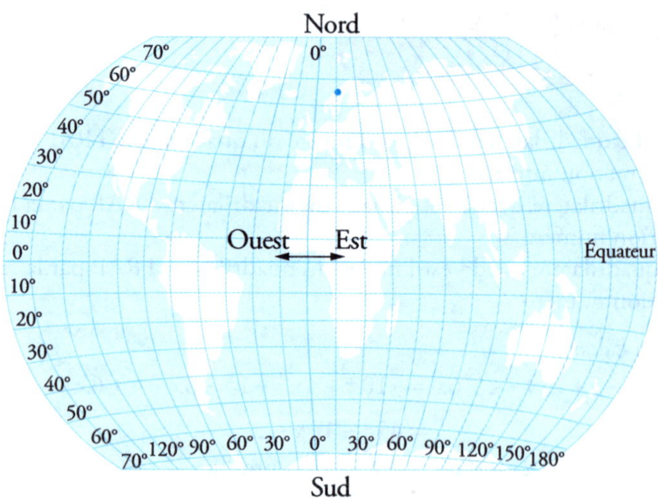

Le gaspillage alimentaire

EXERCICE 3

15 min
12 points

Le diagramme ci-dessous représente, pour six pays, la quantité de nourriture gaspillée (en kg) par habitant en 2010.

Quantité de nourriture gaspillée en kg par habitant en 2010

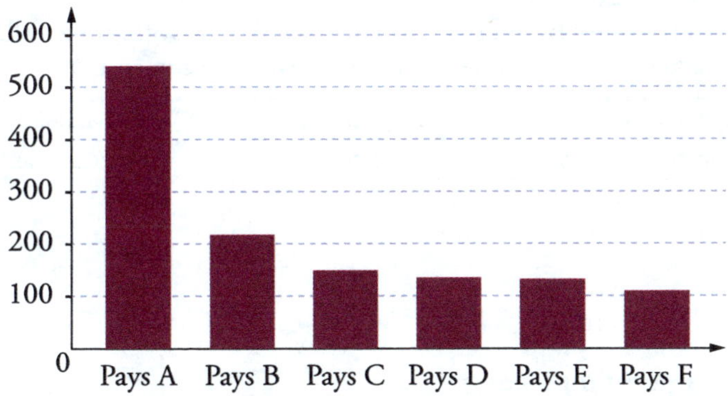

▶ **1.** Donner approximativement la quantité de nourriture gaspillée par un habitant du pays D en 2010.

▶ **2.** Peut-on affirmer que le gaspillage de nourriture d'un habitant du pays F représente environ un cinquième du gaspillage de nourriture d'un habitant du pays A ?

▶ **3.** On veut rendre compte de la quantité de nourriture gaspillée pour d'autres pays. On réalise alors le tableau ci-dessous à l'aide d'un tableur.
Rappel : 1 tonne = 1 000 kg.

	A	B	C	D
1		Quantité de nourriture gaspillée par habitant en 2010 (en kg)	Nombre d'habitants en 2010 (en millions)	Quantité totale de nourriture gaspillée (en tonnes)
2	Pays X	345	10,9	3 760 500
3	Pays Y	212	9,4	
4	Pays Z	135	46,6	

a) Quelle est la quantité totale de nourriture gaspillée par les habitants du pays X en 2010 ?
b) Voici trois propositions de formule, recopier sur votre copie celle qu'on a saisie dans la cellule D2 avant de l'étirer jusqu'en D4.

Proposition 1	Proposition 2	Proposition 3
=B2*C2*1000000	=B2*C2	=B2*C2*1000

LES CLÉS DU SUJET

L'intérêt du sujet

Le gaspillage alimentaire est un enjeu de développement durable primordial dans nos sociétés modernes.

Nos coups de pouce, question par question

▶ **1. Lire un diagramme en barres**	Observe que la hauteur de la barre correspondant au pays D dépasse un peu la graduation 100.
▶ **2. Calculer une fraction d'une quantité**	• Lis, sur le diagramme, les quantités de nourriture gaspillée par les pays A et F. • Regarde si $\frac{1}{5}$ de la quantité trouvée pour le pays A correspond bien à la quantité gaspillée par le pays F.
▶ **3. Écrire une formule avec un tableur**	**a)** Lis le nombre de la cellule D2. **b)** Écris le nombre en C2 en écriture décimale, puis calcule le nombre de kilogrammes de nourriture gaspillée par le pays X. Convertis le résultat trouvé en tonnes.

9 CORRIGÉ GUIDÉ

▶ **1.** Par lecture, on voit que la quantité de nourriture gaspillée par un habitant du pays D est d'environ **140 kg**.

▶ **2.** La quantité de nourriture gaspillée par un habitant du pays F est d'environ 110 kg.
La quantité de nourriture gaspillée par un habitant du pays A est d'environ 545 kg.

$545 \times \frac{1}{5} = 109$

Donc on peut affirmer que le gaspillage de nourriture d'un habitant du pays F représente environ un cinquième du gaspillage de nourriture d'un habitant du pays A.

▶ **3. a)** La quantité totale de nourriture gaspillée par les habitants du pays X en 2010 est de **3 760 500 tonnes**.

b) La formule à saisir est : **= B2*C2*1000**

S'ENTRAÎNER

Les JO de Rio

EXERCICE 6

15 min
12 points

Le tableau ci-dessous regroupe les résultats de la finale du 200 m hommes des Jeux Olympiques de Rio de Janeiro en 2016, remportée par Usain Bolt en 19,78 secondes.

Rang	Athlète	Nation	Performance en seconde
1	U. Bolt	Jamaïque	19,78
2	A. De Grasse	Canada	20,02
3	C. Lemaître	France	20,12
4	A. Gemili	Grande-Bretagne	20,12
5	C. Martina	Hollande	20,13
6	L. Merritt	USA	20,19
7	A. Edward	Panama	20,23
8	R. Guliyev	Turquie	20,43

▶ **1.** Calculer la vitesse moyenne en m/s de l'athlète le plus rapide. Arrondir au centième.

▶ **2.** Calculer la moyenne des performances des athlètes. Arrondir au centième.

▶ **3.** En 1964, à Tokyo, la moyenne des performances des athlètes sur le 200 m hommes était de 20,68 s et l'étendue était de 0,6 s. En comparant ces résultats à ceux de 2016, qu'observe-t-on ?

LES CLÉS DU SUJET

L'intérêt du sujet

Cet exercice te fait entrer dans l'univers des JO en analysant des performances d'athlètes.

Nos coups de pouce, question par question

▶ **1. Calculer une vitesse moyenne**	La vitesse moyenne s'obtient en divisant la distance parcourue par le temps mis.
▶ **2. Calculer une moyenne arithmétique**	Pour calculer une moyenne arithmétique, ajoute toutes les valeurs puis divise le tout par le nombre de valeurs.
▶ **3. Calculer une étendue**	Pour calculer une étendue, soustrais la plus petite valeur à la plus grande.

S'ENTRAÎNER

10 CORRIGÉ GUIDÉ

▶ **1.** Usain Bolt a parcouru 200 m en 19,78 s, d'où sa vitesse moyenne :

$$V = \frac{d}{t} = \frac{200}{19,78}.$$

Au centième près :

$$\boxed{V \approx 10,11 \text{ m/s}}.$$

▶ **2.**

$$\frac{19,78+20,02+20,12+20,12+20,13+20,19+20,23+20,43}{8} = 20,13$$

La moyenne des performances des athlètes est de 20,13 s environ.

▶ **3.** L'étendue des performances des athlètes aux JO de 2016 est :

$$20,43 - 19,78 = 0,65 \text{ s}.$$

On constate que l'étendue des performances des athlètes reste globalement stable, mais que leur vitesse moyenne a baissé entre 1964 et 2016.

Abonnements Internet

EXERCICE 1

15 min
14 points

Le tableau ci-dessous a été réalisé à l'aide d'un tableur.
Il indique le nombre d'abonnements Internet à haut débit et à très haut débit entre 2014 et 2016, sur réseau fixe, en France.

	A	B	C	D
1		2014	2015	2016
2	Nombre d'abonnements Internet à haut débit (en millions)	22,855	22,63	22,238
3	Nombre d'abonnements Internet à très haut débit (en millions)	3,113	4,237	5,446
4	Total (en millions)	25,968	26,867	27,684

Sources : Arcep et Statistica.

▶ **1.** Combien d'abonnements Internet à très haut débit, en millions, ont été comptabilisés pour l'année 2016 ?

▶ **2.** Vérifier qu'en 2016, il y avait 817 000 abonnements Internet à haut débit et à très haut débit de plus qu'en 2015.

▶ **3.** Quelle formule a-t-on pu saisir dans la cellule B4 avant de la recopier vers la droite, jusqu'à la cellule D4 ?

▶ **4.** En 2015, seulement 5,6 % des abonnements Internet à très haut débit utilisaient la fibre optique. Quel nombre d'abonnements Internet à très haut débit cela représentait-il ?

LES CLÉS DU SUJET

L'intérêt du sujet

Avec le développement d'Internet, les sociétés de fournisseurs d'accès ont diversifié peu à peu leurs offres et les vitesses de connexion se sont ainsi considérablement accélérées. Dans cet exercice, portant sur différents types d'abonnements internet, tu vas essentiellement travailler tes compétences en tableur et en lecture de données.

Nos coups de pouce, question par question

▶ 1. et ▶ 2. Lire un tableau de données	▶ **1.** Lis le nombre de la cellule D3 et écris-le sous forme décimale. ▶ **2.** Soustrais les nombres des cellules D4 et C4.
▶ 3. Écrire une formule avec un tableur	• Ajoute les nombres des cellules B2 et B3. • En B4 doit figurer le nombre total d'abonnements Internet.
▶ 4. Prendre un pourcentage d'une quantité	Pour calculer une fraction d'une quantité, multiplie la fraction par la quantité.

11 CORRIGÉ GUIDÉ

▶ **1.** Il y a eu 5 446 000 abonnements Internet très haut débit en 2016.

▶ **2.** En 2016, il y a eu 27 684 000 – 26 867 000 = 817 000 abonnements haut et très haut débit de plus qu'en 2015.

▶ **3.** On a tapé la formule : = B2 + B3.

▶ **4.** Il y a eu $\frac{5{,}6}{100} \times 4\ 237\ 000 = 237\ 272$ abonnements très haut débit qui utilisaient la fibre optique en 2015.

ATTENTION !
Une formule de tableur commence par un « = ».

12 France métropolitaine • Septembre 2020

Un QCM très varié

EXERCICE 1

15 min
20 points

Cet exercice est un questionnaire à choix multiples (QCM). Pour chaque question, une seule des trois réponses proposées est exacte. Sur la copie, indiquer le numéro de la question et recopier, sans justifier, la réponse choisie.

Questions	Réponse A	Réponse B	Réponse C
▶ **1.** On donne la série de nombres suivante : 10 ; 6 ; 2 ; 14 ; 25 ; 12 ; 22. La médiane est…	12	13	14
▶ **2.** Un sac opaque contient 50 billes bleues, 45 rouges, 45 vertes et 60 jaunes. Les billes sont indiscernables au toucher et on tire une bille au hasard dans ce sac. La probabilité que cette bille soit jaune est…	60	0,3	$\frac{1}{60}$
▶ **3.** La décomposition en facteurs premiers de 2 020 est…	$2 \times 10 \times 101$	$5 \times 5 \times 101$	$2 \times 2 \times 5 \times 101$
▶ **4.** La formule qui permet de calculer le volume d'une boule de rayon R est…	$2\pi R$	πR^2	$\frac{4}{3}\pi R^3$
▶ **5.** Une homothétie de centre A et de rapport –2 est une transformation qui…	agrandit les longueurs.	réduit les longueurs.	conserve les longueurs.

LES CLÉS DU SUJET

L'intérêt du sujet

Ce sujet aborde des notions très importantes sans calculs compliqués. Seuls la connaissance du cours et le raisonnement permettent de répondre aux différentes questions posées.

Nos coups de pouce, question par question

▶ 1. Calculer une médiane	Relis attentivement la définition de la médiane d'une série statistique.
▶ 2. Calculer des probabilités dans une situation simple	• Rappelle-toi la définition de la probabilité de réalisation d'un événement. • Une probabilité est un nombre compris entre 0 et 1.
▶ 3. Connaître la définition d'un nombre premier	Pour t'entraîner à reconnaître les nombres premiers, tu peux : – choisir au hasard quelques nombres entre 1 et 50 puis dire s'ils sont premiers ou pas ; – dire pourquoi 32 n'est pas un nombre premier.
▶ 4. Calculer le volume d'une boule connaissant son rayon	Un volume possède 3 dimensions. Donc seule une réponse qui multiplie 3 longueurs est acceptable.
▶ 5. Reconnaître une homothétie	Note qu'ici le rapport de l'homothétie est négatif (–2). Fais bien le rapprochement entre le rapport de l'homothétie et l'action de celle-ci sur les longueurs.

12 CORRIGÉ GUIDÉ

▶ **1.** Réponse A.

La médiane est la valeur qui partage la série statistique, rangée par ordre croissant ou décroissant, en deux parties de même effectif.

Écrivons la série rangée par ordre croissant.

On a : 2 – 6 – 10 – 12 – 14 – 22 – 25.

Cette série rangée présente 3 termes avant 12 et 3 termes après 12.

Conclusion : 12 est la médiane de la série statistique.

▶ **2.** Réponse B.

Quand les résultats d'une expérience ont tous la même probabilité de réalisation, alors :

$$p(\text{E}) = \frac{\text{nombre de résultats favorables}}{\text{nombres de résultats possibles}} = \frac{n}{N}.$$

Dans le sac il existe 60 billes jaunes et au total 200 billes.

Soit E l'événement « la bille tirée est jaune ».

Alors $p(\text{E}) = \dfrac{60}{200}$ ou encore $\boxed{p(\text{E}) = 0,3}$.

▶ **3.** Réponse C.

Pour décomposer un nombre en produit de facteurs premiers, on recherche les nombres premiers qui divisent ce nombre.

2 020 est divisible par 2, car $\dfrac{2\ 020}{2} = 1\ 010$.

1 010 est divisible par 2, car $\dfrac{1\ 010}{2} = 505$.

505 est divisible par 5, car $\dfrac{505}{5} = 101$.

101 est un nombre premier.

On a donc $\boxed{2\,020 = 2 \times 2 \times 5 \times 101}$.

▶ **4.** Réponse C.

La formule qui permet de calculer le volume d'une boule est $\dfrac{4}{3} \times \pi \times R^3$.

REMARQUE
C'est la seule proposition correspondant à un volume.

▶ **5.** Réponse A.

L'homothétie donnée est une transformation qui agrandit les longueurs, son rapport étant supérieur à 1 ou inférieur à -1.

INFO +
Si le rapport d'une homothétie est négatif, alors les points considérés et leurs images sont de part et d'autre du centre de l'homothétie.

Décompositions

EXERCICE 2

15 min
14 points

▶ **1. a)** Déterminer la décomposition en produit de facteurs premiers de 2 744.

b) En déduire la décomposition en produit de facteurs premiers de $2\,744^2$.

c) À l'aide de cette décomposition, trouver x tel que $x^3 = 2\,744^2$.

▶ **2.** Soient a et b deux nombres entiers supérieurs à 2 tels que $a^3 = b^2$.

a) Calculer b lorsque $a = 100$.

b) Déterminer deux nombres entiers a et b supérieurs à 2 et inférieurs à 10 qui vérifient l'égalité $a^3 = b^2$.

LES CLÉS DU SUJET

L'intérêt du sujet

Cet exercice te permet de vérifier tes connaissances dans le domaine de l'arithmétique et des puissances.

Nos coups de pouce, question par question

▶ **1. a) Décomposer un nombre en produit de facteurs premiers**	Vois si le nombre est divisible par 2, puis par 3, puis par 5…
b) et c) Calculer avec des puissances	Utilise les formules $(a \times b)^n = a^n \times b^n$ et $(a^m)^n = a^{mn}$.
▶ **2. a) Utiliser les règles de calculs avec les puissances**	Tu as à résoudre une équation carrée, pense à la racine carrée.
b) Résoudre un problème	Dresse un tableau de valeurs de tous les cas possibles avec a allant de 2 à 10.

13 CORRIGÉ GUIDÉ

▶ **1. a)** $2\,744 = 2 \times 2 \times 2 \times 343 = 2^3 \times 7 \times 7 \times 7$
D'où :

$$\boxed{2\,744 = 2^3 \times 7^3}.$$

b) D'après **a)** :

$$2\,744^2 = (2^3 \times 7^3)^2$$

$$\boxed{2\,744^2 = 2^6 \times 7^6}.$$

c) Soit x tel que $x^3 = 2\,744^2$, alors :

$$x^3 = (2^3 \times 7^3)^2 = (2^2 \times 7^2)^3$$

donc :

$$\boxed{x = 2^2 \times 7^2 = 196}.$$

▶ **2. a)** Si $a^3 = b^2$ avec $a = 100$ et $b > 2$, alors :

$$100^3 = b^2$$

$$b^2 = 1\,000\,000$$

$$b = \sqrt{1\,000\,000}$$

$$\boxed{b = 1\,000}.$$

b) Dressons un tableau de tous les cas possibles :

Valeur de a	Valeur de a^3	Valeur de b	Valeur de b^2
2	8	2	4
3	27	3	9
4	64	4	16
5	125	5	25
6	216	6	36
7	343	7	49
8	512	8	64
9	729	9	81
10	1 000	10	100

Donc les valeurs qui conviennent sont :

$$\boxed{a = 4 \text{ et } b = 8}.$$

14 Nouvelle-Calédonie • Décembre 2018

Les barquettes de nems et samossas

EXERCICE 3

15 min
18 points

ph© Amarita/Getty Images/iStockphoto

ph© Viennetta/Getty Images/iStockphoto

▶ **1.** Décomposer les nombres 162 et 108 en produits de facteurs premiers.

▶ **2.** Déterminer deux diviseurs communs aux nombres 162 et 108 plus grands que 10.

▶ **3.** Un snack vend des barquettes composées de nems et de samossas.
Le cuisinier a préparé 162 nems et 108 samossas.
Dans chaque barquette :
– le nombre de nems doit être le même ;
– le nombre de samossas doit être le même.
Tous les nems et tous les samossas doivent être utilisés.
a) Le cuisinier peut-il réaliser 36 barquettes ?
b) Quel nombre maximal de barquettes pourra-t-il réaliser ?
c) Dans ce cas, combien y aura-t-il de nems et de samossas dans chaque barquette ?

LES CLÉS DU SUJET

L'intérêt du sujet

Cet exercice te permet de vérifier tes connaissances dans le domaine de l'arithmétique.

Nos coups de pouce, question par question

▶ **1. Décomposer un nombre en produit de facteurs premiers**	Vérifie si le nombre est divisible : – par 2 ; – par 3 ; – par 5…
▶ **2. Trouver des diviseurs d'un nombre entier**	• Regarde quels sont les facteurs premiers communs à 162 et 108. • Combine-les.
▶ **3. Résoudre des problèmes d'optimisation à l'aide du PGCD**	Déduis de la question **2.** le PGCD de 162 et 108 : cela te donne le nombre maximal de barquettes que le cuisinier pourra réaliser.

14 CORRIGÉ GUIDÉ

▶ **1.** $162 = 2 \times 81 = \boxed{2 \times 3^4}$

$108 = \boxed{2^2 \times 3^3}$

▶ **2.** Les diviseurs communs à 162 et 108 supérieurs à 10 sont :
$2 \times 3^2 = \boxed{18}$; $3^3 = \boxed{27}$ et $2 \times 3^3 = \boxed{54}$

a) 36 n'est pas un diviseur de 162 donc le cuisinier ne peut pas réaliser 36 barquettes.

b) Tous les nems et samossas doivent être utilisés donc on cherche un diviseur commun à 162 et 108.

Mais le cuisinier veut un nombre maximal de barquettes donc on cherche le plus grand diviseur commun à 162 et 108.

D'après la question **2.**, ce plus grand diviseur est 54.

Donc le cuisinier pourra réaliser 54 barquettes.

c) Dans chaque barquette, il y aura :

- $\dfrac{162}{54} = 3$ nems ;
- $\dfrac{108}{54} = 2$ samossas.

Avec des nombres entiers

EXERCICE 5

25 min
22 points

On considère le programme de calcul suivant, appliqué à des nombres entiers :

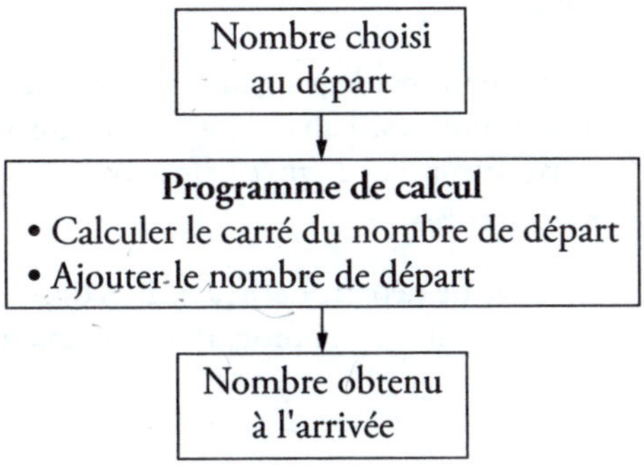

Partie A

▶ **1.** Vérifier que si le nombre de départ est 15, alors le nombre obtenu à l'arrivée est 240.

▶ **2.** Voici un tableau de valeurs réalisé à l'aide d'un tableur :

	A	B
1	Nombre choisi au départ	Nombre obtenu à l'arrivée
2	0	0
3	1	2
4	2	6

	A	B
5	3	12
6	4	20
7	5	30
8	6	42
9	7	56
10	8	72
11	9	90
12	10	110

Il donne les résultats obtenus par le programme de calcul en fonction de quelques valeurs du nombre choisi au départ. Quelle formule a pu être saisie dans la cellule B2 avant d'être étirée vers le bas ?

Aucune justification n'est attendue.

▶ **3.** On note x le nombre de départ. Écrire, en fonction de x, une expression du résultat obtenu avec ce programme de calcul.

Partie B

On considère l'affirmation suivante : « Pour obtenir le résultat du programme de calcul, il suffit de multiplier le nombre de départ par le nombre entier qui suit. »

▶ **1.** Vérifier que cette affirmation est vraie lorsque le nombre entier choisi au départ est 9.

▶ **2.** Démontrer que cette affirmation est vraie quel que soit le nombre entier choisi au départ.

▶ **3.** Démontrer que le nombre obtenu à l'arrivée par le programme est un nombre pair quel que soit le nombre entier choisi au départ.

LES CLÉS DU SUJET

L'intérêt du sujet

Cet exercice sur les programmes de calcul te permet de vérifier que tu maîtrises le calcul littéral et l'utilisation d'un tableur.

Nos coups de pouce, question par question

Partie A ▶ **1. Appliquer un programme de calcul**	Suis chaque étape du programme avec 15 comme nombre initial.
▶ **2. Déterminer une formule de calcul dans un tableur**	Le nombre de départ est en A2.
▶ **3. Produire une expression littérale**	Reprends les étapes du programme.
Partie B ▶ **1. Appliquer une formule**	Compare le résultat du programme de calcul et celui de la formule proposée.
▶ **2. Factoriser une expression littérale**	Remarque que le terme x est en commun aux expressions x^2 et x, et factorise l'expression.
▶ **3. Raisonner avec du calcul littéral**	Considère les deux cas possibles pour le nombre x choisi au début, selon qu'il est pair ou impair.

S'ENTRAÎNER

15 CORRIGÉ GUIDÉ

Partie A

▶ **1.** On choisit 15.

$15^2 = 225$

$225 + 15 = 240$

Avec 15 comme nombre de départ, on trouve 240.

▶ **2.** Dans B2, on a saisi : = A2*A2 + A2 ou = A2^2 + A2.

▶ **3.** Soit x le nombre de départ.
Le carré de x est x^2 auquel on ajoute x, on obtient $x^2 + x$.
Donc l'expression obtenue est $x^2 + x$.

Partie B

▶ **1.**

Avec le programme initial :
9
$9^2 = 81$
$81 + 9 = 90$

Avec l'affirmation proposée :
$9 \times 10 = 90$

Donc cette affirmation est vraie lorsque le nombre de départ est 9.

▶ **2.** On note x le nombre de départ.
Avec le programme initial, d'après la question **3.** de la partie A, on obtient $x^2 + x$.
Avec l'affirmation proposée, on a $x(x + 1)$.
Or $x(x + 1) = x^2 + x$. Donc l'affirmation est vraie quel que soit le nombre entier choisi au départ.

> **REMARQUE**
> Le nombre entier suivant x s'obtient en lui ajoutant 1.

▶ **6.** • Supposons que x soit un nombre pair.
Alors x s'écrit sous la forme $x = 2k$ (k entier quelconque).
Et $x^2 + x = (2k)^2 + 2k = 4k^2 + 2k = 2(2k^2 + k)$.
Donc $x^2 + x$ est pair.

> **REMARQUE**
> Pour démontrer qu'un nombre est pair, il suffit de montrer que c'est un multiple de 2.

• Supposons que x soit un nombre impair.
Alors x s'écrit sous la forme $x = 2k + 1$ (k entier quelconque).
Alors :

$$\begin{aligned} x^2 + x &= (2k + 1)^2 + 2k + 1 \\ &= 4k^2 + 4k + 1 + 2k + 1 \\ &= 4k^2 + 6k + 2 \\ &= 2(2k^2 + 3k + 1) \end{aligned}$$

Donc $x^2 + x$ est encore pair.

> **ATTENTION !**
> N'oublie pas que $(a + b)^2 = a^2 + 2ab + b^2$.

Conclusion : $x^2 + x$ est toujours pair quel que soit le nombre entier choisi au départ.

Un programme de calcul carré

EXERCICE 3

20 min
20 points

Toutes les réponses doivent être justifiées, sauf si une indication contraire est donnée. Pour chaque question, si le travail n'est pas terminé, laisser tout de même une trace de la recherche ; elle sera prise en compte dans la notation.

On considère le programme de calcul ci-dessous.

- Choisir un nombre.
- Ajouter 2 à ce nombre.
- Prendre le carré du résultat précédent.
- Soustraire le carré du nombre de départ au résultat précédent.

On a utilisé la feuille de calcul ci-dessous pour appliquer ce programme de calcul au nombre 5 ; le résultat obtenu est 24.

	A	B
1	**Programme**	**Résultat**
2	Choisir un nombre	5
3	Ajouter 2 à ce nombre	7
4	Prendre le carré du résultat précédent	49
5	Soustraire le carré du nombre de départ au résultat précédent	24

▶ **1.** Pour les questions suivantes, faire apparaître les calculs sur la copie.
a) Si on choisit 2 comme nombre de départ, vérifier qu'on obtient 12 comme résultat.
b) Si on choisit -8 comme nombre de départ, quel résultat obtient-on ?

▶ **2.** Parmi les trois propositions suivantes, recopier sur votre copie la formule qui a été saisie dans la cellule B5.

= B4 – B2 * B2	= B2 + 2	= B3 * B3

▶ **3. a)** Si l'on choisit x comme nombre de départ, exprimer en fonction de x le résultat final de ce programme de calcul.
b) Montrer que $(x+2)^2 - x^2 = 4x+4$.

▶ **4.** Si on choisit un nombre entier au départ, est-il exact que le résultat du programme est toujours un multiple de 4 ? Justifier.

LES CLÉS DU SUJET

L'intérêt du sujet

Cet exercice te permet de réviser une bonne partie du calcul littéral de collège.

Nos coups de pouce, question par question

▶ **1. Calculer avec un programme**	Suis chaque instruction, ligne par ligne.
▶ **2. Déterminer une formule dans un tableur**	Il s'agit de soustraire à la valeur dans B4 le carré de la valeur de départ.
▶ **3. a) Donner la forme générale d'un programme de calcul**	Refais les calculs de la question **1.** en remplaçant la valeur donnée par x.
b) Connaître les identités remarquables	Développe l'identité remarquable avec la formule : $(a+b)^2 = a^2 + 2ab + b^2$.
▶ **4. Factoriser une expression littérale**	Factorise par 4 l'expression trouvée.

16 CORRIGÉ GUIDÉ

▶ **1. a)** Voici les étapes de calcul :

2

$2+2=4$

$4^2=16$

$16-2^2=16-4=12$

On obtient bien 12 en partant de 2.

b) Voici les étapes de calcul :

-8

$-8+2=-6$

$(-6)^2=36$

$36-(-8)^2=36-64=-28$

On obtient -28 en partant de -8.

▶ **2.** La formule attendue est « = B4 – B2 * B2 ».

▶ **3. a)** Prenons x comme nombre de départ ; voici les étapes de calcul :

x

$x+2$

$(x+2)^2$

$(x+2)^2-x^2$

b) On calcule :

$(x+2)^2-x^2=x^2+4x+4-x^2=4x+4$.

▶ **4.** Le résultat final se factorise ainsi : $4x+4=4(x+1)$.

Donc le résultat final est toujours un multiple de 4.

S'ENTRAÎNER

17 France métropolitaine • Septembre 2020

Que de consignes !

EXERCICE 2

15 min
20 points

On considère le programme de calcul suivant :

Choisir un nombre. Ajouter 7 à ce nombre. Soustraire 7 au nombre choisi au départ. Multiplier les deux résultats précédents. Ajouter 50.

▶ **1.** Montrer que si le nombre choisi au départ est 2, alors le résultat obtenu est 5.

▶ **2.** Quel est le résultat obtenu avec ce programme si le nombre choisi au départ est -10 ?

▶ **3.** Un élève s'aperçoit qu'en calculant le double de 2 et en ajoutant 1, il obtient 5, le même résultat que celui qu'il a obtenu à la question **1**. Il pense alors que le programme de calcul revient à calculer le double du nombre de départ et à ajouter 1.
A-t-il raison ?

▶ **4.** Si x désigne le nombre choisi au départ, montrer que le résultat du programme de calcul est $x^2 + 1$.

▶ **5.** Quel(s) nombre(s) doit-on choisir au départ du programme de calcul pour obtenir 17 comme résultat ?

LES CLÉS DU SUJET

L'intérêt du sujet

Les programmes de calculs facilitent l'apprentissage du calcul mental. Ils servent à développer la mémoire et l'attention, ce qui est capital.

Nos coups de pouce, question par question

▶ **1. et ▶ 2. Bien lire les consignes et vérifier les résultats**	• Effectue les différents calculs dans l'ordre indiqué. • Fais attention à la règle des signes ! • Enfin, vérifie les résultats avec une calculatrice.
▶ **3. Utiliser un contre-exemple**	Veille à bien effectuer les calculs tout en soignant la rédaction.
▶ **4. Écrire une expression littérale**	Au lieu de travailler sur des nombres, utilise des lettres.
▶ **5. Utiliser une identité remarquable**	Utilise le théorème : lorsqu'un produit de facteurs est nul, alors l'un des facteurs au moins est nul.

17 CORRIGÉ **GUIDÉ**

▶ **1.** Si le nombre choisi au départ est 2, alors on lui ajoute 7 et on trouve 9.

On soustrait 7 au nombre de départ et on obtient $(2 - 7)$ soit -5.

On multiplie les deux résultats précédents et on obtient $(-5) \times 9$ c'est-à-dire -45.

Enfin on ajoute 50 et on obtient $(-45 + 50)$ soit $\boxed{5}$.

▶ **2.** Le nombre choisi au départ est -10, alors on lui ajoute 7 et on trouve -3.

On soustrait 7 au nombre de départ et on obtient $(-10 - 7)$ soit -17.

On multiplie les deux résultats précédents et on obtient 51.

Enfin on ajoute 50 à 51 et on trouve $\boxed{101}$.

▶ **3.** Pour résumer, si on choisit 2, le programme donne 5.

Si on choisit 2, la technique de l'élève donne 5.

Si on choisit -10, le programme donne 101.

Si on choisit -10, la technique de l'élève donne -19.

L'élève a donc tort.

▶ **4.** Si le nombre choisi au départ est x, alors on lui ajoute 7 et on trouve $x + 7$.

On soustrait 7 au nombre de départ et on obtient $x - 7$.

On multiplie entre eux les deux résultats précédents et on obtient $(x + 7) \times (x - 7)$ c'est-à-dire $x^2 - 49$.

Enfin on ajoute 50 et on obtient $x^2 + 1$.

Conclusion : le résultat du programme de calcul est $\boxed{x^2 + 1}$.

▶ **5.** Pour obtenir 17 comme résultat, il faut que $x^2 + 1 = 17$, soit $x^2 - 16 = 0$.

Utilisons l'identité remarquable $a^2 - b^2 = (a + b) \times (a - b)$.

Nous savons que $x^2 - 16 = x^2 - 4^2 = (x + 4) \times (x - 4) = 0$.

Puisque nous avons un produit de facteurs nul, alors l'un des facteurs au moins est nul :

$x + 4 = 0$ soit $x = -4$ ou $x - 4 = 0$ soit $x = 4$.

L'équation admet deux solutions 4 et -4.

Calcul littéral

EXERCICE 5

15 min
16 points

Voici un programme de calcul :

- Choisir un nombre
- Multiplier ce nombre par 4
- Ajouter 8
- Multiplier le résultat par 2

▶ **1.** Vérifier que si on choisit le nombre – 1, ce programme donne 8 comme résultat final.

▶ **2.** Le programme donne 30 comme résultat final, quel est le nombre choisi au départ ?

Dans la suite de l'exercice, on nomme x le nombre choisi au départ.

▶ **3.** L'expression $A = 2(4x + 8)$ donne le résultat du programme de calcul précédent pour un nombre x donné.
On pose $B = (4 + x)^2 - x^2$.
Prouver que les expressions A et B sont égales pour toutes les valeurs de x.

▶ **4.** Pour chacune des affirmations suivantes, indiquer si elle est vraie ou fausse. On rappelle que les réponses doivent être justifiées.
• **Affirmation 1** : Ce programme donne un résultat positif pour les valeurs de x.
• **Affirmation 2** : Si le nombre x choisi est un nombre entier, le résultat obtenu est un multiple de 8.

LES CLÉS DU SUJET

L'intérêt du sujet

Cet exercice te permet de vérifier tes connaissances dans le domaine du calcul littéral, en particulier des programmes de calculs.

Nos coups de pouce, question par question

▶ **1. Effectuer un programme de calcul**	Calcule en prenant −1 comme nombre de départ.
▶ **2. Inverser un programme de calcul**	Effectue les opérations inverses avec 30 en remontant le programme de calcul
▶ **3. Développer une expression**	Développe les expressions A et B en utilisant les formules $(a+b)^2 = a^2 + b^2 + 2ab$ et $k(a+b) = ka + kb$.
▶ **4. Factoriser une expression littérale**	**a)** Pour prouver qu'un résultat est faux, il suffit de trouver un contre-exemple. **b)** Trouve l'expression générale du programme puis factorise-la par 8.

18 CORRIGÉ GUIDÉ

▶ **1.** $((-1) \times 4 + 8) \times 2 = 4 \times 2 = 8$.

On obtient bien 8 en prenant comme nombre de départ −1.

▶ **2.** On « remonte » le programme :

$(30 \div 2 - 8) \div 4 = (15 - 8) \div 4 = 7 \div 4 = 1{,}75$.

Il faut prendre 1,75 comme nombre de départ pour obtenir 30.

▶ **3.** Développons chaque expression :

$A = 2(4x+8) = 8x+16$

$B = (4+x)^2 - x^2 = 16 + 8x + x^2 - x^2 = 8x + 16$

Donc A et B sont égaux.

> **RAPPEL**
> $(4+x)^2 = (4+x)(4+x)$.

▶ **4. a)** L'affirmation 1 est fausse.

Il suffit de prendre le nombre −3, on a :

$((-3) \times 4 + 8) \times 2 = (-12 + 8) \times 2 = -4 \times 2 = -8$.

Le résultat obtenu est négatif.

b) L'affirmation 2 est vraie.

Le programme s'écrit $8x + 16$ ce qui se factorise en $8(x+2)$.

Donc les résultats obtenus sont tous multiples de 8.

19 France métropolitaine • Juillet 2019

Programme de calcul

EXERCICE 6

15 min
12 points

Voici deux programmes de calcul.

Programme 1

Choisir un nombre
Le multiplier par 3
Ajouter 1

Programme 2

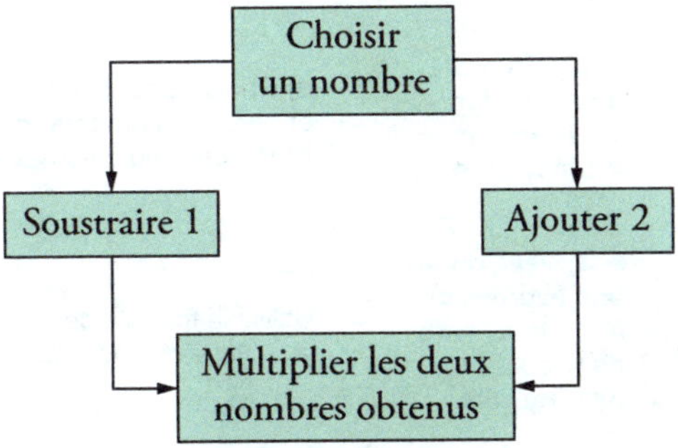

▶ **1.** Vérifier que si on choisit 5 comme nombre de départ,
- Le résultat du programme 1 vaut 16.
- Le résultat du programme 2 vaut 28

On appelle $A(x)$ le résultat du programme 1 en fonction du nombre x choisi au départ.
La fonction $B : x \mapsto (x-1)(x+2)$ donne le résultat du programme 2 en fonction du nombre x choisi au départ.

▶ **2. a)** Exprimer $A(x)$ en fonction de x.
b) Déterminer le nombre que l'on doit choisir au départ pour obtenir 0 comme résultat du programme 1.

▶ **3.** Développer et réduire l'expression :
$B(x) = (x-1)(x+2)$.

▶ **4. a)** Montrer que $B(x) - A(x) = (x+1)(x-3)$.
b) Quels nombres doit-on choisir au départ pour que le programme 1 et le programme 2 donnent le même résultat ? Expliquer la démarche.

LES CLÉS DU SUJET

L'intérêt du sujet

Dans cet exercice sur les programmes de calcul, tu vas retravailler le calcul littéral et les équations.

Nos coups de pouce, question par question

▶ **1. Appliquer un programme de calcul**	Prends comme nombre de départ 5 et calcule chaque étape des programmes.
▶ **2. Résoudre une équation du 1er degré à 1 inconnue**	**a)** Choisis pour nombre de départ l'inconnue x et déroule le programme. **b)** Résous l'équation $3x + 1 = 0$.
▶ **3. Développer une expression littérale à l'aide de la double distributivité**	Utilise la formule de la double distributivité suivante : $(a + b)(c + d) = ac + ad + bc + bd$.
▶ **4. b) Résoudre une équation produit**	Résous l'équation $A(x) = B(x) = 0$. C'est une équation-produit nulle avec deux facteurs, elle a donc deux solutions.

Les étapes de résolution pour la question 4. a)

Montrer l'égalité de deux expressions littérale

1. Réduis l'expression $B(x) - A(x)$.
2. Développe l'expression $(x + 1)(x - 3)$.
3. Compare les expressions obtenues et conclus.

19 CORRIGÉ GUIDÉ

▶ **1.**

Programme 1 :

5

$5 \times 3 = 15$

$15 + 1 = \boxed{16}$

Programme 2 :

$\boxed{5}$

$5 - 1 = 4$

$5 + 2 = 7$

$4 \times 7 = \boxed{28}$

▶ **2. a)** $\boxed{A(x) = 3x + 1}$

b) On résout l'équation $3x + 1 = 0$.

$3x = -1$

$\boxed{x = -\frac{1}{3}}$

▶ **3.** $B(x) = (x - 1)(x + 2) = x^2 + 2x - x - 2 = \boxed{x^2 + x - 2}$

▶ **4. a)** D'une part : $B(x) - A(x) = x^2 + x - 2 - 3x - 1 = x^2 - 2x - 3$.
D'autre part : $(x + 1)(x - 3) = x^2 - 3x + x - 3 = x^2 - 2x - 3$.

Donc les deux expressions sont bien égales.

> **ATTENTION !**
> $B(x) = A(x)$ signifie que $B(x) - A(x) = 0$.

b) On cherche x tel que $B(x) = A(x)$ donc $B(x) - A(x) = 0$, soit $(x + 1)(x - 3) = 0$.

C'est une équation produit, or, si un produit de facteurs est nul alors l'un au moins des facteurs est nul.

Donc $x + 1 = 0$ ou $x - 3 = 0$, soit :

$x = -1$ ou $x = 3$.

Conclusion : les deux valeurs pour lesquelles ces deux programmes sont égaux sont -1 et 3.

Sport et santé

EXERCICE 3

25 min
20 points

Pour être en bonne santé, il est recommandé d'avoir régulièrement une pratique physique. Une recommandation serait de faire au moins une heure de pratique physique par jour en moyenne. Sur 1,6 million d'adolescents de 11 à 17 ans interrogés, 81 % d'entre eux ne respectent pas cette recommandation.

D'après un communiqué de presse sur la santé.

▶ **1.** Sur les 1,6 million d'adolescents de 11 à 17 ans interrogés, combien ne respectent pas cette recommandation ?

Après la lecture de ce communiqué, un adolescent se donne un objectif.

Objectif : « Faire au moins une heure de pratique physique par jour en moyenne. »

Pendant 14 jours consécutifs, il note dans le calendrier suivant la durée quotidienne qu'il consacre à sa pratique physique :

Jour 1	Jour 2	Jour 3	Jour 4	Jour 5	Jour 6	Jour 7
50 min	15 min	1 h	1 h 40 min	30 min	1 h 30 min	40 min
Jour 8	Jour 9	Jour 10	Jour 11	Jour 12	Jour 13	Jour 14
15 min	1 h	1 h 30 min	30 min	1 h	1 h	0 min

▶ **2. a)** Quelle est l'étendue des 14 durées quotidiennes notées dans le calendrier ?

b) Donner une médiane de ces 14 durées quotidiennes.

▶ **3. a)** Montrer que, sur les 14 premiers jours, cet adolescent n'a pas atteint son objectif.

b) Pendant les 7 jours suivants, cet adolescent décide alors de consacrer plus de temps au sport pour atteindre son objectif sur l'ensemble des 21 jours.

Sur ces 7 derniers jours, quelle est la durée totale de pratique physique qu'il doit au minimum prévoir pour atteindre son objectif ?

LES CLÉS DU SUJET

L'intérêt du sujet

À travers cet exercice traitant des bénéfices de l'activité physique sur la santé, tu vas travailler les statistiques.

Nos coups de pouce, question par question

▶ **1. Appliquer un pourcentage**	Multiplie le pourcentage par la quantité.
▶ **2. a) Calculer une étendue**	Regarde les valeurs extrêmes de ta série.
▶ **2. b) Déterminer une médiane**	Range les valeurs dans l'ordre croissant et prends la valeur centrale.
▶ **3. a) Calculer une moyenne**	Ajoute les valeurs et divise par 14.
▶ **4. Résoudre une inéquation**	Recalcule la moyenne en notant *x* la durée minimale cherchée.

S'ENTRAÎNER

20 CORRIGÉ GUIDÉ

▶ **1.** $1{,}6 \times \dfrac{81}{100} = 1{,}296$

Il y a donc 1 296 000 adolescents qui ne respectent pas cette recommandation.

▶ **2. a)** 1 h 40 min – 0 min = 1 h 40

Donc l'étendue de cette série vaut 1 h 40.

b) Une médiane est une valeur partageant l'effectif en deux sous-effectifs égaux.

RAPPEL
L'étendue est la différence entre la plus grande et la plus petite valeur.

Rangeons les valeurs dans l'ordre croissant :

0 min ; 15 min ; 15 min ; 30 min ; 30 min ; 40 min ; 50 min ; 1 h ; 1 h ; 1 h ; 1 h ; 1 h 30 ; 1 h 30 ; 1 h 40

La médiane est entre la 7e et la 8e valeur, donc entre 50 min et 60 min.

Une valeur possible est, par exemple, 55 min.

▶ **3. a)** Mettons d'abord tous les temps dans la même unité, par exemple en minutes. On calcule alors la moyenne des temps :

$(0 + 15 + 15 + 30 + 30 + 40 + 50 + 60 + 60 + 60 + 60 + 90 + 90 + 100) \div 14 = 700 \div 14 = 50$

L'adolescent a passé en moyenne 50 min à pratiquer une activité physique. C'est moins d'une heure, donc il n'a pas atteint son objectif.

b) Soit x la durée minimale d'activité physique à prévoir pour ces 7 jours. La moyenne sur les 21 jours vaut $\frac{700 + x}{21}$.

La moyenne doit être au minimum de 60 min, ce qui se traduit par :

$\frac{700 + x}{21} \geqslant 60$

$700 + x \geqslant 1\,260$

$x \geqslant 1\,260 - 700$

$x \geqslant 560$

Donc l'adolescent doit faire au minimum 560 minutes d'activité physique sur ces 7 jours pour atteindre son objectif.

21 France métropolitaine • Septembre 2021

Surveillance des tortues de Madagascar

EXERCICE 2

20 min
20 points

Toutes les réponses doivent être justifiées, sauf si une indication contraire est donnée. Pour chaque question, si le travail n'est pas terminé, laisser tout de même une trace de la recherche ; elle sera prise en compte dans la notation.

Sur l'île de Madagascar, un scientifique mène une étude sur les tortues vertes.

La tortue verte a pour nom scientifique *Chelonia mydas*.
La carapace mesure en moyenne 115 cm et l'animal pèse entre 80 et 130 kg.
Elle est classée comme espèce « en danger ».

Afin de surveiller la bonne santé des tortues, elles sont régulièrement pesées. Voici les données relevées par ce scientifique en mai 2021.

Lettres de marquage	A-001	A-002	A-003	A-004	A-005	A-006	A-007
Sexe de la tortue	Mâle	Femelle	Femelle	Femelle	Mâle	Femelle	Femelle
Masse (en kg)	113	96	125	87	117	104	101

▶ **1.** Calculer l'étendue de cette série statistique.

▶ **2.** Calculer la masse moyenne de ces 7 tortues. Arrondir le résultat à l'unité.

▶ **3.** Déterminer la médiane de cette série statistique. Interpréter le résultat.

▶ **4.** Est-il vrai que les mâles représentent moins de 20 % de cet échantillon ?

▶ **5.** L'île de Madagascar a pour coordonnées géographiques : (20° sud, 45° est).
Placer une croix sur le planisphère fourni ci-dessous afin de marquer la position de l'île de Madagascar.

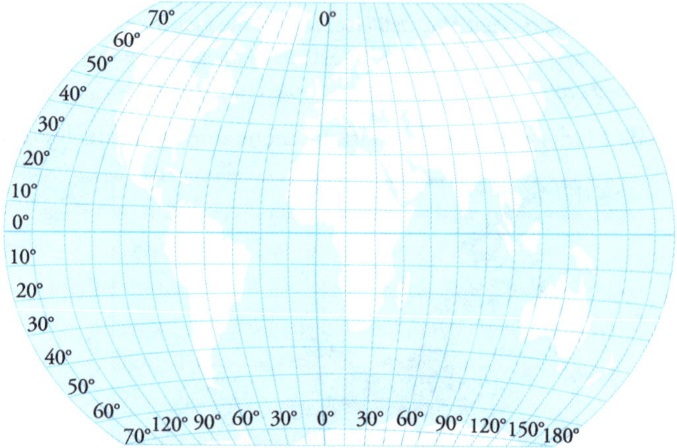

LES CLÉS DU SUJET

L'intérêt du sujet

Les statistiques sont un des domaines des mathématiques qui permettent l'étude chiffrée de notre monde. Ici, tu vas découvrir son utilisation pour suivre une population de tortues.

Nos coups de pouce, question par question

▶ **1. Calculer une étendue**	L'étendue est la différence entre la plus grande valeur et la plus petite.
▶ **2. Calculer une moyenne arithmétique**	Tu dois ajouter toutes les valeurs et diviser le tout par le nombre de valeurs.

▶ **3. Calculer une médiane**	Range les valeurs par ordre croissant et prends celle qui est centrale.
▶ **4. Calculer un pourcentage**	Tu dois diviser le nombre de mâles par le nombre total d'individus, puis multiplier par 100.
▶ **5. Se repérer sur la sphère terrestre**	La latitude s'obtient par rapport à l'équateur (nord ou sud). La longitude s'obtient par rapport au méridien de Greenwich (est ou ouest). L'échelle pour les parallèles est ici de 10° par graduation ; pour les méridiens, de 15° par graduation.

21 CORRIGÉ GUIDÉ

▶ **1.** L'étendue vaut 125 – 87 = 38.

▶ **2.** Moyenne des masses $= \dfrac{113+96+125+87+117+104+101}{7} \approx 106.$

La moyenne des masses des tortues vaut environ 106 kg.

▶ **3.** Rangeons les valeurs par ordre croissant puis partageons l'effectif de 7 tortues en deux sous-effectifs égaux :

87 – 96 – 101 – 104 – 113 – 117 – 125

La médiane est la valeur centrale : 104.

▶ **4.** Le pourcentage de tortues mâles est :

$$\frac{\text{nombre de mâles}}{\text{nombre de tortues}} \times 100 = \frac{2}{7} \times 100 \approx 28{,}6.$$

Il est donc faux de dire que les mâles représentent moins de 20 % des tortues.

▶ 5.

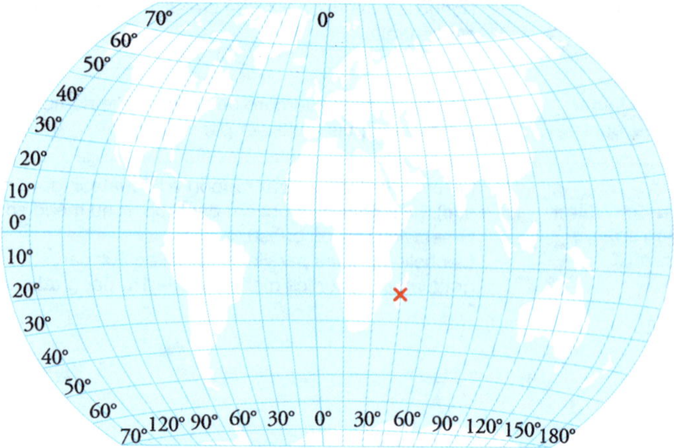
70°
60°
50°
40°
30°
20°
10°
0°
10°
20°
30°
40°
50°
60°
70°
0°
120° 90° 60° 30° 0° 30° 60° 90° 120° 150° 180°

22 Asie • Juin 2021

Vitesse maximale aérobie

EXERCICE 4

15 min
16 points

En cours d'éducation physique et sportive (EPS), les 24 élèves d'une classe de troisième pratiquent la course de fond.
Les élèves réalisent le test de demi-Cooper : ils doivent parcourir la plus grande distance possible en six minutes. Chaque élève calcule ensuite sa vitesse moyenne sur cette course. Le résultat obtenu est appelé VMA (vitesse maximale aérobie).

▶ **1.** Après son échauffement, Chloé effectue ce test de demi-Cooper. Elle parcourt 1 000 mètres en 6 minutes. Montrer que sa VMA est égale à 10 km/h.

▶ **2.** L'enseignante a récolté les résultats et a obtenu les documents 1 et 2 ci-dessous :

DOCUMENT 1 VMA (en km/h) des filles

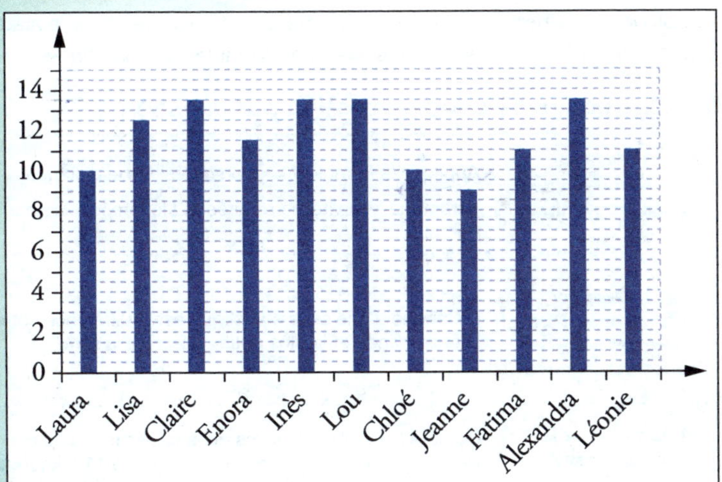

DOCUMENT 2 VMA (en km/h) des garçons

Nathan : 12	Lucas : 11	Jules : 14	Abdel : 13,5	Nicolas : 14
Thomas : 14,5	Martin : 11	Youssef : 14	Mathis : 12	Léo : 15
Simon : 12	José : 14	Ilan : 14		

Dire si les affirmations suivantes sont vraies ou fausses. On rappelle que toutes les réponses doivent être justifiées.

a) Affirmation 1 : l'étendue de la série statistique des VMA des filles de la classe est plus élevée que celle de la série statistique des VMA des garçons de la classe.

b) Affirmation 2 : plus de 25 % des élèves de la classe ont une VMA inférieure ou égale à 11,5 km/h.

c) L'enseignante souhaite que la moitié de la classe participe à une compétition. Elle sélectionne donc les douze élèves dont la VMA est la plus élevée.

Affirmation 3 : Lisa participe à la compétition.

LES CLÉS DU SUJET

L'intérêt du sujet

Il s'agit d'un enseignement interdisciplinaire : éducation physique et sportive et mathématiques. Les performances se déroulent sur le stade et la vitesse moyenne se calcule avec une formule mathématique.

Nos coups de pouce, question par question

▶ **1. Calculer une vitesse moyenne**	Applique la formule $v = \frac{d}{t}$ où d désigne la distance parcourue, v la vitesse réalisée et t le temps mis pour la parcourir.
▶ **2. a) Calculer puis comparer les étendues de deux séries statistiques**	L'étendue d'une série statistique est la différence entre la plus grande et la plus petite valeur de la série.
b) Appliquer une proportionnalité	Compte le nombre d'élèves de la classe (garçons et filles) ayant une VMA inférieure ou égale à 11,5 km/h.
c) Comparer des nombres	Range les élèves suivant leur VMA par ordre croissant en associant leurs prénoms. Repère les 12 élèves qui vont participer à la compétition. Lisa en fait-elle partie ?

22 CORRIGÉ GUIDÉ

ATTENTION !
Attention aux unités dans cette question.

▶ **1.** On applique la formule $v = \frac{d}{t}$ où d désigne la distance parcourue, v la vitesse réalisée et t le temps mis pour la parcourir.

Nous avons $d = 1\ 000$ m = 1 km et $t = 6$ min = 0,1 h.

Donc $v = \frac{d}{t} = \frac{1}{0{,}1} = 10$ km/h.

▶ **2. a)** L'étendue d'une série statistique est la différence entre la plus grande et la plus petite valeur de la série.

Pour les filles nous avons pour étendue (13,5 – 9) c'est-à-dire 4,5 km/h.

Pour les garçons nous avons pour étendue (15 – 11) c'est-à-dire 4 km/h.

L'affirmation 1 est exacte.

ATTENTION !
Attention aux inégalités au sens strict ou au sens large.

b) La classe est composée de 24 élèves. 8 d'entre eux (6 filles et 2 garçons) ont une VMA inférieure ou égale à 11,5 km/h, soit 33,3 % valeur arrondie au dixième.

L'affirmation 2 est exacte.

c) 12 élèves de la classe ont une VMA supérieure à 12,5 km/h.

Ce sont : Thomas, José, Jules, Youssef, Ilan, Abdel, Nicolas, Léo pour les garçons et Claire, Inès, Lou, Alexandra pour les filles.

Lisa a une VMA égale à 12,5 km/h. Elle est donc classée 13e. Lisa ne sera pas sélectionnée.

L'affirmation 3 est fausse.

23 Antilles, Guyane • Juin 2019

Sécurité routière

EXERCICE 3

15 min
17 points

Le premier juillet 2018, la vitesse maximale autorisée sur les routes à double sens de circulation, sans séparateur central, a été abaissée de 90 km/h à 80 km/h.
En 2016, 1 911 personnes ont été tuées sur les routes à double sens de circulation, sans séparateur central, ce qui représente environ 55 % des décès sur l'ensemble des routes en France.

Source : www.securite-routiere.gouv.fr

▶ **1. a)** Montrer qu'en 2016, il y a eu environ 3 475 décès sur l'ensemble des routes en France.
b) Des experts ont estimé que la baisse de la vitesse à 80 km/h aurait permis de sauver 400 vies en 2016. De quel pourcentage le nombre de morts sur l'ensemble des routes de France aurait-il baissé ? Donner une valeur approchée à 0,1 % près.

▶ **2.** En septembre 2018, des gendarmes ont effectué une série de contrôles sur une route dont la vitesse maximale autorisée est 80 km/h. Les résultats ont été entrés dans un tableur dans l'ordre croissant des vitesses. Malheureusement, les données de la colonne B ont été effacées.

	A	B	C	D	E	F	G	H	I	J	K
1	vitesse relevée (km/h)		72	77	79	82	86	90	91	97	TOTAL
2	nombre d'automobilistes		2	10	6	1	7	4	3	6	

a) Calculer la moyenne des vitesses des automobilistes contrôlés qui ont dépassé la vitesse maximale autorisée. Donner une valeur approchée à 0,1 km/h près.
b) Sachant que l'étendue des vitesses relevées est égale à 27 km/h et que la médiane est égale à 82 km/h, quelles sont les données manquantes dans la colonne B ?
c) Quelle formule doit-on saisir dans la cellule K2 pour obtenir le nombre total d'automobilistes contrôlés ?

LES CLÉS DU SUJET

L'intérêt du sujet

De nombreuses campagnes sont lancées par la Sécurité routière. Parmi celles-ci, les campagnes pour le respect de la limitation de vitesse y tiennent une place de choix. Soyez vigilants et prudents !

Nos coups de pouce, question par question

▶ **1. a) Appliquer un pourcentage**	Note x le nombre de décès sur les routes de France en 2016. Prends ensuite 55 % de ce nombre x.
b) Calculer un pourcentage	Calcule en pourcentage le quotient $\frac{400}{3\,475}$.
▶ **2. Calculer la moyenne, l'étendue et la médiane d'une série statistique**	Applique la définition de ces trois notions de statistique (voir le Mémo).

S'ENTRAÎNER

23 CORRIGÉ GUIDÉ

▶ **1. a)** Si x est le nombre de décès sur les routes de France en 2016, alors $\frac{55}{100}x = 1\,911$.

D'où $x = \frac{1\,911 \times 100}{55}$.

Une valeur arrondie à l'unité de x est donc :

$$\boxed{x = 3\,475}.$$

b) Notons p le pourcentage de baisse du nombre de décès :

$$p = \frac{400}{3\,475} \times 100.$$

Une valeur approchée de p à 0,1 % près est :

$$\boxed{p = 11{,}5\,\%}.$$

▶ **2. a)** Notons m la moyenne des vitesses des automobilistes contrôlés qui ont dépassé la vitesse de 80 km/h.

m est égale à la somme de toutes les valeurs de la série statistique divisée par l'effectif total :

$$m=\frac{1\times 82+7\times 86+4\times 90+3\times 91+6\times 97}{1+7+4+3+6}=\frac{1\,899}{21}.$$

D'où une valeur approchée de m à 0,1 km/h près :

$$\boxed{m=90{,}4\text{ km/h}}.$$

b) L'étendue e d'une série statistique est la différence entre la plus grande et la plus petite valeur de la série statistique.

La plus grande valeur est 97 et l'étendue vaut 27.

La plus petite valeur est donc 70 km/h car 97 – 27 = 70.

Conclusion : en B1, il manque le nombre 70.

> **ATTENTION !**
> La série statistique considérée ne contient que les vitesses supérieures à 80 km/h !

La médiane M d'une série statistique, rangée par ordre croissant ou décroissant, est la valeur qui partage cette série statistique en deux parties de même effectif.

Or, $M = 82$ et il y a 20 automobilistes circulant à plus de 82 km/h. Donc il existe 20 automobilistes circulant à moins de 82 km/h.

D'après le tableur, il y a 2 automobilistes circulant à 70 km/h.

Conclusion : en B2, il manque le nombre 2.

c) Dans la cellule K2, il faut saisir la formule :

=SOMME(B2:J2).

Rupture de contrat

EXERCICE 3

15 min
14 points

Une assistante maternelle gardait plusieurs enfants, dont Farida qui est entrée à l'école en septembre 2017. Ses parents ont alors rompu leur contrat avec cette assistante maternelle. La loi les oblige à verser une « indemnité de rupture ».
Le montant de cette indemnité est égal au 1/120e du total des salaires nets perçus par l'assistante maternelle pendant toute la durée du contrat.
Ils ont reporté le montant des salaires nets versés, de mars 2015 à août 2017, dans un tableur comme ci-dessous :

	A	B	C	D	E	F	G	H	I	J	K	L	M
1	Salaires nets versés en 2015 (en €)												
2													
3	Janvier	Février	Mars	Avril	Mai	Juin	Juillet	Août	Septembre	Octobre	Novembre	Décembre	Total
4			77,81	187,11	197,21	197,11	187,11	170,63	186,28	191,37	191,37	197,04	1 783,04
5													
6	Salaires nets versés en 2016 (en €)												
7													
8	Janvier	Février	Mars	Avril	Mai	Juin	Juillet	Août	Septembre	Octobre	Novembre	Décembre	Total
9	191,37	191,37	191,37	197,04	194,21	191,37	211,21	216,89	212,63	212,63	218,3	218,3	2 446,69
10													
11	Salaires nets versés en 2017 (en €)												
12													
13	Janvier	Février	Mars	Avril	Mai	Juin	Juillet	Août	Septembre	Octobre	Novembre	Décembre	Total
14	223,97	261,64	270,15	261,64	261,64	267,3	261,64	261,64					2 069,62
15													
16	Montant total des salaires versés (en €)												
17													
18	Montant de l'indemnité de rupture de contrat (en €)												
19													

▶ **1. a)** Que représente la valeur 1 783,04 dans la cellule M4 ?
b) Quelle formule a-t-on écrit dans la cellule M4 pour obtenir cette valeur ?
c) Dans quelle cellule doit-on écrire la formule « =M4+M9+M14 » ?

▶ **2.** Déterminer le montant de « l'indemnité de rupture ». Arrondir au centime d'euro près.

▶ **3.** Déterminer le salaire moyen net mensuel versé à cette assistante maternelle sur toute la durée du contrat de la famille de Farida. Arrondir au centime d'euro près.

▶ **4.** Calculer l'étendue des salaires versés.

LES CLÉS DU SUJET

L'intérêt du sujet

Dans le cas d'une rupture de contrat avec un salarié, la loi prévoit le versement d'une indemnité au salarié concerné. Celle-ci est calculée à partir de la rémunération brute perçue.

Nos coups de pouce, question par question

▶ **1. Effectuer une lecture sur un tableur**	Tu peux repérer une cellule avec sa position sur une ligne et sur une colonne. Exemple : M4 est la cellule située à l'intersection de la ligne 4 et de la colonne M.
▶ **2. Calculer une fraction d'une somme de valeurs**	Calcule d'abord la somme des salaires versés de mars 2015 à août 2017.
▶ **3. Calculer une moyenne**	Le salaire moyen net mensuel S_{moy} est égal à la somme de tous les salaires versés divisée par le nombre total de mois.
▶ **4. Calculer une étendue**	Applique la définition de l'étendue d'une série statistique (voir le Mémo).

24 CORRIGÉ GUIDÉ

▶ **1. a)** La valeur 1 783,04 dans la cellule M4 représente la somme des salaires nets versés en 2015.

b) Pour obtenir cette valeur, la formule écrite dans la cellule M4 est :

=SOMME(C4:L4).

> **ATTENTION !**
> Les formules utilisées sur le tableur obéissent à une syntaxe bien précise.

c) La formule « =M4+M9+M14 » est écrite dans la cellule M16.

Ce résultat représente le montant total des salaires versés en euros durant toute la durée du contrat.

▶ **2.** Notons R l'indemnité de rupture. Alors :

$$R = (1\,783{,}04 + 2\,446{,}69 + 2\,069{,}62) \times \frac{1}{120}.$$

$$R = 6\,299{,}35 \times \frac{1}{120}.$$

$$R = 52{,}49.$$

Conclusion : le montant de l'indemnité de rupture est de 52,49 euros, valeur arrondie au centième d'euro.

▶ **3.** Le salaire moyen net mensuel S_{moy} est égal au salaire total versé sur toute la durée du contrat divisé par son nombre de mois. L'assistante maternelle a travaillé pendant 30 mois. Donc $S_{moy} = \dfrac{6\,299{,}35}{30}$.

La valeur arrondie au centième d'euro du salaire moyen net est :

$$\boxed{S_{moy} = 209{,}98 \text{ euros}}.$$

▶ **4.** L'étendue e d'une série statistique est la différence entre la plus grande valeur et la plus petite valeur de la série statistique.

La valeur la plus grande est 270,15 et la valeur la plus petite est 77,81. D'où l'étendue des salaires :

$$e = 270{,}15 - 77{,}81$$

$$\boxed{e = 192{,}34 \text{ euros}}.$$

S'ENTRAÎNER

Les probabilités tous azimuts

EXERCICE 2

15 min
21 points

PARTIE 1

Dans cette première partie, on lance un dé bien équilibré à six faces numérotées de 1 à 6, puis on note le numéro de la face du dessus.

▶ **1.** Donner sans justification les issues possibles.

▶ **2.** Quelle est la probabilité de l'événement A : « on obtient 2 » ?

▶ **3.** Quelle est la probabilité de l'événement B : « on obtient un nombre impair » ?

PARTIE 2

Dans cette deuxième partie, on lance simultanément deux dés bien équilibrés à six faces, un rouge et un vert. On appelle « score » la somme des numéros obtenus sur chaque dé.

▶ **1.** Quelle est la probabilité de l'événement C : « le score est 13 » ? Comment appelle-t-on un tel événement ?

▶ **2.** Dans le tableau à double entrée donné ci-dessous, on remplit chaque case avec la somme des numéros obtenus sur chaque dé.

Dé vert / Dé rouge	1	2	3	4	5	6
1						
2						
3				7		
4		6				
5						
6						

a) Compléter, sans justifier, ce tableau.
b) Donner la liste des scores possibles.

▶ **3. a)** Déterminer la probabilité de l'événement D : « le score est 10 ».
b) Déterminer la probabilité de l'événement E : « le score est un multiple de 4 ».
c) Démontrer que le score obtenu a autant de chances d'être un nombre premier qu'un nombre strictement plus grand que 7.

LES CLÉS DU SUJET

L'intérêt du sujet

Les probabilités, comme leur nom l'indique, ne fournissent pas des certitudes. Il s'agit tout simplement d'évaluer les chances de voir se réaliser un ou plusieurs événements. Ensuite on peut prendre une décision éclairée par ces calculs.

Nos coups de pouce, question par question

Partie 1

▶ 1. Connaître le vocabulaire utilisé en probabilité

Une issue en probabilité est un des résultats que l'on peut obtenir. L'ensemble des issues possibles est appelé l'univers.

▶ 2. et 3. Calculer une probabilité, en appliquant la propriété

Quand les résultats d'une expérience ont tous la même probabilité, alors, pour un événement E :

$$P(\text{E}) = \frac{\text{nombre de résultats favorables}}{\text{nombre de résultats possibles}}.$$

Partie 2

▶ 2. Construire un tableau à double entrée

Nous avons 2 dés cubiques (numérotés de 1 à 6) de couleurs différentes pour bien dénombrer les résultats.

▶ 3. Calculer une probabilité

Tous les résultats demandés sont sur le tableau, qu'il convient de lire attentivement.

25 CORRIGÉ GUIDÉ

PARTIE 1

▶ **1.** Il existe 6 issues possibles : 1, 2, 3, 4, 5 et 6.

▶ **2.** Notons $P(\text{A})$ la probabilité pour que l'événement A se réalise. Il existe 1 seul résultat favorable et 6 résultats possibles. Donc :

$P(\text{A}) = \frac{1}{6}$.

▶ **3.** Notons $P(\text{B})$ la probabilité pour que l'événement B se réalise. Il existe 3 résultats favorables (les numéros 1, 3 et 5) et 6 résultats possibles. Donc :

$P(\text{B}) = \frac{3}{6} = \frac{1}{2}$.

PARTIE 2

▶ **1.** Avec les 2 dés, le score maximum est de 12 points. Donc il est impossible de réaliser un score de 13 points. Cet événement est appelé « événement impossible ». Sa probabilité de réalisation est nulle, on écrit $P(\text{C}) = 0$.

▶ **2. a)** Voici le tableau complété :

Dé vert / Dé rouge	1	2	3	4	5	6
1	2	3	4	5	6	7
2	3	4	5	6	7	8
3	4	5	6	7	8	9
4	5	6	7	8	9	10
5	6	7	8	9	10	11
6	7	8	9	10	11	12

b) Les scores possibles sont les entiers positifs de 2 à 12, ce qui fait 11 scores.

▶ **3. a)** On remarque, en regardant le tableau, qu'il est possible d'obtenir 10 de 3 façons différentes (4 et 6) ; (5 et 5) et (6 et 4) et qu'il existe 36 résultats possibles. On a donc :

$P(\text{D}) = \frac{3}{36} = \frac{1}{12}$.

b) Il y a 3 multiples de 4 entre 8 et 12. Ce sont les nombres 4, 8 et 12. Le tableau indique 9 sommes favorables (3 scores égaux à 4, 5 scores égaux à 8 et 1 score égal à 12). On a alors :

$P(\text{E}) = \frac{9}{36} = \frac{1}{4}$.

c) Il existe dans le tableau 15 nombres supérieurs à 7 et 15 nombres premiers.

Conclusion : la probabilité d'obtenir un score supérieur à 7 est égale à celle d'obtenir un nombre premier.

S'ENTRAÎNER

Les températures à Tours

EXERCICE 1

20 min
20 points

Cette feuille de calcul présente les températures moyennes mensuelles à Tours en 2019.

	A	B	C	D	E	F	G
1	Mois	J	F	M	A	M	J
2	Température en °C	4,4	7,8	9,6	11,2	13,4	19,4

	A	H	I	J	K	L	M	N
1	Mois	J	A	S	O	N	D	Moyenne sur l'année
2	Température en °C	22,6	20,5	17,9	14,4	8,2	7,8	

▶ **1.** D'après le tableau ci-dessus, quelle a été la température moyenne à Tours en novembre 2019 ?

▶ **2.** Déterminer l'étendue de cette série.

▶ **3.** Quelle formule doit-on saisir en cellule N2 pour calculer la température moyenne annuelle ?

▶ **4.** Vérifier que la température moyenne annuelle est 13,1 °C.

▶ **5.** La température moyenne annuelle à Tours en 2009 était de 11,9 °C.
Le pourcentage d'augmentation entre 2009 et 2019, arrondi à l'unité, est-il de : 7 % ; 10 % ou 13 % ? Justifier la réponse.

LES CLÉS DU SUJET

L'intérêt du sujet

Les statistiques permettent d'étudier de nombreux phénomènes et, dans cet exercice, tu vas découvrir leur application dans le domaine de la météorologie.

Nos coups de pouce, question par question

▶ 1. Lire un tableau	Lis la valeur en L2.
▶ 2. Calculer un indicateur statistique	L'étendue est la différence entre la plus grande et la plus petite valeur.
▶ 3. Utiliser une feuille de calculs	Rappelle-toi que, dans un tableur, toute formule commence par un signe « = ».
▶ 4. Calculer un indicateur statistique	• Calcule la somme des 12 températures. • Divise ensuite le tout par 12.
▶ 5. Calculer un pourcentage	Divise la hausse de température par la moyenne de température en 2009, puis multiplie par 100.

26 CORRIGÉ GUIDÉ

▶ **1.** En cellule L2, on lit que la température moyenne en novembre est de 8,2 °C.

▶ **2.** 22,6 – 4,4 = 18,2
L'étendue est de 18,2 °C.

▶ **3.** La formule à entrer en N2 est « =SOMME(B2:M2)/12 » ou « =(B2+C2+D2+E2+F2+G2+H2+I2+J2+K2+L2+M2)/12 ».

▶ **4.** La moyenne des températures pour l'année est :

$$\frac{4{,}4+7{,}8+9{,}6+11{,}2+13{,}4+19{,}4+22{,}6+20{,}5+17{,}9+14{,}4+8{,}2+7{,}8}{12}=13{,}1\ °\text{C}.$$

▶ **5.** Le pourcentage d'augmentation entre 2009 et 2019 est de :

$$\frac{13{,}1-11{,}9}{11{,}9}\times 100 \approx 10.$$

QCM

EXERCICE 3

20 min
20 points

Cet exercice est un questionnaire à choix multiples (QCM). Aucune justification n'est demandée. Pour chaque question, trois réponses (A, B et C) sont proposées. Une seule réponse est exacte.

PARTIE A

Une urne contient 7 jetons verts, 4 jetons rouges, 3 jetons bleus et 2 jetons jaunes. Les jetons sont indiscernables au toucher.
On pioche un jeton au hasard dans cette urne.

Questions	Réponse A	Réponse B	Réponse C
▶ **1.** À quel événement correspond une probabilité de $\frac{7}{16}$?	Obtenir un jeton de couleur rouge ou jaune.	Obtenir un jeton qui n'est pas vert.	Obtenir un jeton vert.
▶ **2.** Quelle est la probabilité de ne pas tirer un jeton bleu ?	$\frac{13}{16}$	$\frac{3}{16}$	$\frac{3}{4}$

PARTIE B

On considère la figure suivante, composée de vingt motifs numérotés de 1 à 20, dans laquelle :
- $\widehat{AOB} = 36°$;
- le motif 11 est l'image du motif 1 par l'homothétie de centre O et de rapport 2.

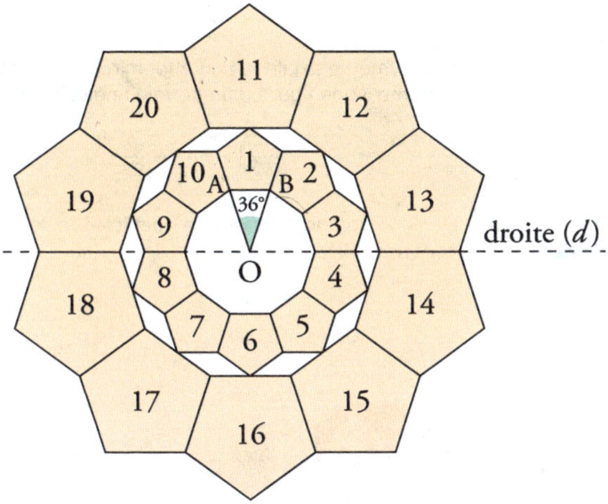

Questions	Réponse A	Réponse B	Réponse C
▶ **1.** Quelle est l'image du motif 20 par la symétrie d'axe la droite (*d*) ?	Le motif 17.	Le motif 15.	Le motif 12.
▶ **2.** Par quelle rotation le motif 3 est-il l'image du motif 1 ?	Une rotation de centre O, et d'angle 36°.	Une rotation de centre O, et d'angle 72°.	Une rotation de centre O, et d'angle 90°.
▶ **3.** L'aire du motif 11 est égale :	au double de l'aire du motif 1.	à 4 fois l'aire du motif 1.	à la moitié de l'aire du motif 1.

LES CLÉS DU SUJET

L'intérêt du sujet

À travers un QCM, tu vas réviser les notions de transformations planes ainsi que les probabilités.

Nos coups de pouce, question par question

Partie A Déterminer une probabilité — Souviens-toi que le dénominateur correspond au nombre total d'issues et le numérateur au nombre d'issues de l'événement cherché.

Partie B ▶ 1. et ▶ 2. Utiliser des transformations	Une symétrie axiale fait un effet miroir ; une rotation « tourne » une figure d'un certain angle.
▶ 3. Calculer l'effet d'un agrandissement sur une aire	Dans un agrandissement de coefficient k, les aires sont multipliées par k^2.

27 CORRIGÉ GUIDÉ

PARTIE A

▶ **1.** La bonne réponse est la réponse C.
Il y a bien 7 jetons verts sur les 16 disponibles.

▶ **2.** La bonne réponse est la réponse A.
Il y a bien 13 jetons non bleus sur les 16 disponibles.

PARTIE B

▶ **1.** La bonne réponse est la réponse A.
Les motifs 20 et 17 se superposent par pliage le long de l'axe (*d*).

▶ **2.** La bonne réponse est la réponse B.
Les motifs 3 et 1 correspondent dans la rotation de centre O d'angle 72°.

▶ **3.** La bonne réponse est la réponse B.
Le rapport de l'homothétie est 2 donc les aires sont multipliées par 2^2, c'est-à-dire par 4.

Montres

EXERCICE 3

15 min
16 points

Thomas possède une montre qu'il compose en assemblant des cadrans et des bracelets de plusieurs couleurs. Pour cela, il dispose de :
– deux cadrans : un rouge et un jaune ;
– quatre bracelets : un rouge, un jaune, un vert et un noir.

▶ **1.** Combien y a-t-il d'assemblages possibles ?
Il choisit au hasard un cadran et un bracelet pour composer sa montre.

▶ **2.** Déterminer la probabilité d'obtenir une montre toute rouge.

▶ **3.** Déterminer la probabilité d'obtenir une montre d'une seule couleur.

▶ **4.** Déterminer la probabilité d'avoir une montre de deux couleurs.

LES CLÉS DU SUJET

L'intérêt du sujet

Thomas aime beaucoup le changement. On lui a offert une montre à bracelets et boîtiers interchangeables. Tous les matins, il recompose sa montre et s'en remet au hasard pour le choix des nouveaux accessoires : en effet il pratique le tirage au sort !

Nos coups de pouce, question par question

▶ **1. Effectuer des dénombrements**	Construis un arbre pondéré.
▶ **2. à ▶ 4. Calculer des probabilités simples**	Si E est un événement et si les résultats d'une expérience ont tous la même probabilité, alors : $p(\text{E}) = \dfrac{\text{nombre de résultats favorables}}{\text{nombre de résultats possibles}}$.

28 CORRIGÉ GUIDÉ

Arbre pondéré

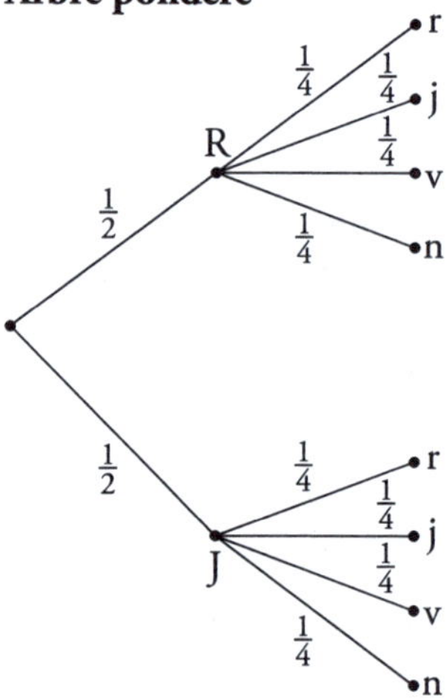

Légende
R : cadran rouge
r : bracelet rouge
v : bracelet vert
J : cadran jaune
j : bracelet jaune
n : bracelet noir.

▶ **1.** Il existe 8 assemblages possibles. Ils sont donnés par l'arbre ci-dessus. (R, r), (R, j), (R, v), (R, n), (J, r), (J, j), (J, v) et (J, n).

▶ **2.** Soit E_1 l'événement « la montre est toute rouge ».
Il existe un seul résultat favorable, (R, r), et 8 résultats possibles.

$$\boxed{p(E_1) = \frac{1}{8}}.$$

▶ **3.** Soit E_2 l'événement « la montre est d'une seule couleur ».
Il existe deux résultats favorables, (R, r) et (J, j), et 8 résultats possibles.

$p(E_2) = \frac{2}{8}$ soit $\boxed{p(E_2) = \frac{1}{4}}$.

▶ **4.** Soit E_3 l'événement « la montre est de 2 couleurs ».
Il existe 6 résultats favorables, (R, j), (R, v), (R, n), (J, r), (J, v) et (J, n), et 8 résultats possibles.

$p(E_3) = \frac{6}{8}$ soit $\boxed{p(E_3) = \frac{3}{4}}$.

Autre méthode : On obtient nécessairement une montre d'une seule couleur ou de deux couleurs. Donc :

$p(E_2) + p(E_3) = 1$ soit $p(E_3) = 1 - p(E_2) = 1 - \frac{1}{4} = \frac{3}{4}$.

Des chaussures en vitrine

EXERCICE 4

15 min
13 points

Dans la vitrine d'un magasin A sont présentés au total 45 modèles de chaussures. Certaines sont conçues pour la ville, d'autres pour le sport et sont de trois couleurs différentes : noire, blanche ou marron.

▶ **1.** Compléter le tableau suivant.

Modèle	Pour la ville	Pour le sport	Total
Noir	15	5	20
Blanc	7	10	17
Marron	5	3	8
Total	27	18	45

▶ **2.** On choisit un modèle de chaussures au hasard dans cette vitrine.

a) Quelle est la probabilité de choisir un modèle de couleur noire ?

b) Quelle est la probabilité de choisir un modèle pour le sport ?

c) Quelle est la probabilité de choisir un modèle pour la ville de couleur marron ?

▶ **3.** Dans la vitrine d'un magasin B, on trouve 54 modèles de chaussures dont 30 de couleur noire. On choisit au hasard un modèle de chaussures dans la vitrine du magasin A puis dans celle du magasin B. Dans laquelle des deux vitrines a-t-on le plus de chance d'obtenir un modèle de couleur noire ? Justifier.

LES CLÉS DU SUJET

L'intérêt du sujet

Toutes les chaussures n'ont pas le même usage. Pour son confort et sa sécurité, il est souhaitable de prendre des chaussures faites pour l'usage qui est prévu comme, par exemple, choisir des chaussures de sport pour jouer au basket-ball.

Nos coups de pouce, question par question

▶ **1. Gérer les données d'un exercice**	• Complète le tableau à double entrée. • Vérifie bien tes résultats.
▶ **2. Calculer des probabilités dans des contextes familiers**	Pour chaque question, la démarche est toujours la même : – évalue le nombre de résultats favorables ; – évalue le nombre de résultats possibles ; – applique la formule : $p(\text{E}) = \dfrac{\text{nombre de résultats favorables}}{\text{nombre de résultats possibles}}$.

Les étapes de résolution de la question 3

Comparer deux probabilités

1. Calcule la probabilité pour que le modèle choisi dans la vitrine A soit noir.
2. Calcule la probabilité pour que le modèle choisi dans la vitrine B soit noir.
3. Compare ces deux résultats et conclus.

29 CORRIGÉ GUIDÉ

▶ **1.** Tableau complété.

Modèle	Pour la ville	Pour le sport	Total
Noir	15	5	20
Blanc	7	10	17
Marron	5	3	8
Total	27	18	45

▶ **2. a)** Soit E_1 l'événement « choisir un modèle de couleur noire ».
Parmi les 45 modèles, il en existe 20 de couleur noire.

$p(E_1) = \frac{20}{45}$ ou encore $\boxed{p(E_1) = \frac{4}{9}}$.

b) Soit E_2 l'événement « choisir un modèle pour le sport ».
Parmi les 45 modèles, il en existe 18 pour le sport.

$p(E_2) = \frac{18}{45}$ ou encore $\boxed{p(E_2) = \frac{2}{5}}$.

c) Soit E_3 l'événement « choisir un modèle pour la ville de couleur marron ».
Parmi les 45 modèles, il en existe 5 pour la ville de couleur marron.

$p(E_3) = \frac{5}{45}$ ou encore $\boxed{p(E_3) = \frac{1}{9}}$.

▶ **3.** Soit A l'événement « le modèle choisi dans la vitrine A est noir ».
D'après la question **2. a)**, $p(A) = \frac{4}{9}$.

Soit B l'événement « le modèle choisi dans la vitrine B est noir ».
$p(B) = \frac{30}{54} = \frac{5}{9}$. On a $p(B) > p(A)$.
Conclusion : on a plus de chance d'obtenir un modèle de couleur noire dans la vitrine B.

S'ENTRAÎNER

Téléchargements

EXERCICE 2

15 min
12 points

Hugo a téléchargé des titres musicaux sur son téléphone. Il les a classés par genre musical comme indiqué dans le tableau ci-dessous :

Genre musical	Pop	Rap	Techno	Variété française
Nombre de titres	35	23	14	28

▶ **1.** Combien de titres a-t-il téléchargés ?

▶ **2.** Il souhaite utiliser la fonction « lecture aléatoire » de son téléphone qui consiste à choisir au hasard parmi tous les titres musicaux téléchargés, un titre à diffuser. Tous les titres sont différents et chaque titre a autant de chances d'être choisi. On s'intéresse au genre musical du premier titre diffusé.

a) Quelle est la probabilité de l'événement « obtenir un titre Pop » ?

b) Quelle est la probabilité de l'événement « le titre diffusé n'est pas du Rap » ?

c) Un fichier musical audio a une taille d'environ 4 Mo (Mégaoctets). Sur le téléphone d'Hugo, il reste 1,5 Go (Gigaoctet) disponible. Il souhaite télécharger de nouveaux titres musicaux. Combien peut-il en télécharger au maximum ?

Rappel : 1 Go = 1 000 Mo.

LES CLÉS DU SUJET

L'intérêt du sujet

Avant d'effectuer des téléchargements, Hugo doit connaître la quantité de mémoire qu'il possède sur son téléphone.

Nos coups de pouce, question par question

▶ 1. Extraire des informations	Utilise le tableau de l'énoncé et effectue la somme des nombres de titres téléchargés.
▶ 2. a) et b) Calculer des probabilités simples	Si E est un événement et si les résultats d'une expérience ont tous la même probabilité de réalisation, alors : $p(E) = \frac{\text{nombre de résultats favorables}}{\text{nombre de résultats possibles}}$.
c) Effectuer des conversions	Utilise la même unité (le Mo ou mégaoctet par exemple) pour la taille des fichiers et la capacité disponible. Effectue les conversions nécessaires.

30 CORRIGÉ GUIDÉ

▶ **1.** Soit N le nombre de titres téléchargés :

$$N = 35 + 23 + 14 + 28 = 100.$$

Conclusion : 100 titres ont été téléchargés.

▶ **2. a)** Notons E_1 l'événement « obtenir un titre Pop ».
Chaque titre a autant de chances d'être choisi, donc :

$$p(E_1) = \frac{\text{nombre de résultats favorables}}{\text{nombre de résultats possibles}} = \frac{35}{100}$$

$$\boxed{p(E_1) = 0{,}35}.$$

b) Notons E_2 l'événement « le titre diffusé n'est pas du Rap » :

$$p(E_2) = \frac{35+14+28}{100} = \frac{77}{100}$$

$$\boxed{p(E_2) = 0{,}77}.$$

c) Pour effectuer des téléchargements il reste 1,5 Go ou encore 1 500 Mo disponibles sur le téléphone de Hugo.

Si n est le nombre maximum de téléchargements que Hugo peut effectuer, alors :

$$n = \frac{1\,500}{4} = 375.$$

Conclusion : Hugo peut effectuer au maximum 375 téléchargements.

> **ATTENTION !**
> • 1 méga octet = 1 million d'octets = 1 000 000 octets ;
> • 1 giga octet = 1 milliard d'octets = 1 000 000 000 octets ;
> • Donc 1 Go = 1 000 Mo.

L'éco-conduite

EXERCICE 6

15 min
15 points

L'éco-conduite est un comportement de conduite plus responsable permettant de :
• réduire ses dépenses : moins de consommation de carburant et un coût d'entretien du véhicule réduit ;
• limiter les émissions de gaz à effet de serre ;
• réduire le risque d'accident de 10 à 15 % en moyenne.

▶ **1.** Un des grands principes est de vérifier la pression des pneus de son véhicule. On considère des pneus dont la pression recommandée par le constructeur est de 2,4 bars.

a) Sachant qu'un pneu perd environ 0,1 bar par mois, en combien de mois la pression des pneus sera descendue à 1,9 bar, s'il n'y a eu aucun gonflage ?

b) Le graphique ci-dessous donne un pourcentage approximatif de consommation supplémentaire de carburant en fonction de la pression des pneus (zone colorée) :

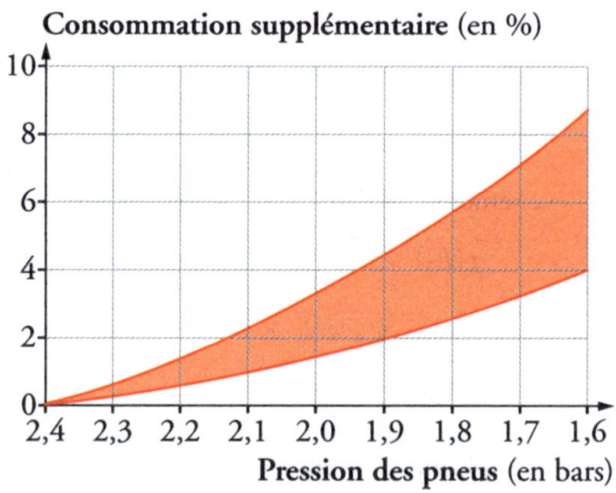

Source : www.eco-drive.ch

D'après le graphique pour des pneus gonflés à 1,9 bar alors que la pression recommandée est de 2,4 bars, donner un encadrement approximatif du pourcentage de la consommation supplémentaire de carburant.

▶ **2.** Paul a remarqué que lorsque les pneus étaient correctement gonflés, sa voiture consommait en moyenne 6 L aux 100 km. Il décide de s'inscrire à un stage d'éco-conduite afin de diminuer sa consommation en carburant et donc l'émission en CO_2.
En adoptant les principes de l'éco-conduite, un conducteur peut diminuer sa consommation de carburant d'environ 15 %. Il souhaite, à l'issue du stage, atteindre cet objectif.
a) Quelle sera alors la consommation moyenne de la voiture de Paul ?
b) Sachant qu'il effectue environ 20 000 km en une année, combien de litres de carburant peut-il espérer économiser ?
c) Sa voiture roule à l'essence sans plomb. Le prix moyen est de 1,35 €/L. Quel serait alors le montant de l'économie réalisée sur une année ?
d) Ce stage lui a coûté 200 €. Au bout d'un an, peut-il espérer amortir cette dépense ?

S'ENTRAÎNER

LES CLÉS DU SUJET

L'intérêt du sujet

Pratiquer l'éco-conduite, c'est pratiquer une conduite économique et écologique. En surveillant la pression des pneus, on peut augmenter la sécurité du conducteur et de ses passagers, mais aussi réduire les impacts sur l'environnement.

Nos coups de pouce, question par question

▶ 1. a) Effectuer un calcul — Calcule la diminution de la pression des pneus.

b) Effectuer des lectures graphiques — Lis sur le graphique la plus petite et la plus grande ordonnée possible du point d'abscisse 1,9.

▶ 2. a) Calculer des pourcentages — Calcule la baisse de consommation lorsque les pneus sont convenablement gonflés.

b) Résoudre des problèmes de proportionnalité — Remarque qu'il s'agit d'une situation de proportionnalité, aide-toi d'un tableau :

Baisse de carburant	0,9	p
Distance parcourue	100	20 000

c) Calculer avec des grandeurs mesurables	Calcule le montant de l'économie réalisée.
d) Comparer des grandeurs	Compare le prix du stage avec l'économie de carburant.

31 CORRIGÉ GUIDÉ

▶ **1. a)** La pression des pneus recommandée par le constructeur est 2,4 bars. Lorsque la pression est de 1,9 bar, elle est descendue de (2,4 – 1,9) c'est-à-dire de 0,5 bar.

Puisque le pneu perd 0,1 bar par mois, s'il n'y a aucun gonflage, la pression sera descendue à 1,9 bar au bout de 5 mois.

b) Nous lisons sur le graphique que les points A et B d'abscisse 1,9 possèdent une ordonnée comprise entre 2 et 4,5 (environ).

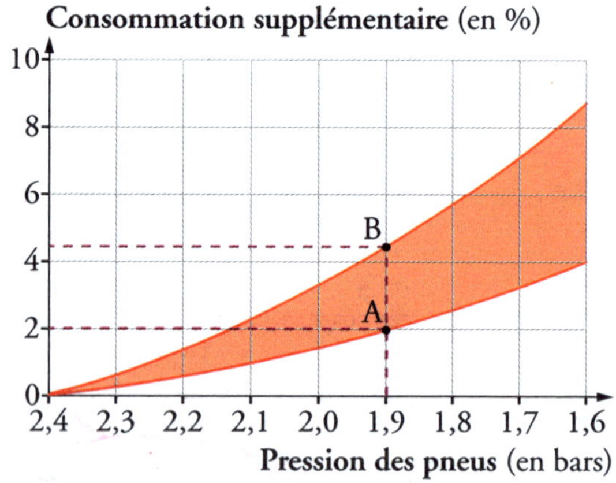

Donc un encadrement approximatif, en pourcentage, de la consommation supplémentaire de carburant est [2 ; 4,5].

▶ **2. a)** Une baisse de 15 % de la consommation d'un véhicule consommant 6 litres au 100 se traduit par une baisse de consommation égale à $6 \times \frac{15}{100}$ aux 100 km ou encore 0,9 litre aux 100 km. Alors la consommation est de (6 – 0,9) soit 5,1 L aux 100 km.

b) Une baisse de 0,9 litre de carburant aux 100 km correspond à une baisse de $\frac{0,9}{100} \times 20\ 000$ pour 20 000 km soit 180 litres de carburant.

c) L'économie réalisée sur une année sera de 180 × 1,35 soit 243 euros.

d) Le prix du stage est de 200 euros et l'économie réalisée en pratiquant l'éco-conduite est de 243 euros.

Conclusion : Paul peut espérer amortir le coût du stage.

La randonnée

EXERCICE 6

15 min
14 points

Une famille a effectué une randonnée en montagne. Le graphique ci-après donne la distance parcourue en km en fonction du temps en heures.

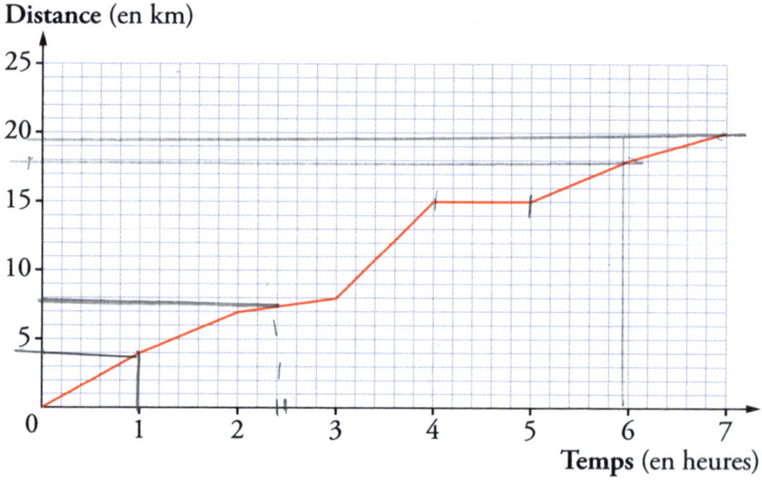

▶ **1.** Ce graphique traduit-il une situation de proportionnalité ? Justifier la réponse.

▶ **2.** On utilisera le graphique pour répondre aux questions suivantes. Aucune justification n'est demandée.

a) Quelle est la durée totale de cette randonnée ?

b) Quelle distance cette famille a-t-elle parcourue au total ?

c) Quelle est la distance parcourue au bout de 6 h de marche ?

d) Au bout de combien de temps ont-ils parcouru les 8 premiers km ?

e) Que s'est-il passé entre la 4e et la 5e heure de randonnée ?

▶ **3.** Un randonneur expérimenté marche à une vitesse moyenne de 4 km/h sur toute la randonnée.
Cette famille est-elle expérimentée ? Justifier la réponse.

LES CLÉS DU SUJET

L'intérêt du sujet

La randonnée pédestre en montagne est la découverte d'un nouvel environnement autant qu'un sport exigeant. La randonnée a des règles qu'il faut impérativement respecter.

Nos coups de pouce, question par question

▶ 1. Reconnaître une situation de proportionnalité	Rappelle-toi qu'une situation de proportionnalité est graphiquement représentée par une droite passant par l'origine du repère.
▶ 2. Effectuer des lectures graphiques	**a)** Lis l'abscisse du point A. **b)** Lis l'ordonnée du point A. **c)** Lis l'ordonnée du point B d'abscisse 6. **d)** Lis l'abscisse du point C d'ordonnée 8. **e)** Quelle distance a été parcourue entre la 4e et la 5e heure ?
▶ 3. Calculer une vitesse moyenne	Utilise la relation $v = \frac{d}{t}$ où d désigne la distance parcourue, t le temps mis pour la parcourir et v la vitesse moyenne réalisée.

S'ENTRAÎNER

32 CORRIGÉ GUIDÉ

▶ **1.** Le graphique ne traduit pas une situation de proportionnalité. En effet ce n'est pas une droite passant par l'origine du repère.

▶ **2. a)** Le point A situé sur le graphique a pour abscisse 7.

La durée totale de la randonnée est de 7 heures.

b) Le point A situé sur le graphique a pour ordonnée 20.

> **ATTENTION !**
> Le point A situé sur le graphique représente l'arrivée de la randonnée.

La famille a parcouru 20 km.

c) Le point B situé sur le graphique et d'abscisse 6 a pour ordonnée 18.

La distance parcourue au bout de 6 h de marche est de 18 km.

d) Le point C situé sur le graphique et d'ordonnée 8 a pour abscisse 3.

Les 8 premiers kilomètres ont été parcourus en 3 heures.

e) Aucune distance n'a été parcourue entre la 4e et la 5e heure.
Cela peut correspondre à une pause.

▶ **3.** Calculons la vitesse moyenne v de la famille au cours de la randonnée.
Cette famille a parcouru 20 km en 7 h.
Donc $v = \frac{d}{t} = \frac{20}{7}$ km/h. Nous remarquons que $\frac{20}{7} < 4$.
Conclusion : la famille n'est pas expérimentée.

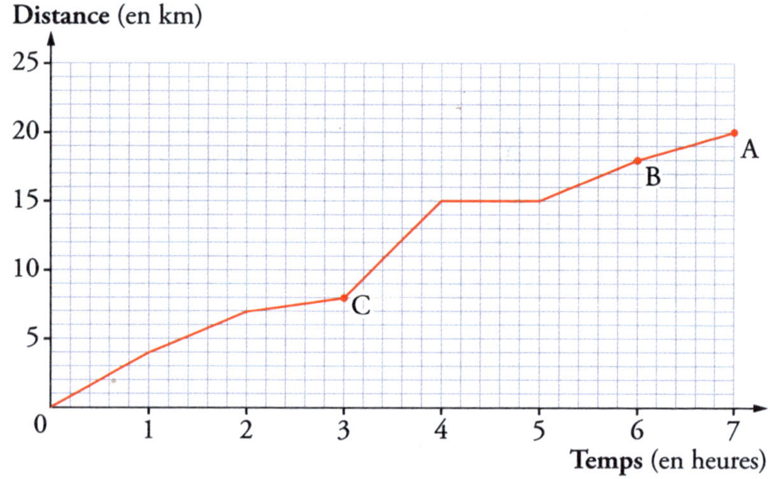

Les pièces montées

EXERCICE 4

15 min
16 points

Pour le mariage de Dominique et Camille, le pâtissier propose deux pièces montées constituées de gâteaux de taille et de forme différentes.

La tour de Pise La première pièce montée est constituée d'un empilement de 4 gâteaux de forme cylindrique, de même hauteur et dont le diamètre diminue de 8 cm à chaque étage. Le gâteau du bas a pour diamètre 30 cm et pour hauteur 6 cm.	 Ph © APeriamPhotography/iStock/ Getty Images
La tour Carrée La deuxième pièce montée est constituée d'un empilement de 3 pavés droits à base carrée de même hauteur. La longueur du côté de la base diminue de 8 cm à chaque étage. La hauteur des gâteaux est 8 cm ; le côté de la base du gâteau du bas mesure 24 cm.	 Ph © Christopher Niemann/Alamy Stock Photo

Tous les gâteaux ont été confectionnés à partir de la recette ci-dessous, qui donne la quantité des ingrédients correspondant à 100 g de chocolat.

Recette du gâteau pour 100 g de chocolat :	• 65 g de sucre • 2 œufs • 75 g de beurre • 30 g de farine

▶ **1.** Quel est le ratio (masse de beurre : masse de chocolat) ? Donner le résultat sous forme de fraction irréductible.

▶ **2.** Calculer la quantité de farine nécessaire pour 250 g de chocolat noir suivant la recette ci-avant.

▶ **3.** Calculer la longueur du côté de la base du plus petit gâteau de la tour Carrée.

▶ **4.** Quelle est la tour qui a le plus grand volume ? Justifier votre réponse en détaillant les calculs.
On rappelle que le volume V d'un cylindre de rayon r et de hauteur h est donné par la formule : $V = \pi \times r^2 \times h$.

LES CLÉS DU SUJET

L'intérêt du sujet

Les pièces montées sont des gâteaux à étages souvent mangées lors des mariages. À travers l'étude du volume de pièces montées, tu vas travailler la proportionnalité et le calcul littéral.

Nos coups de pouce, question par question

▶ **1. Connaître la notion de ratio**	Le ratio est une fraction, ici : ratio = $\frac{\text{masse de beurre}}{\text{masse de chocolat}}$.
▶ **2. Calculer avec des grandeurs proportionnelles**	Dresse un tableau de proportionnalité entre la masse de farine et la masse de chocolat.
▶ **3. Effectuer des calculs numériques**	Observe que chaque étage perd 8 cm de longueur de côté.

Les étapes de résolution pour la question 4

Calculer le volume d'un cylindre et d'un pavé droit

1. Calcule le volume de chaque étage de la tour Carrée.
2. Ajoute-les pour avoir le volume total de la tour Carrée.
3. Fais de même pour la tour de Pise en utilisant la formule du volume d'un cylindre donnée.
4. Compare les deux résultats obtenus et conclus en indiquant la pièce montée qui a le plus grand volume.

33 CORRIGÉ GUIDÉ

▶ **1.** Le ratio est :

$$\frac{\text{masse de beurre}}{\text{masse de chocolat}} = \frac{75}{100} = \frac{3}{4}$$

$$\boxed{\text{Ratio} = \frac{3}{4}}.$$

▶ **2.** On peut dresser un tableau de proportionnalité :

Masse de chocolat (g)	100	250
Masse de farine (g)	30	x

$x = \dfrac{30 \times 250}{100} = 75$ g.

Donc il faut 75 g de farine pour 250 g de chocolat noir.

▶ **3.** Chaque étage perd 8 cm de longueur de côté, donc le côté du plus petit carré de la tour Carrée mesure :

$$\boxed{24 - 8 - 8 = 8 \text{ cm}}.$$

▶ **4.** Le volume de la tour Carrée est :

$V_{\text{tour Carrée}} = V_{1^{\text{er}}\text{ étage}} + V_{2^{\text{e}}\text{ étage}} + V_{3^{\text{e}}\text{ étage}}$

$V_{\text{tour Carrée}} = 24 \times 24 \times 8 + 16 \times 16 \times 8 + 8 \times 8 \times 8$

$V_{\text{tour Carrée}} = 4\,608 + 2\,048 + 512$

$\boxed{V_{\text{tour Carrée}} = 7\,168 \text{ cm}^3}$.

ATTENTION !
N'oublie pas d'enlever 8 cm au diamètre ou au côté quand tu passes d'un étage à l'autre.

Le volume de la tour de Pise est :

$V_{\text{tour de Pise}} = V_{1^{\text{er}}\text{ étage}} + V_{2^{\text{e}}\text{ étage}} + V_{3^{\text{e}}\text{ étage}} + V_{4^{\text{e}}\text{ étage}}$

$V_{\text{tour de Pise}} = \pi \times 15^2 \times 6 + \pi \times 11^2 \times 6 + \pi \times 7^2 \times 6 + \pi \times 3^2 \times 6$

$V_{\text{tour de Pise}} = 2\,424\pi$

$\boxed{V_{\text{tour de Pise}} \approx 7\,615 \text{ cm}^3}$.

C'est donc la tour de Pise qui a le plus grand volume.

Vive le ski !

EXERCICE 5

20 min
20 points

Une station de ski propose à ses clients trois formules pour la saison d'hiver.

• Formule A : on paie 36,50 € par journée de ski.

• Formule B : on paie 90 € pour un abonnement « SkiPlus » pour la saison, puis 18,50 € par journée de ski.

• Formule C : on paie 448,50 € pour un abonnement « SkiTotal » qui permet ensuite un accès gratuit à la station pendant toute la saison.

▶ **1.** Marin se demande quelle formule choisir cet hiver. Il réalise un tableau pour calculer le montant à payer pour chacune des formules en fonction du nombre de journées de ski.
Compléter, sans justifier, le tableau fourni.

Nombre de journées de ski	2	6	10
Formule A	73 €	230 €	360€
Formule B	127 €	200€	270 €
Formule C	448,50 €	448,5€	448,5€

▶ **2.** Dans cette question, x désigne le nombre de journées de ski.
On considère les trois fonctions f, g et h définies par :
$f(x) = 90 + 18{,}5x$ $\quad g(x) = 448{,}5$ $\quad h(x) = 36{,}5x$.

a) Laquelle de ces trois fonctions représente une situation de proportionnalité ?

b) Associer, sans justifier, chacune de ces fonctions à la formule A, B ou C correspondante.

c) Calculer le nombre de journées de ski pour lequel le montant à payer avec les formules A et B est identique.

▶ **3.** On a représenté graphiquement les trois fonctions dans le graphique ci-après.

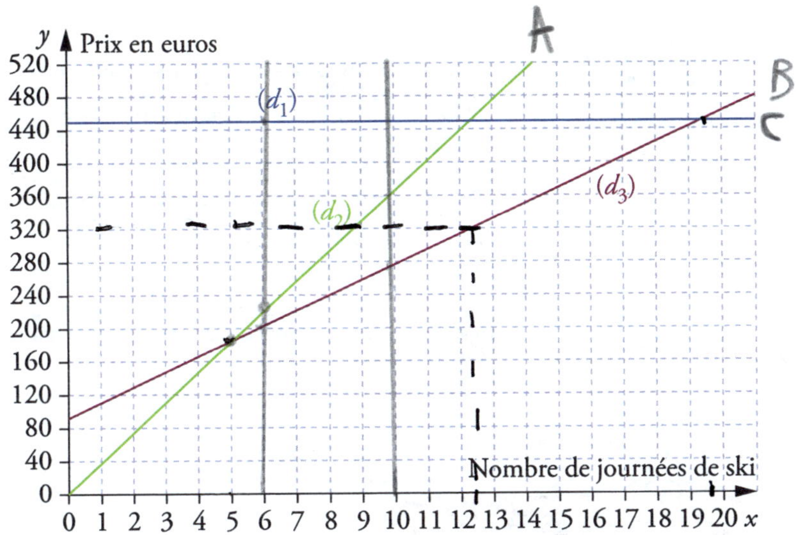

Sans justifier et à l'aide du graphique :

a) Associer chaque représentation graphique (d_1), (d_2) et (d_3) à la fonction f, g ou h correspondante.

b) Déterminer le nombre maximum de journées pendant lesquelles Marin peut skier avec un budget de 320 €, en choisissant la formule la plus avantageuse.

c) Déterminer à partir de combien de journées de ski il devient avantageux de choisir la formule C. 20

LES CLÉS DU SUJET

L'intérêt du sujet

Ce sujet permet d'étudier les formules proposées au client. Il permet de trouver la meilleure formule, c'est-à-dire celle qui revient le moins cher et qui offre le plus de jours de ski.

Nos coups de pouce, question par question

▶ **1. Suivre des programmes de calcul**	Pour compléter le tableau, calcule les prix payés avec chaque formule.

▶ **2. a) et b) Associer des fonctions et des expressions algébriques**	**a)** Une situation de proportionnalité est représentée par une fonction linéaire. **b)** Remarque qu'une des fonctions est constante.
c) Résoudre une équation	Pour que les formules A et B aient le même coût, il faut que les fonctions associées soient égales. Attention ! Le nombre de jours doit être un nombre entier naturel.
▶ **3. b) Lire sur un graphique**	Trace la droite (d_4) d'équation $y = 320$. Tu trouveras une valeur approchée qui te permettra de répondre à la question.

34 CORRIGÉ GUIDÉ

▶ **1.** Voici le tableau complété.

Nombre de journées de ski	2	6	10
Formule A	73 €	219 €	365 €
Formule B	127 €	201 €	275 €
Formule C	448,50 €	448,50 €	448,50 €

▶ **2. a)** La fonction h représente une situation de proportionnalité. En effet son expression algébrique est de la forme $h(x) = ax$ avec $a = 36,5$. C'est une fonction linéaire.

b) La fonction f est associée à la formule B. Son expression algébrique est de la forme $f(x) = ax + b$ avec $a = 18,5$ et $b = 90$. C'est une fonction affine.

La fonction g est associée à la formule C. Son expression algébrique est de la forme $g(x) = a$ avec $a = 448,5$ qui est une constante. C'est une fonction constante.

Comme vu à la question **a)**, la fonction h est une fonction linéaire de la forme $h(x) = ax$ avec $a = 36,5$ associée à la formule A.

c) Les formules A et B sont identiques quand on a $h(x) = f(x)$, soit $36,5x = 90 + 18,5x$.

Donc $36,5x - 18,5x = 90$, ou encore $18x = 90$, c'est-à-dire $x = 5$.

▶ **3. a)** La droite (d_1) est associée à la fonction constante g car c'est une droite parallèle à l'axe des abscisses.

La droite (d_2) est associée à la fonction linéaire h car c'est une droite passant par l'origine du repère.

La droite (d_3) est associée à la fonction affine f car c'est une droite ne passant pas par l'origine du repère.

b) Il est évident qu'avec un budget de 320 €, la formule C à 448,50 € est impossible.

Traçons la droite (d_4) d'équation $y = 320$. Cette droite coupe les droites (d_2) et (d_3) respectivement en E et F (voir graphique ci-dessous).

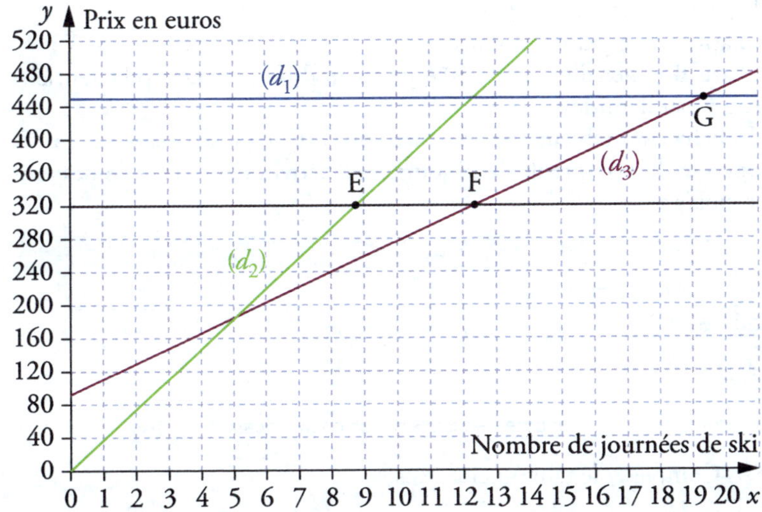

L'abscisse du point F, le plus à droite, est 12,5.

Le point F est sur la droite (d_3) qui correspond à la fonction f. Donc, en choisissant la formule B, Marin pourra skier un maximum de 12 jours avec son budget.

c) On note G le point d'intersection des droites (d_1) et (d_3). On voit sur le graphique que pour des abscisses supérieures à $x_G = 19{,}3$, les droites (d_2) et (d_3) sont au-dessus de la droite (d_1). C'est-à-dire que les prix payés avec les formules A et B sont supérieurs au prix payé avec la formule C.

Conclusion : la formule C est plus avantageuse à partir de 20 jours.

Occupations pendant les vacances scolaires

EXERCICE 4

15 min
23 points

Une association propose diverses activités pour occuper les enfants pendant les vacances scolaires.
Plusieurs tarifs sont proposés :
- Tarif A : 8 € par demi-journée.
- Tarif B : une adhésion de 30 € donnant droit à un tarif préférentiel de 5 € par demi-journée.

Un fichier sur tableur a été préparé pour calculer le coût à payer en fonction du nombre de demi-journées d'activités pour chacun des tarifs proposés :

	A	B	C	D	E	F
1	Nombre de demi-journées	1	2	3	4	5
2	Tarif A	8	16	24	32	40
3	Tarif B	35	40	45	50	55

Les questions 1, 2, 4 et 5 ne nécessitent pas de justification.

▶ **1.** Compléter le tableau ci-dessus.

▶ **2.** Retrouver parmi les réponses suivantes la formule qui a été saisie dans la cellule B3 avant de l'étirer vers la droite :

Réponse A	Réponse B	Réponse C	Réponse D	Réponse E
=8*B1	=30*B1+5	=5*B1+30*B1	=30+5*B1	=35

▶ **3.** On considère les fonctions f et g qui donnent les tarifs à payer en fonction du nombre x de demi-journées d'activités.
- Tarif A : $f(x) = 8x$.
- Tarif B : $g(x) = 30 + 5x$.

Parmi ces fonctions, quelle est celle qui traduit une situation de proportionnalité ?

▶ **4.** Sur le graphique ci-dessous, on a représenté la fonction g.

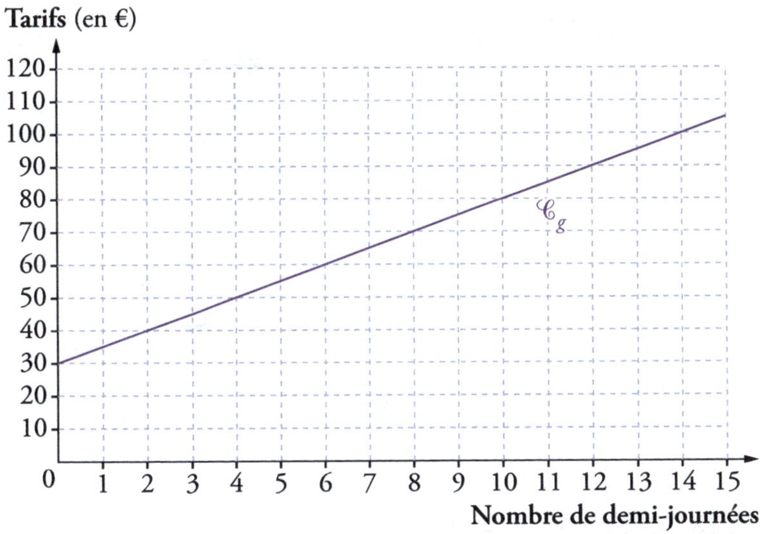

Représenter sur ce même graphique la fonction f.

▶ **5.** Déterminer le nombre de demi-journées d'activités pour lequel le tarif A est égal au tarif B.

▶ **6.** Avec un budget de 100 €, déterminer le nombre maximal de demi-journées auxquelles on peut participer. Décrire la méthode choisie.

S'ENTRAÎNER

LES CLÉS DU SUJET

L'intérêt du sujet

Comment réaliser des économies grâce aux mathématiques ?

Nos coups de pouce, question par question

▶ **1. Utiliser un tableur**	En complétant le tableau, distingue bien le tarif B du tarif A.
▶ **2. Utiliser un tableur**	Tu peux tester les différentes réponses.

▶ 3. Reconnaître l'expression algébrique d'une fonction linéaire	Une situation de proportionnalité se traduit par une fonction linéaire.
▶ 4. Représenter une fonction linéaire	Une fonction linéaire se représente par une droite passant par l'origine du repère.
▶ 5. et ▶ 6. Lire un graphique	▶ 5. Lis les coordonnées du point d'intersection de $\mathscr{C}_f$ et de $\mathscr{C}_g$. ▶ 6. Trace la droite horizontale d'ordonnée 100 et repère ses points d'intersection avec les deux courbes.

35 CORRIGÉ GUIDÉ

▶ **1.** Tableau complété.

	A	B	C	D	E	F
1	Nombre de demi-journées	1	2	3	4	5
2	Tarif A	8	16	24	32	40
3	Tarif B	35	40	45	50	55

▶ **2.** Réponse D.

La formule qui a été saisie dans la cellule B3 est =30+5*B1.

▶ **3.** La fonction qui traduit une situation de proportionnalité est la fonction f. En effet cette fonction est linéaire et sa représentation graphique passe par l'origine du repère et par le point (12 ; 96).

▶ **4.** Schéma complété.

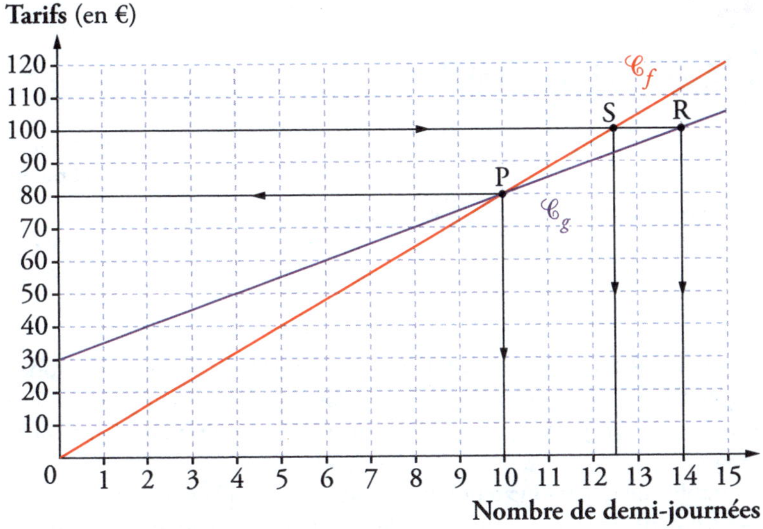

▶ **5.** Les droites $\mathscr{C}_f$ et $\mathscr{C}_g$ se coupent en P(10 ; 80).
Conclusion : pour 10 demi-journées d'activités, les prix à payer sont les mêmes.

▶ **6.** La droite d'équation $y = 100$ coupe la droite $\mathscr{C}_g$ au point R d'abscisse 14, tandis que cette même droite $y = 100$ coupe la droite $\mathscr{C}_f$ au point S d'abscisse un peu supérieure à 12.
Avec 100 euros, il est possible de participer à 14 demi-journées d'activités au plus.

REMARQUE
On peut aussi résoudre ces deux dernières questions par le calcul.

36 Amérique du Nord • Juin 2019

Le médicament

EXERCICE 6

15 min
12 points

Les deux parties A et B sont indépendantes.

PARTIE A • ABSORPTION DU PRINCIPE ACTIF D'UN MÉDICAMENT

Lorsqu'on absorbe un médicament, que ce soit par voie orale ou non, la quantité de principe actif de ce médicament dans le sang évolue en fonction du temps. Cette quantité se mesure en milligrammes par litre de sang.
Le graphique ci-dessous représente la quantité de principe actif d'un médicament dans le sang, en fonction du temps écoulé, depuis la prise de ce médicament.

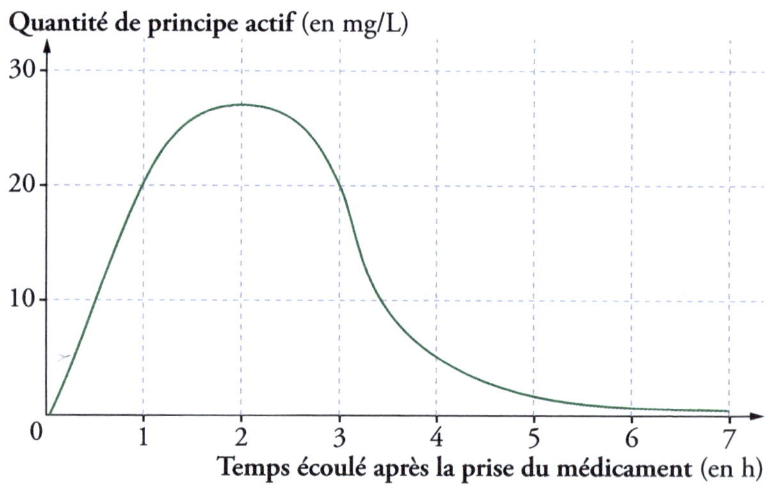

▶ **1.** Quelle est la quantité de principe actif dans le sang, trente minutes après la prise de ce médicament ?

▶ **2.** Combien de temps après la prise de ce médicament, la quantité de principe actif est-elle la plus élevée ?

PARTIE B • COMPARAISON DE MASSES D'ALCOOL DANS DEUX BOISSONS

On fournit les données ci-dessous :

Formule permettant de calculer la masse d'alcool en g dans une boisson alcoolisée :	Deux exemples de boissons alcoolisées :
$m = V \times d \times 7{,}9$ V : volume de la boisson alcoolisée en cL d : degré d'alcool de la boisson (exemple, un degré d'alcool de 2 % signifie que d est égal à 0,02)	**Boisson ①** Degré d'alcool : 5 % Contenance : 33 cL **Boisson ②** Degré d'alcool : 12 % Contenance : 125 mL

▶ Question : la boisson ① contient-elle une masse d'alcool supérieure à celle de la boisson ② ?

S'ENTRAÎNER

LES CLÉS DU SUJET

L'intérêt du sujet

Les médicaments issus de la chimie moderne permettent de te remettre sur pied en cas de maladie. À travers l'étude du temps d'action d'un médicament, tu vas travailler la lecture de courbe et le calcul littéral.

Nos coups de pouce, question par question

Partie A **▶ 1. Convertir une durée** **Lire une courbe**	• Souviens-toi que 30 min = 0,5 h. • Lis l'ordonnée du point de la courbe d'abscisse 0,5.
▶ 2. Repérer le maximum d'une courbe	Lis l'abscisse qui correspond au maximum de la courbe.

Les étapes de résolution pour la partie B

Substituer dans une expression littérale

❶ Calcule la masse d'alcool dans la boisson 1 : remplace V par 33 et d par 5 % = 0,05 dans la formule donnée.

❷ Calcule de la même façon la masse d'alcool dans la boisson 2, en commençant par convertir le volume en cL.

❸ Compare les masses obtenues et conclus.

36 CORRIGÉ GUIDÉ

PARTIE A

▶ **1.** La quantité de principe actif dans le sang, trente minutes après la prise de ce médicament, est de 10 mg/L.

RAPPEL
30 minutes correspondent à ½ h.

▶ **2.** La quantité de principe actif est la plus élevée au bout de 2 h.

PARTIE B

- La masse d'alcool présente dans la boisson alcoolisée ① est de :

$m_1 = V_1 \times d_1 \times 7{,}9 = 33 \times 0{,}05 \times 7{,}9 = \boxed{13{,}035 \text{ g}}$

- La masse d'alcool présente dans la boisson alcoolisée ② est de :

$m_2 = V_2 \times d_2 \times 7{,}9 = 12{,}5 \times 0{,}12 \times 7{,}9 = \boxed{11{,}85 \text{ g}}$

Donc la boisson ① contient une masse d'alcool supérieure à celle de la boisson ②.

Le réchauffement climatique

EXERCICE 3

15 min
17 points

Les activités humaines produisent du dioxyde de carbone (CO_2) qui contribue au réchauffement climatique. Le graphique suivant représente l'évolution de la concentration atmosphérique moyenne en CO_2 (en ppm) en fonction du temps (en année).

Concentration de CO_2 atmosphérique

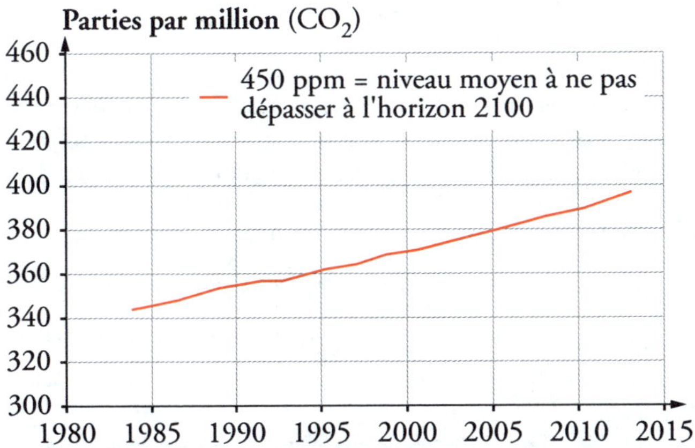

Source : Centre Mondial de Données relatives aux Gaz à Effet de Serre sous l'égide de l'OMM

1 ppm de CO_2 = 1 partie par million de CO_2
= 1 milligramme de CO_2 par kilogramme d'air.

▶ **1.** Déterminer graphiquement la concentration de CO_2 en ppm en 1995, puis en 2005.

▶ **2.** On veut modéliser l'évolution de la concentration de CO_2 en fonction du temps à l'aide d'une fonction g, où $g(x)$ est la concentration de CO_2 en ppm en fonction de l'année x.

a) Expliquer pourquoi une fonction affine semble appropriée pour modéliser la concentration en CO_2 en fonction du temps entre 1995 et 2005.

b) Arnold et Billy proposent chacun une expression pour la fonction g : Arnold propose l'expression $g(x) = 2x - 3\,630$; Billy propose l'expression $g(x) = 2x - 2\,000$. Quelle expression modélise le mieux l'évolution de la concentration de CO_2 ? Justifier.
c) En utilisant la fonction que vous avez choisie à la question précédente, indiquer l'année pour laquelle la valeur de 450 ppm est atteinte.

▶ **3.** En France, les forêts, grâce à la photosynthèse, captent environ 70 mégatonnes de CO_2 par an, ce qui représente 15 % des émissions nationales de carbone (année 2016). Calculer une valeur approchée à une mégatonne près de la masse M du CO_2 émis en France en 2016.

LES CLÉS DU SUJET

L'intérêt du sujet

Les émissions de gaz à effet de serre, tels que la vapeur d'eau, le méthane, le dioxyde de carbone et le protoxyde d'azote, augmentent régulièrement. Elles sont à l'origine du réchauffement climatique.

Nos coups de pouce, question par question

▶ **1. Effectuer des lectures graphiques**	• Lis l'ordonnée du point situé sur le graphique et d'abscisse 1995. • Lis l'ordonnée du point situé sur le graphique et d'abscisse 2005.
▶ **2. a) Approcher une courbe par la représentation d'une fonction affine**	• Remarque que le graphique est pratiquement une droite ! • Vérifie à l'aide d'une règle.
b) Exploiter la notion de fonction	Calcule les images de 1995 et de 2005 en prenant l'expression proposée par Arnold, puis celle proposée par Billy. Conclus.
c) Résoudre une équation	Résous l'équation $g(x) = 450$, c'est-à-dire $2x - 3\,630 = 450$.
▶ **3. Résoudre un problème de pourcentage**	Note M la masse de CO_2 émise en France en 2016 puis traduis l'énoncé par une équation que tu résous.

37 CORRIGÉ GUIDÉ

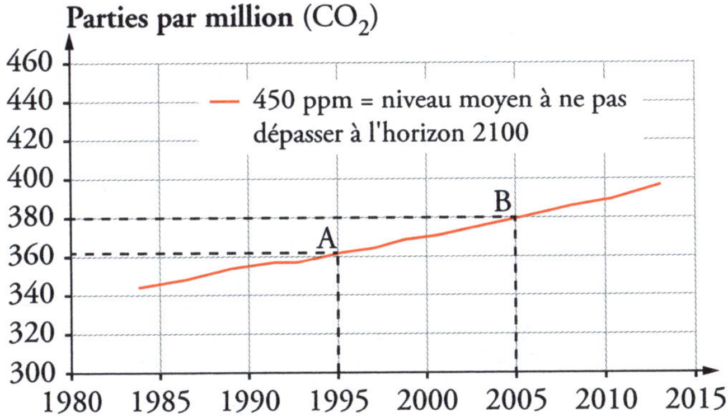

▶ **1.** L'ordonnée du point A situé sur le graphique et d'abscisse 1995 est environ 360.

La concentration de CO_2 en 1995 était d'environ 360 ppm.

L'ordonnée du point B situé sur le graphique et d'abscisse 2005 est environ 380.

La concentration de CO_2 en 2005 était d'environ 380 ppm.

> **ATTENTION !**
> Ne pas oublier que les lectures graphiques ne peuvent pas fournir des valeurs exactes. D'où l'importance du mot « environ ».

▶ **2. a)** Entre A et B, le graphique obtenu est très voisin d'une droite. Donc une fonction affine semble appropriée pour modéliser la concentration en CO_2 en ppm et en fonction de l'année x.

b) Calculons les images des nombres 1995 puis 2005 en prenant l'expression choisie par Arnold : $g(x) = 2x - 3\,630$. On trouve :

$$g(1995) = 2 \times 1995 - 3\,630 = 360$$
$$g(2005) = 2 \times 2005 - 3\,630 = 380.$$

Calculons les images des nombres 1 995 puis 2005 en prenant l'expression choisie par Billy : $g(x) = 2x - 2\,000$. On trouve :

$$g(1995) = 2 \times 1995 - 2\,000 = 1\,990$$
$$g(2005) = 2 \times 2\,005 - 2\,000 = 2\,010.$$

À la première question, nous avons vu que les points (1995 ; 360) et (2005 ; 380) étaient sur le graphique.

Conclusion : l'expression d'Arnold, $g(x) = 2x - 3\,630$, modélise le mieux la concentration en CO_2.

c) Résolvons l'équation $2x - 3\,630 = 450$ soit :

$$2x = 450 + 3\,630$$

$$x = \frac{450 + 3\,630}{2} = 2\,040.$$

Conclusion : la valeur de 450 ppm sera atteinte en 2040.

▶ **3.** Notons M la masse de CO_2 émise en France en 2016.

$\frac{15}{100} \times M = 70$ ou encore $M = \frac{70 \times 100}{15} = 466{,}666\ldots$

D'où, à une mégatonne près :

$\boxed{M = 467 \text{ mégatonnes}}$.

Les bougies

EXERCICE 5

15 min
20 points

Une usine de fabrication de bougies reçoit des cubes de cire d'abeille d'arête 6 cm. Ils sont disposés dans des cartons remplis (sans espace vide).

Informations sur les cartons
Forme : pavé droit.
Dimensions :
– largeur : 60 cm ;
– hauteur : 36 cm ;
– profondeur : 36 cm.
(On ne tient pas compte de l'épaisseur des cartons.)

Information sur la cire d'abeille
Masse volumique : 0,95 g/cm^3.

▶ **1. a)** Montrer que chaque carton contient 360 cubes de cire d'abeille.

b) Quelle est la masse de cire d'abeille contenue dans un carton rempli de cubes ?
On donnera la réponse en kg, arrondie à l'unité près, en ne tenant pas compte de la masse du carton.

▶ **2.** À l'usine, on découpe les cubes de cire d'abeille afin d'obtenir des cylindres de hauteur 6 cm et de diamètre 6 cm avec lesquels on fera des bougies en installant une mèche.

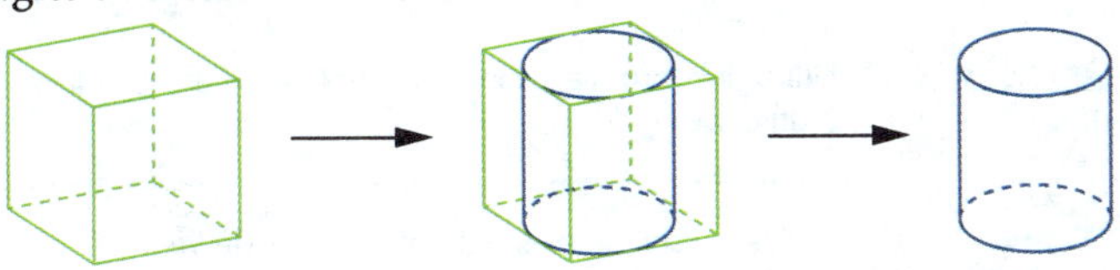

Cube de cire d'abeille
Arête : 6 cm

Bougie cylindrique (sans sa mèche)
Hauteur : 6 cm
Diamètre : 6 cm

On ne tiendra pas compte de la masse, du volume et du prix de la mèche dans la suite de l'exercice.

a) Montrer que le volume d'une bougie est d'environ 170 cm^3.
On rappelle que le volume V d'un cylindre de rayon r et de hauteur h est donné par la formule : $V = \pi \times r^2 \times h$.

b) En découpant les cubes de cire d'abeille d'arête 6 cm pour former des bougies cylindriques, la cire perdue est réutilisée pour former à nouveau d'autres cubes de cire d'abeille d'arête 6 cm.
Combien de cubes au départ doit-on découper pour pouvoir reconstituer un cube de cire d'abeille d'arête 6 cm avec la cire perdue ?

▶ **3.** Un commerçant vend les bougies de cette usine au prix de 9,60 € l'unité. Il les vend 20 % plus chères qu'il ne les achète à l'usine. Combien paie-t-il à l'usine pour l'achat d'une bougie ?

LES CLÉS DU SUJET

L'intérêt du sujet

Voici un exercice concret, très proche de la vie quotidienne et de la réalité. Une excellente façon de voir ou revoir les volumes (croquis et calculs).

Nos coups de pouce, question par question

▶ **1. a) Disposer des cubes identiques sur les faces d'un pavé droit**	Compte le nombre de cubes que tu peux disposer sur chacune des arêtes du carton.
b) Revoir les unités de masse et de volume	Utilise la formule donnant le volume d'un cube. Calcule la masse d'un cube de cire : on a $m = \mu \times v$, où m est la masse, v le volume et μ la masse volumique.
▶ **2. a) et b) Calculer des volumes**	Utilise les formules donnant le volume d'un cylindre, d'un cube.
▶ **3. Appliquer un pourcentage**	Utilise la relation existant entre le prix de vente, le prix d'achat et le bénéfice.

38 CORRIGÉ GUIDÉ

▶ **1. a)** On peut installer dans ce carton :
- 10 cubes dans le sens de la largeur ;
- 6 cubes dans le sens de la profondeur ;
- 6 cubes dans le sens de la hauteur.

Il est donc possible d'installer en tout 360 cubes car $6 \times 6 \times 10 = 360$.

b) Notons V le volume du pavé droit de largeur 60 cm, de hauteur 36 cm et de profondeur 36 cm, c'est-à-dire le volume de cire contenu dans un carton.

$V =$ largeur × hauteur × profondeur

$V = 60 \times 36 \times 36 = 77\,760$ cm^3.

Soit m la masse de cire d'abeille contenue dans un carton rempli de cubes, V le volume d'un carton et μ la masse volumique de la cire.

On a $m = \mu \times V$ ou encore $m = 0{,}95 \times 77\,760$, soit $m = 73\,872$ g.

Donc $m = 74$ kg, valeur arrondie à l'unité près.

▶ **2. a)** Notons V' le volume d'une bougie cylindrique.

$V' = \pi \times r^2 \times h$, où r est le rayon de la base et h la hauteur de la bougie.

Alors $V' = \pi \times 3^2 \times 6 = 54\pi$ cm^3 est la valeur exacte du volume de la bougie.

Une valeur approchée à l'unité est $V' = 170$ cm^3.

> **ATTENTION !**
> C'est le diamètre qui mesure 6 cm ! Il faut diviser par 2 pour obtenir la mesure du rayon.

b) Notons V'' le volume d'un cube d'arête 6 cm.

$V'' = 6^3$, soit $V'' = 216$ cm^3.

Notons V_1 le volume de cire perdue lors de la fabrication d'une bougie.

$V_1 = V'' - V'$, soit $V_1 \approx 216 - 170 = 46$ cm^3.

Nous avons $\dfrac{216}{46} = 4{,}69\ldots$

Ce résultat doit être un nombre entier. Il faudra découper 5 cubes.

▶ **3.** Soit x le prix d'achat d'une bougie. Le commerçant la vend 20 % plus chère, c'est-à-dire $x + \dfrac{20}{100}x$. On sait qu'il vend une bougie 9,60 €, on a donc l'équation $x + \dfrac{20}{100}x = 9{,}6$.

Ce qui équivaut à $x + 0{,}2x = 9{,}6$ ou encore $1{,}2x = 9{,}6$ soit $x = \dfrac{9{,}6}{1{,}2} = 8$.

Conclusion : le commerçant paie 8 euros pour l'achat d'une bougie.

S'ENTRAÎNER

Le triathlon

EXERCICE 2

15 min
21 points

Un athlète a réalisé un triathlon d'une longueur totale de 12,9 km.
Les trois épreuves se déroulent dans l'ordre suivant :

Épreuve n° 1 Natation Distance 400 m	Épreuve n° 2 Cyclisme	Épreuve n° 3 Course à pied Distance 2,5 km

Entre deux épreuves, l'athlète doit effectuer sur place un changement d'équipement.
Le graphique ci-dessous représente la distance parcourue (exprimée en kilomètres) par l'athlète, en fonction du temps de parcours (exprimé en minutes) de l'athlète pendant son triathlon.

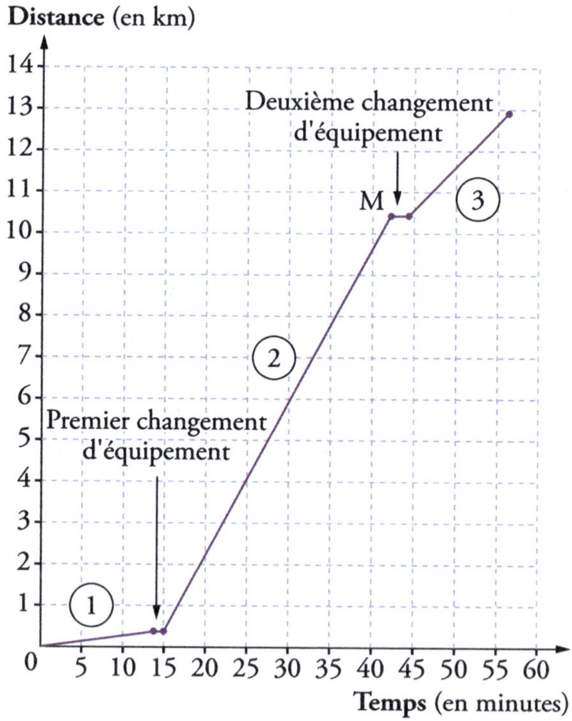

Le point M a pour abscisse 42 et pour ordonnée 10,4.
À l'aide du tableau ci-dessus ou par lecture du graphique ci-dessus avec la précision qu'il permet, répondre aux questions suivantes en justifiant la démarche.

▶ **1.** Au bout de combien de temps l'athlète s'est-elle arrêtée pour effectuer son premier changement d'équipement ?

▶ **2.** Quelle est la longueur, exprimée en kilomètres, du parcours de l'épreuve de cyclisme ?

▶ **3.** En combien de temps l'athlète a-t-elle effectué l'épreuve de course à pied ?

▶ **4.** Parmi les trois épreuves, pendant laquelle l'athlète a-t-elle été la moins rapide ?

▶ **5.** On considère que les changements d'équipement entre les épreuves font partie du triathlon.
La vitesse moyenne de l'athlète sur l'ensemble du triathlon est-elle supérieure à 14 km/h ?

LES CLÉS DU SUJET

L'intérêt du sujet

Trois sports en un ! Et on devient un athlète complet. Tu pourras ensuite te tester sur le pentathlon (5 épreuves) et le décathlon (10 épreuves).

Nos coups de pouce, question par question

▶ **1. Effectuer des lectures graphiques**	Lis directement sur le graphique le résultat à la question posée. Donne une valeur approchée.
▶ **2. Résoudre une équation**	• Utilise le fait que la distance totale est de 12,9 km. • Puis pose une équation.
▶ **3. Effectuer des lectures graphiques**	Le temps recherché est la différence entre deux temps que tu peux lire sur le graphique.
▶ **4. Mesurer une vitesse moyenne**	La vitesse moyenne est donnée par le coefficient directeur de la droite. Repère sur le graphique la droite qui a le coefficient directeur le plus petit.

▶ 5. Calculer une vitesse moyenne

Applique la relation $v = \frac{d}{t}$ où d est la distance parcourue, t le temps mis pour la parcourir et v la vitesse moyenne.

39 CORRIGÉ GUIDÉ

▶ **1.** On lit sur le graphique que l'athlète s'est arrêtée pour la première fois au bout de 14 minutes afin d'effectuer son premier changement d'équipement.

▶ **2.** L'épreuve de natation est sur 400 m, soit 0,4 km.

Le parcours de l'épreuve de cyclisme mesure x km.

Le parcours de l'épreuve de course à pied mesure 2,5 km.

Puisque la longueur totale est de 12,9 km, nous avons l'équation : $0,4 + x + 2,5 = 12,9$.

Alors $x = 10$.

Le parcours de l'épreuve de cyclisme mesure 10 km.

▶ **3.** Nous pouvons lire sur le graphique que l'épreuve de course à pied a commencé 44 minutes après le départ de l'athlète dans ce marathon et s'est achevée 56 minutes après le départ.
L'athlète a donc effectué l'épreuve de course à pied en 12 minutes.

▶ **4.** Les 3 vitesses de l'athlète durant les 3 épreuves sont les coefficients directeurs (ou encore les pentes) des 3 droites correspondantes.
La pente la plus faible est celle de l'épreuve n° 1.

Conclusion : l'épreuve la moins rapide est la natation.

▶ **5.** L'athlète a parcouru 12,9 km en 56 minutes (lecture graphique) ou encore $\frac{56}{60}$ heure.
Appliquons la relation $v = \frac{d}{t}$ où d est la distance parcourue, t le temps mis pour la parcourir et v la vitesse moyenne réalisée.

$v = \frac{12,9}{\frac{56}{60}} = 12,9 \times \frac{60}{56}$ soit $v = 13,8$ km/h.

Conclusion : la vitesse moyenne sur le triathlon est de 13,8 km.
Elle n'est pas supérieure à 14 km/h.

Rénovation d'une salle de bain

EXERCICE 5

20 min
21 points

On souhaite rénover une salle de bain qui a la forme d'un parallélépipède rectangle. Il faut coller du papier peint sur les quatre murs. On n'en colle pas sur la porte, ni sur la fenêtre.
Voici un schéma de la salle de bain, les dimensions sont exprimées en mètres :

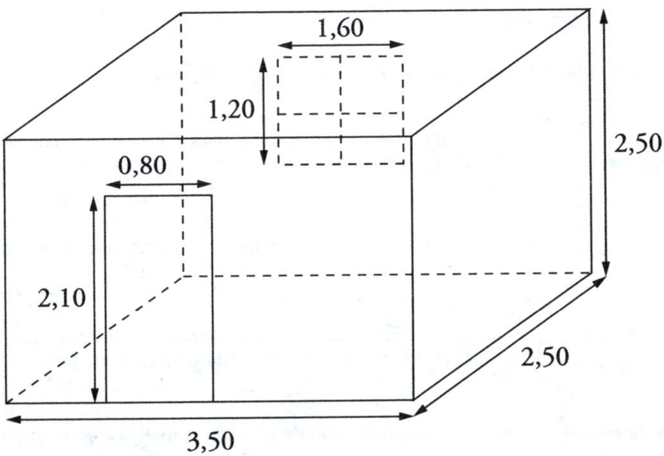

On dispose des informations suivantes :

Prix du papier peint	Prix de la colle
• le papier peint est vendu en rouleau entier ; • un rouleau coûte 16,95 € ; • un rouleau permet de recouvrir 5,3 m^2. *Conseil du vendeur* : prévoir un rouleau de papier peint en plus afin de compenser les pertes liées aux découpes.	• la colle est vendue en pot entier ; • un pot a une masse de 0,2 kg ; • un pot coûte 5,70 €. *Conseil du vendeur* : compter 1 pot de colle pour 4 rouleaux de papier peint.

▶ **1.** Montrer que la surface à recouvrir de papier peint est de 26,4 m^2.

▶ **2.** Calculer le prix, en euros, d'un mètre carré de papier peint. Arrondir au centime d'euro.

▶ **3.** Si on suit les conseils du vendeur, combien coûtera la rénovation de la salle de bain ?

▶ **4.** Le jour de l'achat, une remise de 8 % est accordée.
Quel est le prix à payer après remise ? Arrondir au centime d'euro.

LES CLÉS DU SUJET

L'intérêt du sujet

Une rénovation de salle de bains à des prix très étudiés : élaboration d'un devis détaillé.

Nos coups de pouce, question par question

▶ **1. Calculer des aires**	Calcule les aires des murs sans compter celles de la porte et de la fenêtre.
▶ **2. Calculer un prix au mètre carré**	Divise le prix d'un rouleau par la surface de papier peint.
▶ **3. Calculer les prix des différents composants**	Calcule le nombre rouleaux de papier peint nécessaires et additionne les prix des différents composants.
▶ **4. Appliquer un pourcentage**	Une augmentation de 8 % d'un prix P correspond à une augmentation de $\frac{8}{100} \times P$.

40 CORRIGÉ GUIDÉ

▶ **1.** On calcule la surface des murs à recouvrir de papier peint en quatre étapes.

• Aire des deux murs carrés :

$A_1 = 2 \times (2{,}5 \times 2{,}5)$, soit $A_1 = 12{,}5\ \text{m}^2$.

- Aire du mur rectangulaire sans compter l'aire de la porte :

$A_2 = (2{,}5 \times 3{,}5) - (2{,}1 \times 0{,}8)$, soit $A_2 = 7{,}07\ \text{m}^2$.

- Aire du mur rectangulaire sans compter l'aire de la fenêtre :

$A_3 = (2{,}5 \times 3{,}5) - (1{,}6 \times 1{,}2)$, soit $A_3 = 6{,}83\ \text{m}^2$.

- Surface A à recouvrir de papier peint :

$A = 12{,}5 + 7{,}07 + 6{,}83$ ou encore $\boxed{A = 26{,}4\ \text{m}^2}$.

▶ **2.** Calcul du prix de 1 m^2 de papier peint.

1 rouleau de papier peint coûte 16,95 € et avec 1 rouleau on recouvre 5,3 m^2.

Donc 1 m^2 de papier peint coûte $\dfrac{16{,}95}{5{,}3}$ soit environ 3,20 €, valeur arrondie au centime d'euro.

▶ **3.** Calcul du coût de la rénovation

- Papier peint :

Il faut $\dfrac{26{,}4}{5{,}3}$, soit 4,98 rouleaux. Mais le nombre de rouleaux vendus est un entier, et le vendeur conseille l'achat d'un rouleau supplémentaire. Cela implique l'achat de 6 rouleaux à 16,95 € l'unité, soit 101,70 €.

- Colle :

Il convient d'ajouter 2 pots de colle à 5,70 € l'unité, soit 11,40 €.

- Coût total : $C = 101{,}70 + 11{,}40 = \boxed{113{,}10\ €}$.

▶ **4.** Une remise de 8 % sur 113,10 € correspond à une remise de $\dfrac{8}{100} \times 113{,}10$ soit 9,05 €.

Conclusion : le prix à payer pour la rénovation est de $113{,}1 - 9{,}05$ soit $\boxed{104{,}05\ €}$.

ATTENTION !
Dans cet exercice, fais attention aux unités et aux arrondis demandés.

S'ENTRAÎNER

Les verres de jus de fruits

EXERCICE 6

15 min
20 points

Pour servir ses jus de fruits, un restaurateur a le choix entre deux types de verres : un verre cylindrique A de hauteur 10 cm et de rayon 3 cm et un verre conique B de hauteur 10 cm et de rayon 5,2 cm.

Verre A — Verre B

Rappels :

- Volume d'un cylindre de rayon r et de hauteur h : $\pi \times r^2 \times h$
- Volume d'un cône de rayon r et de hauteur h : $\frac{1}{3} \times \pi \times r^2 \times h$
- $1 \text{ L} = 1 \text{ dm}^3$

Le graphique ci-après représente le volume de jus de fruits dans chacun des verres en fonction de la hauteur de jus de fruits qu'ils contiennent.

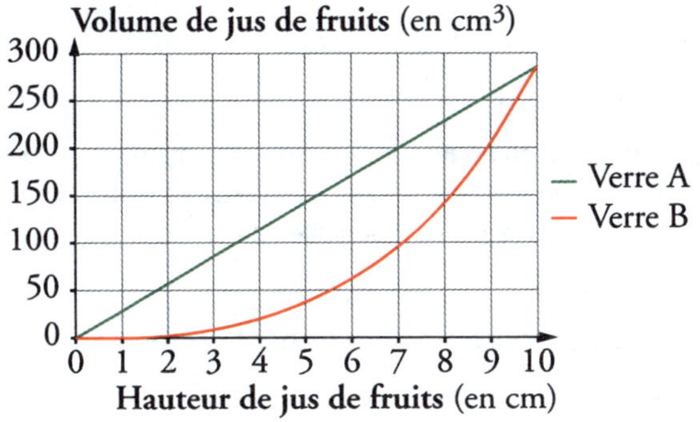

▶ **1.** Répondre aux questions suivantes à l'aide du graphique ci-dessus.
a) Pour quel verre le volume et la hauteur de jus de fruits sont-ils proportionnels ? Justifier.
b) Pour le verre A, quel est le volume de jus de fruits si la hauteur est de 5 cm ?
c) Quelle est la hauteur de jus de fruits si on en verse 50 cm^3 dans le verre B ?

▶ **2.** Montrer, par le calcul, que les deux verres ont le même volume total à 1 cm^3 près.

▶ **3.** Calculer la hauteur du jus de fruits servi dans le verre A pour que le volume de jus soit égal à 200 cm^3. Donner une valeur approchée au centimètre près.

▶ **4.** Un restaurateur sert ses verres de telle sorte que la hauteur du jus de fruits dans le verre soit égale à 8 cm.
a) Par lecture graphique, déterminer quel type de verre le restaurateur doit choisir pour servir le plus grand nombre possible de verres avec 1 L de jus de fruits.
b) Par le calcul, déterminer le nombre maximum de verres A qu'il pourra servir avec 1 L de jus de fruits.

LES CLÉS DU SUJET

L'intérêt du sujet

Un restaurateur doit toujours, en fonction des quantités d'ingrédients dont il dispose, optimiser ses ventes. À travers ce thème, tu vas pouvoir travailler les notions de proportionnalité, d'équation, de volume et de lecture graphique.

Nos coups de pouce, question par question

▶ 1. a) Reconnaître graphiquement une situation de proportionnalité	Une situation de proportionnalité est représentée graphiquement par une droite passant par l'origine du repère.
b) et c) Lire un graphique	**b)** Lis l'ordonnée du point d'abscisse 5 sur la courbe du verre A. **c)** Lis l'abscisse du point d'ordonnée 50 sur la courbe du verre B.
▶ 2. Calculer le volume d'un cylindre ou d'un cône en substituant dans une formule	• Pour le verre A, remplace *r* par 3 et *h* par 10. • Opère le même raisonnement pour le verre B, en utilisant les valeurs de *r* et de *h* qui lui sont propres.
▶ 3. Résoudre une équation du 1er degré à une inconnue	Résous l'équation $\pi \times 3^2 \times h = 200$.
▶ 4. a) Comparer deux courbes	Regarde quelle courbe est en dessous de l'autre.
b) Passer d'unités de volume à des unités de contenance	• Calcule le volume d'un verre A. • Sachant que $1\ \text{L} = 1\,000\ \text{cm}^3$, détermine le nombre de verres.

41 CORRIGÉ GUIDÉ

▶ **1. a)** La représentation graphique correspondant au verre A est une droite passant par l'origine du repère, donc le volume de jus de fruits et la hauteur sont proportionnels pour le verre A.

b) Pour le verre A, si la hauteur est de 5 cm, le volume de jus de fruits lu sur le graphique est environ 140 cm^3.

c) Si on verse 50 cm^3 dans le verre B, la hauteur de jus de fruits lue sur le graphique est environ 5,6 cm.

▶ **2.** Le volume du verre A est :

$$V_{\text{verre A}} = \pi \times 3^2 \times 10 = 90\pi \approx 283 \text{ cm}^3.$$

Le volume du verre B est :

$$V_{\text{verre B}} = \frac{1}{3} \times \pi \times 5{,}2^2 \times 10 \approx 283 \text{ cm}^3.$$

Donc les volumes sont bien égaux à 1 cm^3 près.

▶ **3.** Si h est la hauteur du jus de fruits servi dans le verre A pour que le volume de jus soit égal à 200 cm^3, alors :

$$\pi \times 3^2 \times h = 200$$

$$h = \frac{200}{\pi \times 3^2}$$

$$\boxed{h \approx 7 \text{ cm}}.$$

▶ **4. a)** La courbe représentant l'évolution du volume du verre B est en dessous de celle qui représente l'évolution du volume du verre A.
Le restaurateur aura intérêt à choisir le verre B pour servir le plus grand nombre de verres.

b) Pour une hauteur de 8 cm :

$$V_{\text{verre A}} = \pi \times 3^2 \times 8 = 72\pi \text{ cm}^3.$$

Or 1 L = 1 000 cm^3 et $\frac{1\,000}{72\pi} \approx 4{,}4$ verres.

Conclusion : avec 1 L de jus de fruits, le restaurateur pourra servir au plus 4 verres A.

> **RAPPEL**
> 1 L = 1 000 cm^3.

S'ENTRAÎNER

La terrasse en béton

EXERCICE 6

15 min
16 points

Madame Martin souhaite réaliser une terrasse en béton en face de sa baie vitrée. Elle réalise le dessin ci-dessous.
Pour faciliter l'écoulement des eaux de pluie, le sol de la terrasse doit être incliné.
La terrasse a la forme d'un prisme droit dont la base est le quadrilatère ABCD et la hauteur est le segment [CG].
P est le point du segment [AD] tel que BCDP est un rectangle.

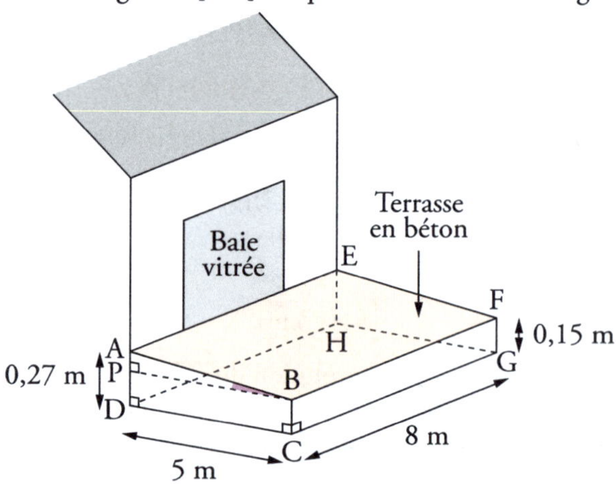

▶ **1.** L'angle $\widehat{ABP}$ doit mesurer entre 1° et 1,5°.
Le projet de madame Martin vérifie-t-il cette condition ?

▶ **2.** Madame Martin souhaite se faire livrer le béton nécessaire à la réalisation de sa terrasse.
Elle fait appel à une entreprise spécialisée.
À l'aide des informations contenues dans le tableau ci-après, déterminer le montant de la facture établie par l'entreprise.

On rappelle que toute trace de recherche, même incomplète, pourra être prise en compte dans l'évaluation.

Information 1
Distance entre l'entreprise et la maison de madame Martin : 23 km.
Information 2 **Formule du volume d'un prisme droit** Volume d'un prisme droit = aire de la base du prisme × hauteur du prisme.
Information 3 **Conditions tarifaires de l'entreprise spécialisée** • Prix du m^3 de béton : 95 €. • Capacité maximale du camion-toupie : 6 m^3. • Frais de livraison : 5 € par km parcouru par le camion-toupie. • L'entreprise facture les distances aller et retour (entreprise-lieu de livraison) parcourues par le camion-toupie.

LES CLÉS DU SUJET

L'intérêt du sujet

Dans cet exercice à étapes multiples, tu vas travailler les notions d'aire, de volume et de proportionnalité.

Nos coups de pouce

▶ 1. Utiliser une formule de trigonométrie pour calculer un angle

Calcule AP par soustraction de longueurs, puis calcule la valeur de l'angle $\widehat{B}$ en utilisant la formule de la tangente dans le triangle rectangle APB.

Les étapes de résolution pour la question 2

Déterminer le montant de la facture

❶ Utilise la formule donnant l'aire d'un trapèze ou calcule les aires du rectangle PDCB et du triangle rectangle APB pour calculer l'aire de ABCD.

❷ Calcule le volume de la terrasse.

❸ Par proportionnalité entre le volume et le prix, calcule le prix payé pour le béton.

❹ Calcule enfin les frais de livraison.

42 CORRIGÉ GUIDÉ

▶ **1.** Les points A, P et D sont alignés donc :
$AP = AD - DP = 0,27 - 0,15 = 0,12$ m.
Dans le triangle APB rectangle en P, on a :

$$\tan(\widehat{B}) = \frac{\text{côté opposé à l'angle } \widehat{B}}{\text{côté adjacent à l'angle } \widehat{B}} = \frac{AP}{PB} = \frac{0,12}{5}.$$

Donc $\widehat{B} = \tan^{-1}\left(\frac{0,12}{5}\right) \approx 1,4°$.

Le projet de Mme Martin vérifie bien la condition angulaire demandée.

▶ **2.** Cherchons l'aire de la base ABCD :

$$\begin{aligned}\text{Aire (ABCD)} &= \text{aire (PDCB)} + \text{aire (APB)}\\ &= 5 \times 0,15 + \frac{5 \times 0,12}{2}\\ &= 1,05 \text{ m}^2.\end{aligned}$$

Cherchons le volume de la terrasse :

$$\begin{aligned}\text{Volume(terrasse)} &= \text{aire (ABCD)} \times \text{hauteur}\\ &= 1,05 \times 8\\ &= 8,4 \text{ m}^3.\end{aligned}$$

Le prix payé pour le béton est : $95 \times 8,4 = 798$ €.

Cherchons le prix payé pour les déplacements du camion-toupie :
Il va falloir 2 déplacements donc 2 allers-retours.
Puisqu'un aller-retour correspond à 46 km, il sera facturé $5 \times 46 \times 2 = 460$ €.

> **ATTENTION !**
> N'oublie pas de compter des allers-retours !

Conclusion : Mme Martin paiera $798 + 460 = 1\ 258$ €.

La pyramide du Louvre

EXERCICE 4

15 min
12 points

Ph © Onnes/iStock Editorial/ Getty Images Plus

La pyramide du Louvre à Paris est une pyramide à base carrée de côté 35,4 m et de hauteur 21,6 m.
C'est une réduction de la pyramide de Khéops en Égypte, qui mesure environ 230,5 m de côté.

▶ **1.** Montrer que la hauteur de la pyramide de Khéops est d'environ 140,6 m.

▶ **2.** Calculer le volume en m^3 de la pyramide du Louvre. (Arrondir à l'unité)

▶ **3.** Par quel nombre peut-on multiplier le volume de la pyramide du Louvre pour obtenir celui de la pyramide de Khéops ? (Arrondir à l'unité)

Rappel : Volume d'une pyramide $= \dfrac{\text{Aire de la base} \times \text{Hauteur}}{3}$.

LES CLÉS DU SUJET

L'intérêt du sujet

La pyramide du Louvre est faite de carreaux de verre et est située dans la cour principale du musée du Louvre. Elle a été construite par Pei en 1989. Dans cet exercice, tu vas travailler les notions de volume et d'agrandissement à travers une comparaison des pyramides du Louvre et de Khéops.

Nos coups de pouce, question par question

▶ 1. Connaître la notion de coefficient d'agrandissement	• Calcule le coefficient d'agrandissement. • Puis la hauteur de la pyramide de Khéops.
▶ 2. Calculer le volume d'une pyramide	• Calcule l'aire de la base carrée. • Puis remplace la hauteur par 21,6.
▶ 3. Savoir l'effet d'un agrandissement sur un volume	Utilise la formule : $V_{agrandi} = (\text{coefficient d'agrandissement})^3 \times V_{initial}$.

43 CORRIGÉ GUIDÉ

▶ **1.** Le coefficient d'agrandissement vaut exactement $\dfrac{230{,}5}{35{,}4}$.

Donc la hauteur h de la pyramide de Khéops vaut réellement :

$$h = \frac{230{,}5}{35{,}4} \times 21{,}6$$

$$\boxed{h \approx 140{,}6 \text{ m}}.$$

RAPPEL
Le coefficient d'agrandissement est le quotient entre les longueurs réelles et les longueurs réduites.

▶ **2.** Le volume de la pyramide du Louvre est :

$$V_{\text{pyramide du Louvre}} = \frac{1}{3} \times \text{aire base} \times \text{hauteur}$$

$$V_{\text{pyramide du Louvre}} = \frac{1}{3} \times 35,4^2 \times 21,6$$

$$\boxed{V_{\text{pyramide du Louvre}} \approx 9\ 023\ \text{m}^3}.$$

▶ **3.** Le coefficient d'agrandissement étant $\frac{230,5}{35,4}$:

$$V_{\text{Khéops}} = \left(\frac{230,5}{35,4}\right)^3 \times V_{\text{Louvre}}.$$

Or $\left(\frac{230,5}{35,4}\right)^3 \approx 276$, donc il suffit de multiplier le volume de la pyramide du Louvre par environ 276 pour obtenir le volume de la pyramide de Khéops.

S'ENTRAÎNER

44 Amérique du Nord • Juin 2018

La frise

EXERCICE 5

15 min
6 points

Gaspard travaille avec un logiciel de géométrie dynamique pour construire une frise.
Il a construit un triangle ABC isocèle en C (motif 1) puis il a obtenu le losange ACBD (motif 2). Voici les captures d'écran de son travail.

Motif 1	Motif 2
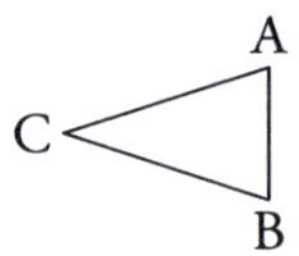	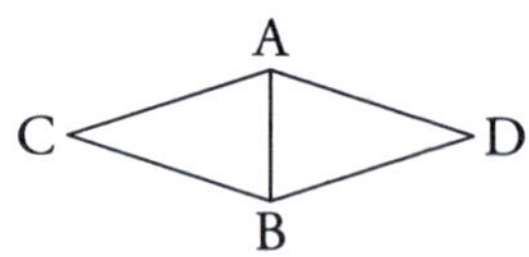

▶ **1.** Préciser une transformation permettant de compléter le motif 1 pour obtenir le motif 2.

▶ **2.** Une fois le motif 2 construit, Gaspard a appliqué à plusieurs reprises une translation.
Il obtient ainsi la frise ci-dessous.
Préciser de quelle translation il s'agit.

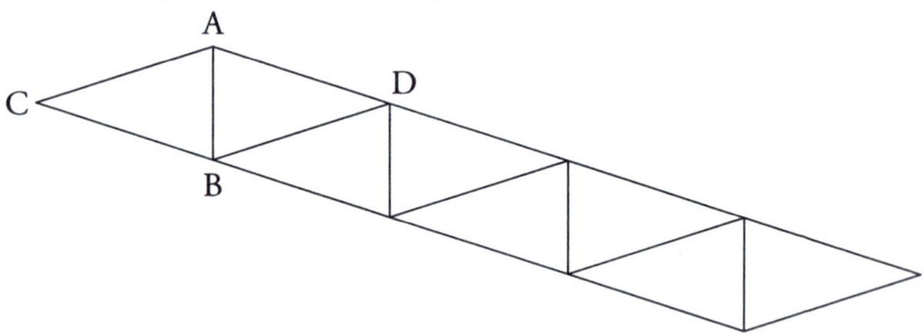

LES CLÉS DU SUJET

L'intérêt du sujet

Les transformations du plan bien combinées permettent de construire des pavages et des frises. Dans cet exercice, tu vas devoir reconnaître certaines de ces transformations.

Nos coups de pouce, question par question

▶ 1. Reconnaître une transformation plane	Pose-toi la question : quelle transformation permet d'avoir un « effet miroir » ?
▶ 2. Expliciter la caractéristique d'une translation	• Une translation est caractérisée par un point de départ et un point d'arrivée. • Demande-toi sur quel point « glisse » le point C ?

44 CORRIGÉ GUIDÉ

▶ **1.** Pour obtenir le motif 2, on trace le symétrique du motif 1 par rapport à l'axe (AB).

▶ **2.** Il a appliqué la translation qui amène C sur B.

45 France métropolitaine • Juin 2021

Le composteur

EXERCICE 5

20 min
20 points

La production annuelle de déchets par Français était de 5,2 tonnes par habitant en 2007. Entre 2007 et 2017, elle a diminué de 6,5 %.

▶ **1.** De combien de tonnes la production annuelle de déchets par Français en 2017 a-t-elle diminué par rapport à l'année 2007 ?

▶ **2.** Pour continuer à diminuer leur production de déchets, de nombreuses familles utilisent désormais un composteur.
Une de ces familles a choisi le modèle ci-dessous, composé d'un pavé droit et d'un prisme droit (la figure du composteur n'est pas à l'échelle).
Le descriptif indique qu'il a une contenance d'environ 0,5 m^3.
On souhaite vérifier cette information.

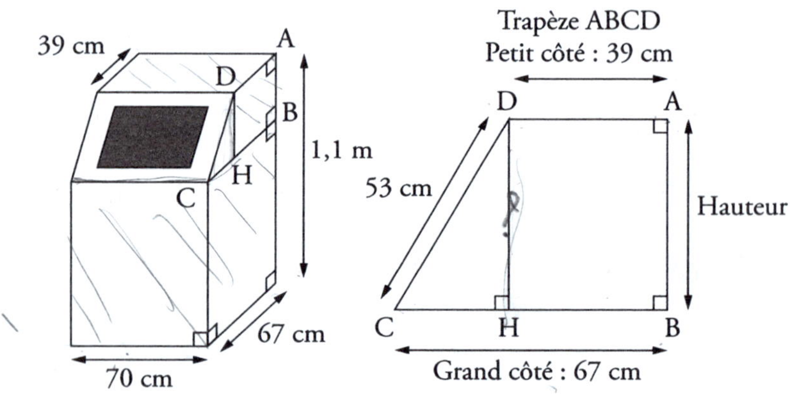

a) Dans le trapèze ABCD, calculer la longueur CH.
b) Montrer que la longueur DH est égale à 45 cm.
c) Vérifier que l'aire du trapèze ABCD est de 2 385 cm^2.
d) Calculer le volume du composteur.
L'affirmation « il a une contenance d'environ 0,5 m^3 » est-elle vraie ? Justifier.

Rappels :

• Aire du trapèze $= \dfrac{(\text{petit côté} + \text{grand côté}) \times \text{hauteur}}{2}$

• Volume du prisme droit = aire de la base × hauteur

• Volume du pavé droit = longueur × largeur × hauteur

LES CLÉS DU SUJET

L'intérêt du sujet

À travers un problème de développement durable, tu vas retravailler le théorème de Pythagore, les formules d'aires et de volumes, ainsi que les pourcentages.

Nos coups de pouce, question par question

▶ 1. Appliquer un pourcentage	Multiplie le pourcentage par la valeur initiale.
▶ 2. a) Calculer une longueur	Remarque que ABHD est un rectangle.
b) Utiliser un théorème de géométrie	Utilise le théorème de Pythagore dans le triangle rectangle CDH.
c) Appliquer une formule d'aire	Remplace, dans la formule rappelée, les côtés par les valeurs de l'énoncé.
d) Calculer un volume et convertir	• Calcule d'abord les volumes du prisme droit et du pavé droit. • Convertis enfin le volume total en m^3 et conclus.

45 CORRIGÉ GUIDÉ

▶ **1.** $5{,}2 \times \dfrac{6{,}5}{100} = 0{,}338$

La production annuelle de déchets a diminué de 0,338 t en 2017 par rapport à 2007.

▶ **2. a)** DABH a trois angles droits, c'est donc un rectangle et HB = DA = 39 cm.

Les points C, H et B sont alignés donc :

CH = CB – HB

CH = 67 – 39

CH = 28 cm.

b) CDH est rectangle en H donc, d'après le théorème de Pythagore, on a :

$CD^2 = CH^2 + HD^2$

$53^2 = 28^2 + HD^2$

$2\,809 = 784 + HD^2$

$HD^2 = 2\,809 - 784 = 2\,025$

Donc : $HD = \sqrt{2\,025} = 45$ cm.

> **RAPPEL**
> Dans la formule de Pythagore, le carré de l'hypoténuse est égal à la somme des carrés des deux autres côtés.

c) $\text{Aire du trapèze} = \dfrac{(\text{petit côté} + \text{grand côté}) \times \text{hauteur}}{2}$

$= \dfrac{(39 + 67) \times 45}{2} = 2\,385 \text{ cm}^2.$

d) Volume du pavé droit $= L \times l \times h$

$= 70 \times 67 \times (110 - 45) = 304\,850 \text{ cm}^3.$

> **ATTENTION !**
> Pense à convertir 1,10 m en centimètres.

Volume du prisme droit

= aire de la base × hauteur

$= 2\,385 \times 70 = 166\,950 \text{ cm}^3.$

Par somme on trouve :

Volume du composteur $= 304\,850 + 166\,950 = 471\,800 \text{ cm}^3$

$= 0{,}471\,800 \text{ m}^3 \approx 0{,}5 \text{ m}^3.$

Donc l'affirmation est vraie.

46 Asie • Juin 2018

La yourte

EXERCICE 2

15 min
17 points

Samia vit dans un appartement dont la surface au sol est de 35 m^2.
Elle le compare avec une yourte, l'habitat traditionnel mongol.

ph© Kazakh yurt/Getty Images/iStockphoto

On modélise cette yourte par un cylindre et un cône.

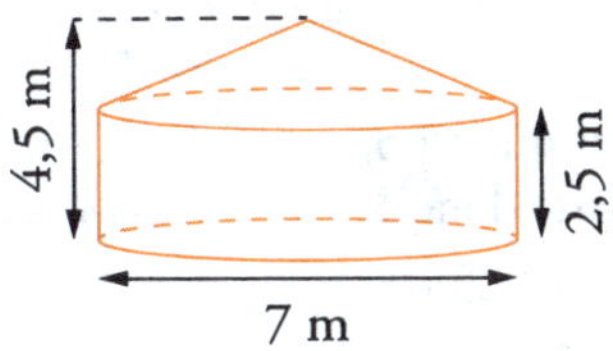

On rappelle les formules suivantes : • Aire du disque = $\pi \times \text{rayon}^2$

• Volume du cylindre = $\pi \times \text{rayon}^2 \times \text{hauteur}$

• Volume du cône = $\frac{1}{3} \times \pi \times \text{rayon}^2 \times \text{hauteur}$

▶ **1.** Montrer que l'appartement de Samia offre une plus petite surface au sol que celle de la yourte.

▶ **2.** Calculer le volume de la yourte en m^3.

▶ **3.** Samia réalise une maquette de cette yourte à l'échelle $\frac{1}{25}$.
Quelle est la hauteur de la maquette ?

LES CLÉS DU SUJET

L'intérêt du sujet

La yourte est une habitation traditionnelle des nomades en Mongolie, pays limité par la Russie d'une part et la Chine d'autre part.

Nos coups de pouce, question par question

▶ **1. Calculer une aire** — Calcule l'aire du disque représentant la surface au sol.

S'ENTRAÎNER

▶ **2. Calculer des volumes**	Calcule le volume de la partie cylindrique, puis celui de la partie conique. Déduis-en le volume de la yourte.
▶ **3. Opérer une réduction**	Applique le coefficient de réduction, c'est-à-dire $\frac{1}{25}$, à la hauteur de la yourte.

46 CORRIGÉ GUIDÉ

▶ **1.** L'aire $\mathcal{A}$ d'un disque de rayon R est donnée par la formule $\mathcal{A} = \pi \times R^2$.
Le disque a pour diamètre 7 m. Son rayon mesure donc 3,5 m. Alors $\mathcal{A} = \pi \times 3{,}5^2$ soit $\boxed{\mathcal{A} = 12{,}25\pi \text{ m}^2}$.
$\mathcal{A} = 38{,}48 \text{ m}^2$ est une valeur approchée au centième.

> **RAPPEL**
> Si on note D le diamètre d'un disque de rayon R, alors $R = \frac{D}{2}$ et l'aire du disque mesure $\frac{\pi \times D^2}{4}$.

Mais $35 < 38{,}48$ donc l'appartement de Samia offre une plus petite surface au sol que celle de la yourte.

▶ **2.** Notons $\mathcal{V}_1$ le volume du cylindre dont la base mesure 3,5 m de rayon et la hauteur 2,5 m. D'après les rappels donnés dans l'énoncé :
$\mathcal{V}_1 = \pi \times 3{,}5^2 \times 2{,}5$ soit $\mathcal{V}_1 = 30{,}625 \times \pi \text{ m}^3$.
$\mathcal{V}_1 = 96{,}21 \text{ m}^3$ est une valeur approchée au centième.
Notons $\mathcal{V}_2$ le volume du cône dont la base mesure 3,5 m de rayon et la hauteur (4,5 – 2,5) c'est-à-dire 2 m. D'après les rappels donnés dans l'énoncé : $\mathcal{V}_2 = \frac{1}{3} \times \pi \times 3{,}5^2 \times 2 \text{ m}^3$.
$\mathcal{V}_2 = 25{,}65 \text{ m}^3$ est une valeur approchée au centième.
Notons $\mathcal{V}$ le volume de la yourte.
$\mathcal{V} = \mathcal{V}_1 + \mathcal{V}_2$ soit $\mathcal{V} = 96{,}21 + 25{,}65$ c'est-à-dire $\boxed{\mathcal{V} = 121{,}86 \text{ m}^3}$, valeur approchée au centième.

▶ **3.** Notons h la hauteur de la maquette et H celle de la yourte. Alors $h = \frac{1}{25} \times H$ soit $h = \frac{1}{25} \times 4{,}5 = 0{,}18$.
Conclusion : la hauteur de la maquette est de 0,18 m ou encore 18 cm.

Le globe de cristal

EXERCICE 1

15 min
11 points

Le gros globe de cristal est un trophée attribué au vainqueur de la coupe du monde de ski. Ce trophée pèse 9 kg et mesure 46 cm de hauteur.

▶ **1.** Le biathlète français Martin Fourcade a remporté le sixième gros globe de cristal de sa carrière en 2017 à Pyeongchang en Corée du Sud. Donner approximativement la latitude et la longitude de ce lieu repéré sur la carte ci-dessous.

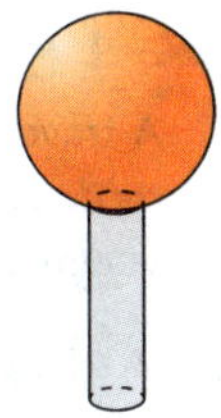

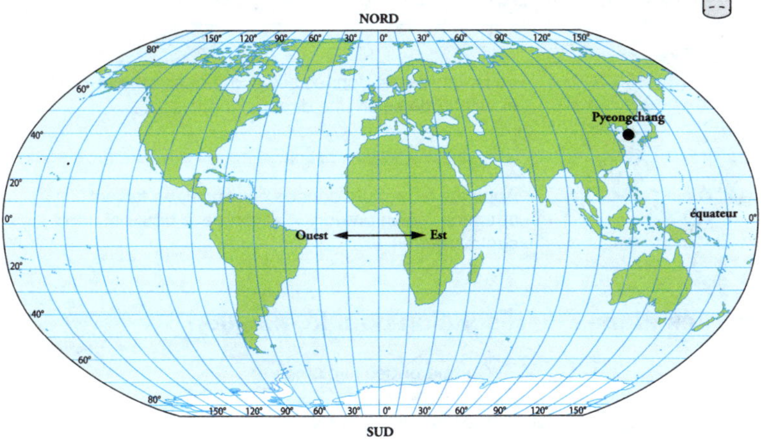

▶ **2.** On considère que ce globe est composé d'un cylindre en cristal de diamètre 6 cm, surmonté d'une boule de cristal. Voir schéma ci-contre. Montrer qu'une valeur approchée du volume de la boule de ce trophée est de 6 371 cm^3.

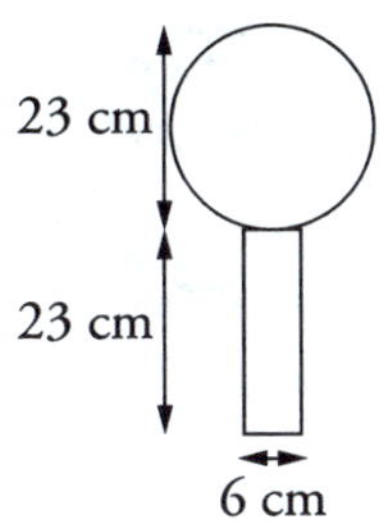

▶ **3.** Marie affirme que le volume de la boule de cristal représente environ 90 % du volume total du trophée. A-t-elle raison ?

Rappels :

– volume d'une boule de rayon R : $\mathcal{V} = \frac{4}{3}\pi R^3$;

– volume d'un cylindre de rayon r et de hauteur h : $\mathcal{V} = \pi r^2 h$.

LES CLÉS DU SUJET

L'intérêt du sujet

À travers l'étude d'un trophée sportif, tu vas mobiliser les notions de repérage sur la sphère terrestre, mais aussi les pourcentages et les volumes.

Nos coups de pouce, question par question

▶ 1. Lire les coordonnées d'un point sur la sphère terrestre	La longitude est donnée selon une direction est-ouest et la latitude selon une direction nord-sud.
▶ 2. Calculer le volume d'une boule	Applique la formule donnée en rappel, en faisant attention à bien prendre le rayon de la boule et non son diamètre !

Les étapes de résolution pour la question 3

Comparer deux volumes

1. Calcule le volume du cylindre.
2. Calcule le volume total du trophée.
3. Calcule le rapport $\frac{V_{boule}}{V_{trophée}}$ et conclus.

47 CORRIGÉ GUIDÉ

▶ **1.** Les coordonnées de Pyeongchang sont 127° est (longitude) et 35° nord (latitude).

▶ **2.** $\mathcal{V}_{\text{boule}} = \frac{4}{3} \times \pi \times R^3 = \frac{4}{3} \times \pi \times 11{,}5^3 \approx \boxed{6\ 371\ \text{cm}^3}$.

▶ **3.** $\mathcal{V}_{\text{cylindre}} = \pi \times r^2 \times h = \pi \times 3^2 \times 23 \approx 650\ \text{cm}^3$

$\mathcal{V}_{\text{total}} = 6\ 371 + 650 = \boxed{7\ 021\ \text{cm}^3}$.

Le rapport des volumes est : $\frac{6\ 371}{7\ 021} \approx 90{,}7\ \%$.

Donc le volume de la boule représente environ 90 % du volume total, Marie a raison.

S'ENTRAÎNER

Géométrie plane

EXERCICE 1

30 min
22 points

La figure ci-dessous n'est pas à l'échelle.
• Les points M, A et S sont alignés.
• Les points M, T et H sont alignés.
• MH = 5 cm.
• MS = 13 cm.
• MT = 7 cm.

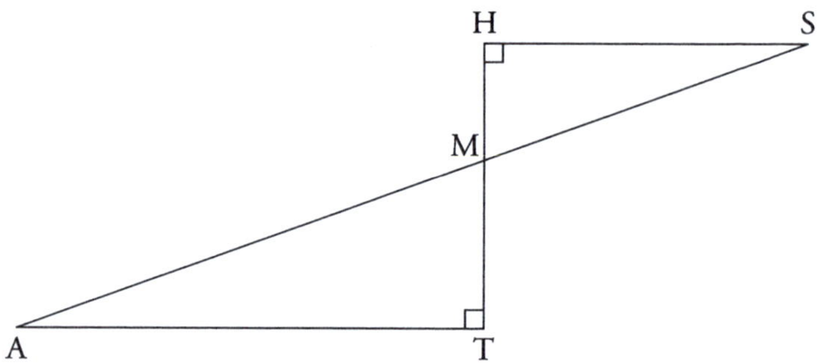

▶ **1.** Démontrer que la longueur HS est égale à 12 cm.

▶ **2.** Calculer la longueur AT.

▶ **3.** Calculer la mesure de l'angle $\widehat{HMS}$. On arrondira le résultat au degré près.

▶ **4.** Parmi les transformations suivantes, quelle est celle qui permet d'obtenir le triangle MAT à partir du triangle MHS ?

Dans cette question, aucune justification n'est attendue.

Une symétrie centrale	Une symétrie axiale	Une rotation	Une translation	Une homothétie

▶ **5.** Sachant que la longueur MT est 1,4 fois plus grande que la longueur HM, un élève affirme : « L'aire du triangle MAT est 1,4 fois plus grande que l'aire du triangle MHS. »
Cette affirmation est-elle vraie ?

On rappelle que la réponse doit être justifiée.

LES CLÉS DU SUJET

L'intérêt du sujet

Cet exercice, très complet, te permet de revoir tous les théorèmes importants de géométrie plane.

Nos coups de pouce, question par question

▶ 1. Appliquer le théorème de Pythagore	Comment peux-tu calculer une longueur dans un triangle rectangle ?
▶ 2. Utiliser le théorème de Thalès	À quel théorème deux triangles opposés par le sommet te font-ils penser ? Vérifie que les conditions sont bien remplies.
▶ 3. Calculer la mesure d'un angle	Utilise une des formules cosinus, sinus ou tangente dans le triangle rectangle HMS.
▶ 4. Identifier une transformation du plan	Quelle transformation permet de réduire/agrandir une figure ?
▶ 5. Connaître l'effet d'un agrandissement sur les aires	Par combien les aires sont-elles multipliées lors d'un agrandissement ?

48 CORRIGÉ GUIDÉ

▶ **1.** Le triangle HSM est rectangle en H donc, d'après le théorème de Pythagore :

$HS^2 + HM^2 = MS^2$

$HS^2 + 5^2 = 13^2$

$HS^2 + 25 = 169$

$HS^2 = 169 - 25 = 144$

$HS = \sqrt{144} = 12$ cm.

RAPPEL
C'est l'hypoténuse qui est le côté isolé dans la formule de Pythagore.

▶ **2.** Les droites (HT) et (AS) sont sécantes en M. De plus, les droites (HS) et (AT) sont parallèles car deux droites perpendiculaires à une même droite sont parallèles entre elles.
Donc, d'après le théorème de Thalès :

$$\frac{\text{MH}}{\text{MT}}=\frac{\text{MS}}{\text{MA}}=\frac{\text{HS}}{\text{TA}}, \text{ soit } \frac{5}{7}=\frac{13}{\text{MA}}=\frac{12}{\text{AT}}.$$

Par le produit en croix, on obtient :

$$\text{AT}=\frac{7\times 12}{5}=16{,}8 \text{ cm.}$$

▶ **3.** Le triangle HMS est rectangle en H donc :

$$\cos\left(\widehat{\text{HMS}}\right)=\frac{\text{côté adjacent à } \widehat{\text{HMS}}}{\text{hypoténuse}}=\frac{\text{HM}}{\text{MS}}=\frac{5}{13}.$$

Alors, au degré près, $\widehat{\text{HMS}}=\arccos\left(\frac{5}{13}\right)\approx 67°$.

▶ **4.** C'est une homothétie qui permet d'obtenir le triangle MAT à partir du triangle MHS.

▶ **5.** C'est faux. En effet, dans un agrandissement/réduction de rapport k, les aires sont multipliées par k^2. Donc, dans ce cas, l'aire est multipliée par $1{,}4^2 = 1{,}96$.

Redresser l'étagère

EXERCICE 5

30 min
20 points

Toutes les réponses doivent être justifiées, sauf si une indication contraire est donnée. Pour chaque question, si le travail n'est pas terminé, laisser tout de même une trace de la recherche ; elle sera prise en compte dans la notation.

Une famille a acheté une étagère qu'elle souhaite placer le long d'un mur.

▶ **1.** L'étagère était affichée au prix de 139,90 €. La famille a obtenu une réduction de 10 %. Quel a été le montant de cette réduction ?

▶ **2.** Voici l'image de profil qu'on peut voir sur le guide de montage de l'étagère ; ce dessin n'est pas à l'échelle.

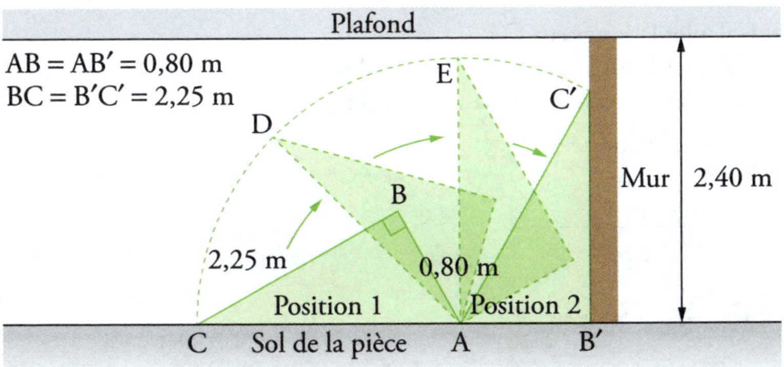

L'étagère a été montée à plat sur le sol de la pièce ; elle est donc en position 1. On veut s'assurer qu'elle ne touchera pas le plafond au moment de la relever pour atteindre la position 2. On ne dispose d'aucun instrument de mesure.
Avec les données du schéma précédent, vérifier que l'étagère ne touchera pas le plafond.

▶ **3.** Dans cette question, on supposera que le meuble a pu être disposé contre le mur.

On installe maintenant quatre tablettes horizontales régulièrement espacées et représentées ici par les segments [DE], [FG], [HI] et [JK].

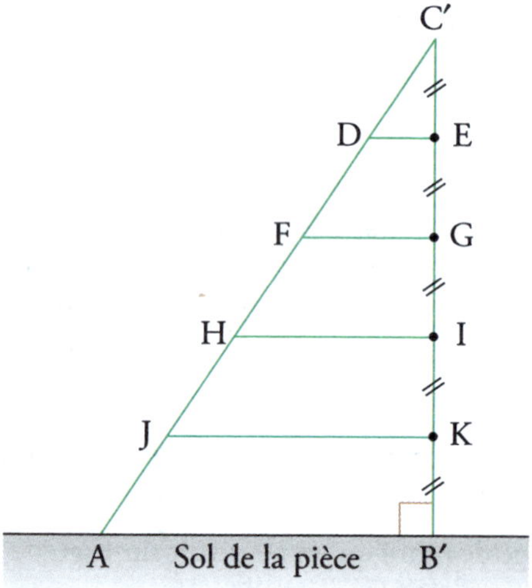

a) Calculer la longueur C′E.
b) Calculer la longueur de la tablette [DE].
c) Calculer la longueur de la tablette [HI].

Rappels des données :
B′C′ = 2,25 m
AB′ = 0,80 m

LES CLÉS DU SUJET

L'intérêt du sujet

Tu vas retravailler le théorème de Pythagore pour une utilisation concrète liée à la pose d'une armoire et d'étagères.

Nos coups de pouce, question par question

▶ **1. Calculer un pourcentage**	Multiplie le montant par le pourcentage.

▶ **2. Utiliser le théorème de Pythagore**	Regarde à quelle longueur du triangle ABC correspond la plus grande hauteur atteinte par l'étagère.
▶ **3. a) Partager un segment**	Regarde en combien de parts égales le segment [B′C′] a été partagé.
b) et c) Reconnaître une situation de réduction	Applique le fait que les triangles C′DE et C′HI sont des réductions du triangle C′AB′.

49 CORRIGÉ **GUIDÉ**

▶ **1.** Le montant de la réduction est de $139{,}90 \times \dfrac{10}{100} = 13{,}9$ €.

▶ **2.** Le point le plus haut atteint par l'étagère est le point E.
Or AE = AC. Il s'agit donc de vérifier que le côté [AC] a une longueur inférieure à la hauteur de la pièce.
ABC est rectangle en B donc d'après le théorème de Pythagore, on a :

$AC^2 = AB^2 + BC^2 = 0{,}80^2 + 2{,}25^2$

$AC^2 = 0{,}64 + 5{,}0625 = 5{,}7025$

Donc $AC = \sqrt{5{,}7025} \approx 2{,}39$ m.

Puisque la hauteur sous plafond est de 2,40 m, l'étagère pourra bien être redressée sans toucher le plafond.

▶ **3 a)** Puisque B′C′ = 2,25 m et que [B′C′] a été partagé en 5 segments égaux, on a $C'E = \dfrac{2{,}25}{5} = 0{,}45$ m.

b) Le triangle C′DE est une réduction de coefficient $\dfrac{1}{5}$ du triangle C′AB′. Donc : $DE = \dfrac{AB'}{5} = \dfrac{0{,}80}{5} = 0{,}16$ m.

c) Le triangle C′HI est une réduction de coefficient $\dfrac{3}{5}$ du triangle C′AB′. Donc : $HI = AB' \times \dfrac{3}{5} = 0{,}80 \times \dfrac{3}{5} = 0{,}48$ m.

Agrandissement de carrés

EXERCICE 2

20 min
21 points

Le quadrilatère ABCD est un carré de côté de longueur 1 cm. Il est noté carré ①.

Les points A, B, E et H sont alignés, ainsi que les points A, D, G et J. On construit ainsi une suite de carrés (carré ①, carré ②, carré ③, …) en doublant la longueur du côté du carré, comme illustré ci-dessous pour les trois premiers carrés.

La figure n'est pas en vraie grandeur.

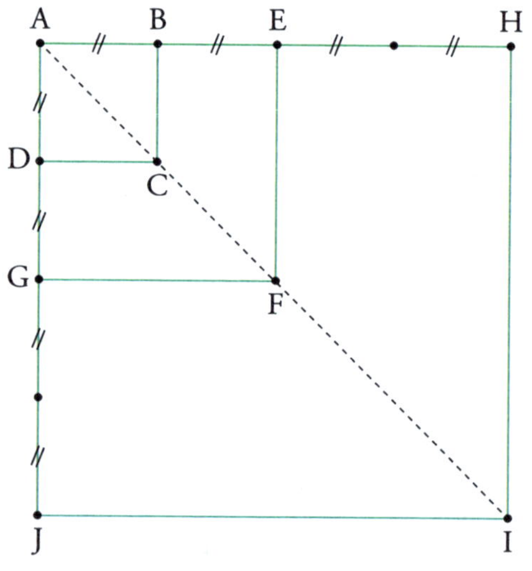

carré ① : ABCD
carré ② : AEFG
carré ③ : AHIJ

▶ **1.** Calculer la longueur AC.

▶ **2.** On choisit un carré de cette suite de carrés.

Aucune justification n'est demandée pour les questions **2. a)** *et* **2. b)**.

a) Quel coefficient d'agrandissement des longueurs permet de passer de ce carré au carré suivant ?

b) Quel type de transformation permet de passer de ce carré au carré suivant ?

symétrie axiale	homothétie	rotation	symétrie centrale	translation

▶ **3.** L'affirmation « la longueur de la diagonale du carré ③ est trois fois plus grande que la longueur de la diagonale du carré ① » est-elle correcte ?

▶ **4.** Déterminer, à l'aide de la calculatrice, une valeur approchée de la mesure de l'angle $\widehat{AJB}$ au degré près.

LES CLÉS DU SUJET

L'intérêt du sujet

Cet exercice te permet de réviser le théorème de Pythagore, les transformations du plan et la trigonométrie.

Nos coups de pouce, question par question

▶ **1. Utiliser le théorème de Pythagore**	Le carré de l'hypoténuse est égal à la somme des carrés des côtés de l'angle droit.
▶ **2. Reconnaître une transformation du plan**	Observe les longueurs de chaque côté des carrés.
▶ **3. Utiliser la propriété d'un agrandissement**	Un coefficient d'agrandissement s'applique à toutes les longueurs d'une même figure, en particulier les diagonales.
▶ **4. Calculer la mesure d'un angle**	Applique la bonne formule de trigonométrie dans le triangle ABJ rectangle en A

S'ENTRAÎNER

50 CORRIGÉ GUIDÉ

▶ **1.** ABC est rectangle en B, d'après le théorème de Pythagore on a :

$AC^2 = AB^2 + BC^2$

$AC^2 = 1^2 + 1^2$

$AC^2 = 1 + 1$

Donc : $AC = \sqrt{2}$ cm.

▶ **2. a)** La longueur de chaque carré est multipliée par 2 donc le coefficient d'agrandissement vaut 2.

b) La seule transformation connue qui permet d'agrandir une figure est une homothétie ; ici, c'est l'homothétie de centre A de rapport 2.

▶ **3.** Les longueurs dans le carré AHIJ sont 4 fois plus grandes que celles du carré ABCD.

En particulier, la diagonale [AI] est 4 fois plus grande que la diagonale [AC].

Donc l'affirmation est fausse.

▶ **4.** Le triangle ABJ est rectangle en A.

On connaît le côté opposé à $\widehat{AJB}$: c'est [AB], avec AB = 1 cm.

On connaît le côté adjacent à $\widehat{AJB}$: c'est [AJ] avec AJ = 4 cm.

Donc $\tan(\widehat{AJB}) = \dfrac{\text{côté opposé à } \widehat{AJB}}{\text{côté adjacent à } \widehat{AJB}} = \dfrac{AB}{AJ} = \dfrac{1}{4}$.

Avec la calculatrice on a $\widehat{AJB} = \arctan\left(\dfrac{1}{4}\right) \approx 14°$.

Géométrie classique

EXERCICE 3

15 min
21 points

Sur la figure ci-dessous, qui n'est pas en vraie grandeur, le point C est le point d'intersection des droites (BE) et (AD).

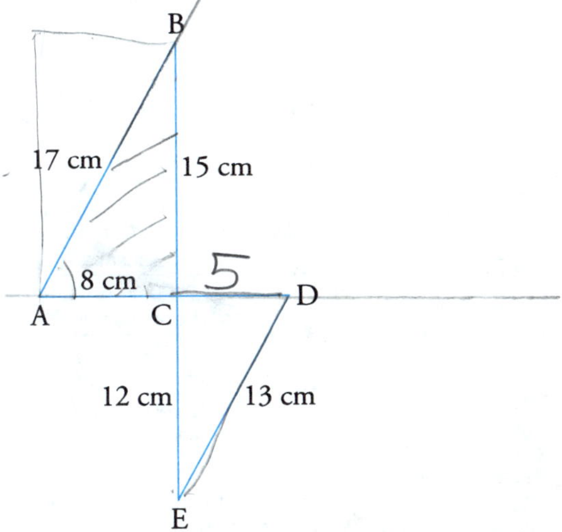

▶ **1.** Démontrer que le triangle ABC est rectangle en C.

▶ **2.** Calculer l'aire du triangle ABC.

▶ **3.** Calculer une valeur approchée au degré près de l'angle $\widehat{BAC}$.

▶ **4.** Calculer le périmètre du triangle CDE.

▶ **5.** Les droites (AB) et (DE) sont-elles parallèles ?

LES CLÉS DU SUJET

L'intérêt du sujet

Cet exercice est un grand classique de géométrie : tu vas pouvoir revoir tous les théorèmes fondamentaux de géométrie plane de collège.

Nos coups de pouce, question par question

▶ **1. Utiliser le théorème de Pythagore**	Vérifie que le carré du plus grand côté est bien égal à la somme des carrés des deux plus petits côtés.
▶ **2. Calculer l'aire d'un triangle rectangle**	La formule est : $\text{Aire} = \dfrac{\text{base} \times \text{hauteur}}{2}$.
▶ **3. Connaître les formules de trigonométrie**	Dans un triangle rectangle, d'angle aigu $\widehat{A}$, tu peux utiliser les formules suivantes : $\cos(\widehat{A}) = \dfrac{\text{côté adjacent à } \widehat{A}}{\text{hypoténuse}}$; $\sin(\widehat{A}) = \dfrac{\text{côté opposé à } \widehat{A}}{\text{hypoténuse}}$; $\tan(\widehat{A}) = \dfrac{\text{côté opposé à } \widehat{A}}{\text{côté adjacent à } \widehat{A}}$.
▶ **4. Calculer un périmètre avec le théorème de Pythagore**	Utilise le théorème de Pythagore dans le triangle CDE rectangle en C.
▶ **5. Utiliser le théorème de Thalès**	Vérifie si les quotients $\dfrac{CE}{CB}$ et $\dfrac{CD}{CA}$ sont égaux.

51 CORRIGÉ GUIDÉ

▶ **1.** [AB] est le plus grand côté.

$AB^2 = 17^2 = 289$

$AC^2 + BC^2 = 8^2 + 15^2 = 64 + 225 = 289$

Donc $AB^2 = AC^2 + BC^2$ et, d'après la réciproque du théorème de Pythagore, ABC est rectangle en C.

▶ **2.** Comme ABC est rectangle en C :

$$\text{Aire (ABC)} = \frac{AC \times BC}{2} = \frac{15 \times 8}{2} = 60 \text{ cm}^2.$$

▶ **3.** ABC est rectangle en C donc :

$$\cos(\widehat{A}) = \frac{\text{côté adjacent à } \widehat{A}}{\text{hypoténuse}} = \frac{AC}{AB} = \frac{8}{17}.$$

Donc $\widehat{A} = \arccos\left(\frac{8}{17}\right) \approx 62°$.

REMARQUE
N'importe laquelle des trois figures de trigonométrie est applicable.

▶ **4.** Les angles $\widehat{BCA}$ et $\widehat{DCE}$ sont opposés par le sommet donc égaux. Puisque $\widehat{BCA} = 90°$, $\widehat{DCE} = 90°$ et DCE est ainsi rectangle en C.
D'après le théorème de Pythagore on a :

$DE^2 = DC^2 + CE^2$

$13^2 = DC^2 + 12^2$

$169 = DC^2 + 144$

$DC^2 = 169 - 144 = 25$

Donc $DC = \sqrt{25} = 5$ cm.

On a alors périmètre (CDE) = CD + DE + EC = 5 + 13 + 12 = 30 cm.

RAPPEL
Le périmètre d'un triangle est la somme des longueurs de ses côtés.

▶ **5.** Les droites (BE) et (AD) sont sécantes en C.

$$\frac{CE}{CB} = \frac{12}{15} \text{ et } \frac{CD}{CA} = \frac{5}{8}$$

On a, avec le produit en croix : $12 \times 8 \neq 15 \times 5$.

On en déduit que $\frac{CE}{CB} \neq \frac{CD}{CA}$.

Donc les droites (AB) et (DE) ne sont pas parallèles.

S'ENTRAÎNER

Fait !

52 France métropolitaine • Juin 2021

Au Futuroscope

EXERCICE 2

20 min
20 points

Le Futuroscope est un parc de loisirs situé dans la Vienne. L'année 2019 a enregistré 1,9 million de visiteurs.

▶ **1.** Combien aurait-il fallu de visiteurs en plus en 2019 pour atteindre 2 millions de visiteurs ?

▶ **2.** L'affirmation « Il y a eu environ 5 200 visiteurs par jour en 2019 » est-elle vraie ? Justifier la réponse.

▶ **3.** Un professeur organise une sortie pédagogique au Futuroscope pour ses élèves de troisième. Il veut répartir les 126 garçons et les 90 filles par groupes. Il souhaite que chaque groupe comporte le même nombre de filles et le même nombre de garçons.
a) Décomposer en produit de facteurs premiers les nombres 126 et 90.
b) Trouver tous les entiers qui divisent à la fois les nombres 126 et 90.
c) En déduire le plus grand nombre de groupes que le professeur pourra constituer. Combien de filles et de garçons y aura-t-il alors dans chaque groupe ?

▶ **4.** Deux élèves de troisième, Marie et Adrien, se souviennent avoir vu en mathématiques que les hauteurs inaccessibles pouvaient être déterminées avec l'ombre. Ils souhaitent calculer la hauteur de la Gyrotour du Futuroscope.
Marie se place comme indiquée sur la figure ci-après, de telle sorte que son ombre coïncide avec celle de la tour. Après avoir effectué plusieurs mesures, Adrien dessine le schéma ci-dessous (le schéma n'est pas à l'échelle), sur lequel les points A, E et B ainsi que les points A, D et C sont alignés.
Calculer la hauteur BC de la Gyrotour.

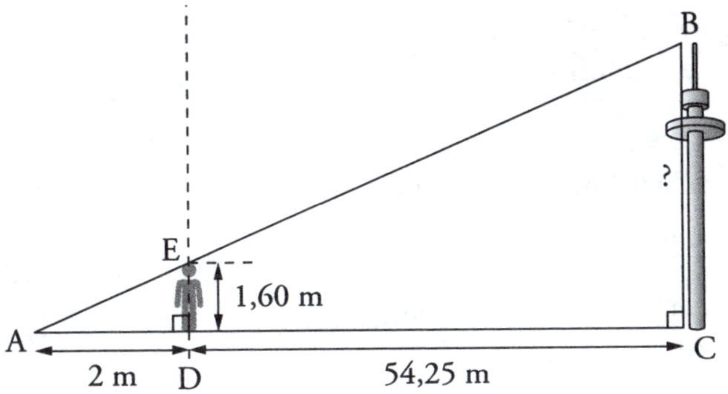

LES CLÉS DU SUJET

L'intérêt du sujet

Tu vas découvrir quelques renseignements sur le Futuroscope et travailler le théorème de Thalès et l'arithmétique.

Nos coups de pouce, question par question

▶ 1. Lire des unités	Calcule une différence en faisant attention aux unités employées.
▶ 2. Calculer un indicateur statistique	On demande de calculer un nombre moyen quotidien de visiteurs ; il faut donc que tu utilises le fait qu'il y a 365 jours en 2019.
▶ 3. a) Décomposer un nombre en produit de facteurs premiers	Pour décomposer un nombre en produit de facteurs premiers, regarde si tes nombres sont divisibles par 2, puis 3, puis 5…
b) et c) Déterminer des diviseurs	Observe les nombres en commun dans les décompositions en facteurs premiers.
▶ 4. Calculer une longueur	Utilise le théorème de Thalès dans les triangles AED et ABC.

52 CORRIGÉ GUIDÉ

▶ **1.** $2 - 1{,}9 = 0{,}1$

Il aurait fallu 0,1 million de visiteurs en plus, soit 100 000 visiteurs.

▶ **2.** $\dfrac{1\,900\,000}{365} \approx 5\,205$

Il y a donc bien eu environ 5 200 visiteurs par jour en 2019. L'affirmation est vraie.

> **REMARQUE**
> 2019 n'est pas une année bissextile ; elle contient donc 365 jours.

▶ **3. a)** $126 = 2 \times 63 = 2 \times 3 \times 21 = 2 \times 3 \times 3 \times 7$

$90 = 2 \times 45 = 2 \times 3 \times 15 = 2 \times 3 \times 3 \times 5$

b) Les diviseurs communs à 126 et 90 sont des facteurs communs aux décompositions faites précédemment. Il y a donc :

1 ; 2 ; 3 ; $2 \times 3 = 6$; $3 \times 3 = 9$ et $2 \times 3 \times 3 = 18$.

c) Le plus grand nombre de groupes que pourra faire le professeur est 18.

Il y aura alors, dans chaque groupe :

- $126 \div 18 = 7$ garçons ;
- $90 \div 18 = 5$ filles.

▶ **4.** Les droites (DC) et (EB) sont sécantes en A.

Puisque (ED) et (BC) sont toutes deux perpendiculaires à la même droite (AC), alors (ED) et (BC) sont parallèles.

Donc d'après le théorème de Thalès, on a :

$\dfrac{AD}{AC} = \dfrac{AE}{AB} = \dfrac{DE}{BC}$.

En remplaçant les longueurs connues, on obtient :

$\dfrac{2}{54{,}25 + 2} = \dfrac{AE}{AB} = \dfrac{1{,}60}{BC}$.

Donc : $BC = \dfrac{56{,}25 \times 1{,}60}{2} = 45$.

La Gyrotour mesure 45 m de hauteur.

Vrai ou faux ?

EXERCICE 1

20 min
26 points

Pour chacune des six affirmations suivantes, indiquer sur votre copie si elle est vraie ou fausse. On rappelle que chaque réponse doit être justifiée.

▶ **1.** On considère la fonction f définie par $f(x) = 3x - 7$.
Affirmation n° 1 : L'image par f du nombre -1 est 2.

▶ **2.** On considère l'expression $E = (x - 5)(x + 1)$.
Affirmation n° 2 : L'expression E a pour forme développée et réduite $x^2 - 4x - 5$.

▶ **3.** n est un entier positif.
Affirmation n° 3 : Lorsque n est égal à 5, le nombre $2^n + 1$ est un nombre premier.

▶ **4.** On a lancé 15 fois un dé à six faces numérotées de 1 à 6 et on a noté les fréquences d'apparition dans le tableau ci-dessous :

Numéro de la face apparente	1	2	3	4	5	6
Fréquence d'apparition	$\frac{3}{15}$	$\frac{4}{15}$	$\frac{5}{15}$	$\frac{2}{15}$	$\frac{1}{15}$	…

Affirmation n° 4 : La fréquence d'apparition du 6 est 0.

▶ **5.** On considère un triangle RAS rectangle en S.
Le côté [AS] mesure 80 cm et l'angle $\widehat{ARS}$ mesure 26°.
Affirmation n° 5 : Le segment [RS] mesure environ 164 cm.

▶ **6.** Un rectangle ABCD a pour longueur 160 cm et pour largeur 95 cm.
Affirmation n° 6 : Les diagonales de ce rectangle mesurent exactement 186 cm.

LES CLÉS DU SUJET

L'intérêt du sujet

En six questions, on couvre une grande partie du programme ! Excellent exercice pour les révisions !

Nos coups de pouce, question par question

▶ 1. Calculer l'image d'un nombre par une fonction	• L'image du nombre −1 par la fonction f est $f(-1)$. • Calcule $f(-1)$ et conclus.
▶ 2. Savoir utiliser la double distributivité	Souviens-toi que deux termes multipliés par deux termes donnent, avant une simplification éventuelle, quatre termes.
▶ 3. Manier puissance et nombres premiers	Un nombre entier naturel est premier s'il est divisible seulement par 1 et par lui-même.
▶ 4. Calculer des fréquences	En statistique, on appelle fréquence d'une valeur le quotient de l'effectif de cette valeur par l'effectif total.
▶ 5. Calculer une distance à l'aide de la trigonométrie	Utilise la relation suivante : dans un triangle rectangle, la tangente d'un angle aigu est le quotient de la mesure du côté opposé par celle du côté adjacent.
▶ 6. Appliquer le théorème de Pythagore	Ne confonds pas valeur exacte et valeur approchée ! Par exemple, $\frac{5}{7}$ est une valeur exacte alors que 0,71 en est une valeur approchée.

53 CORRIGÉ GUIDÉ

▶ **1.** L'image de −1 par la fonction f est $f(-1) = 3(-1) - 7 = -10$.
L'affirmation n° 1 est fausse.

▶ **2.** Utilisons la propriété de double distributivité :
$E = (x-5) \times (x+1)$ soit $E = x^2 - 5x + x - 5$ alors $E = x^2 - 4x - 5$.
L'affirmation n° 2 est vraie.

▶ **3.** Si $n = 5$, alors $2^n + 1 = 2^5 + 1 = 2 \times 2 \times 2 \times 2 \times 2 + 1 = 33$.
Le nombre 33 n'est pas un nombre premier puisqu'il est divisible, entre autres, par 3.

L'affirmation n° 3 est fausse.

▶ **4.** La somme de toutes les fréquences d'apparition vaut 1.
Si on note f la fréquence d'apparition du nombre 6, on a :
$\frac{3}{15} + \frac{4}{15} + \frac{5}{15} + \frac{2}{15} + \frac{1}{15} + f = 1$.
Donc $f = 0$. La fréquence d'apparition du nombre 6 est nulle.

L'affirmation n° 4 est vraie.

▶ **5.** Soit un triangle RAS.

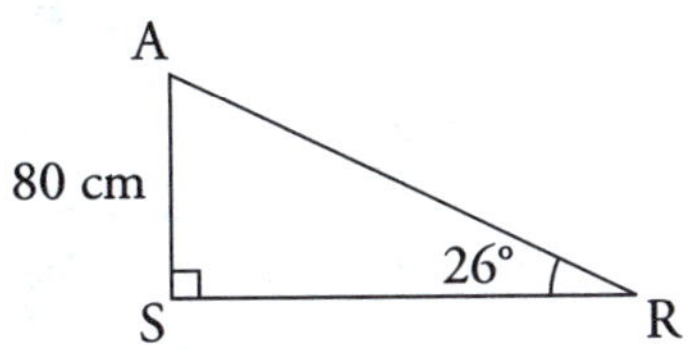

Calculons $\tan \widehat{ARS} = \frac{AS}{RS}$ ou encore $RS = \frac{AS}{\tan \widehat{ARS}}$.

$RS = \frac{80}{\tan 26°} \approx 164$ cm.

L'affirmation n° 5 est vraie.

▶ **6.** Soit un rectangle ABCD.

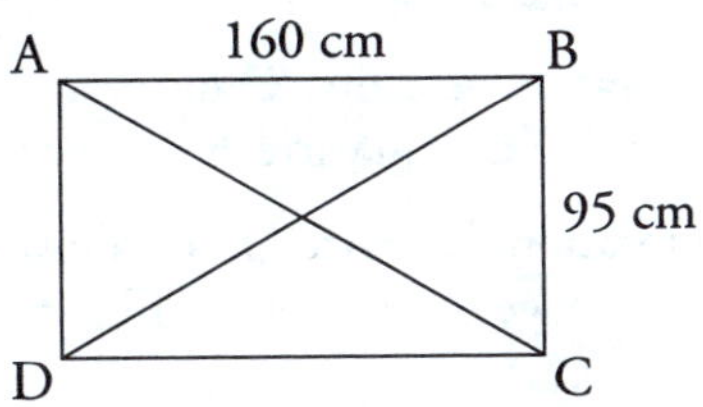

Appliquons le théorème de Pythagore au triangle ABC rectangle en B.
$AC^2 = AB^2 + CB^2$ soit $AC^2 = 160^2 + 95^2 = 34\ 625$.
Alors $AC = \sqrt{34\ 625} \approx 186{,}07\ldots$

Conclusion : la diagonale [DB] ne mesure pas exactement 186 cm.

L'affirmation n° 6 est fausse.

S'ENTRAÎNER

54 Amérique du Nord • Juin 2021

Des transformations géométriques

EXERCICE 3

15 min
16 points

Dans cet exercice, aucune justification n'est demandée.

On a construit un carré ABCD.
On a construit le point O sur la droite (DB), à l'extérieur du segment [DB] et tel que OB = AB.
Le point H est le symétrique de D par rapport à O.
On a obtenu la figure ci-contre en utilisant plusieurs fois la même rotation de centre O et d'angle 45°.
La figure obtenue est symétrique par rapport à l'axe (DB) et par rapport au point O.

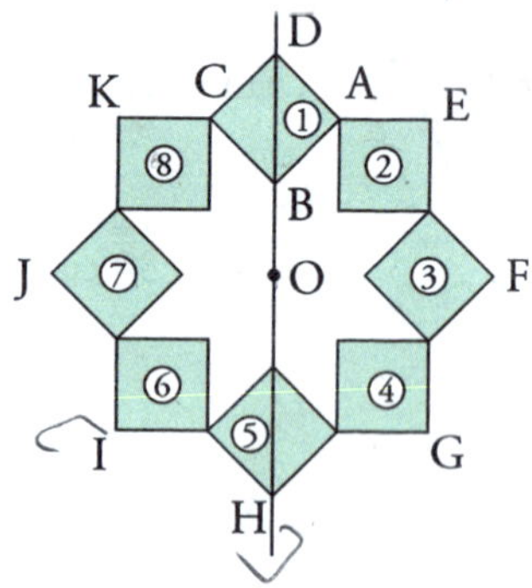

▶ **1.** Donner deux carrés différents, images l'un de l'autre par la symétrie axiale d'axe (DB).

▶ **2.** Le carré ③ est-il l'image du carré ⑧ par la symétrie de centre O ?

▶ **3.** On considère la rotation de centre O qui transforme le carré ① en le carré ②. Quelle est l'image du carré ⑧ par cette rotation ?

▶ **4.** On considère la rotation de centre O qui transforme le carré ② en le carré ⑤. Préciser l'image du segment [EF] par cette rotation.

LES CLÉS DU SUJET

L'intérêt du sujet

On peut réaliser un très joli carrelage avec des motifs carrés et des motifs en forme d'étoile.

Nos coups de pouce, question par question

▶ 1. Reconnaître une symétrie axiale	Cherche si tu peux trouver un axe de symétrie sur la figure.
▶ 2. Utiliser une symétrie centrale	Recherche les propriétés de la symétrie centrale. Que penses-tu des points D, O et H ? Et des points K, O et F ?
▶ 3. et ▶ 4. Utiliser une rotation	Repère une rotation de centre O et d'angle 45°.

54 CORRIGÉ GUIDÉ

▶ **1.** Le carré ② et le carré ⑧ sont images l'un de l'autre par la symétrie axiale d'axe (DB).
En effet, ces deux carrés peuvent se superposer par pliage le long de la droite (DB).

▶ **2.** Le carré ③ n'est pas l'image du carré ⑧ par la symétrie centrale de centre O. En effet les centres de ces deux carrés ne sont pas alignés avec le point O.

▶ **3.** L'image du carré ⑧ par cette rotation est le carré ①.

▶ **4.** Les images des points E et F par la rotation indiquée sont les points H et I.
L'image du segment [EF] est le segment [HI].

CONSEIL
Pour cet exercice, utilise des outils adéquats et construis une figure soignée.

La balançoire

EXERCICE 3

15 min
23 points

Une entreprise fabrique des portiques pour installer des balançoires sur des aires de jeux.

DOCUMENT 1 Croquis d'un portique

Vue d'ensemble

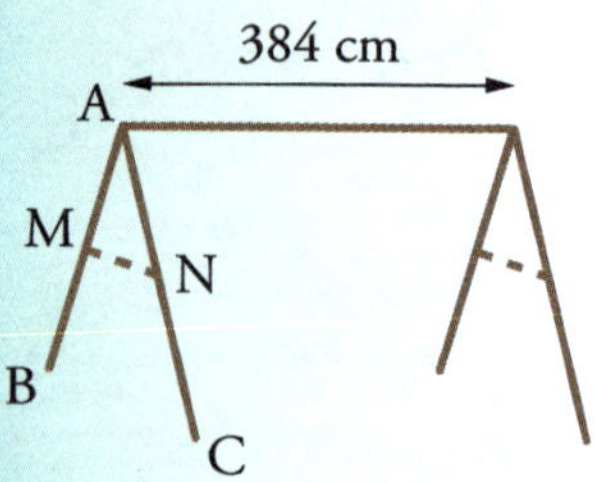

Vue de côté

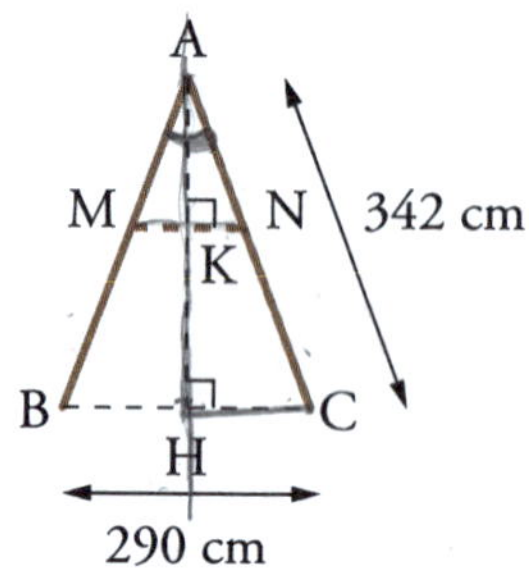

—— poutres en bois de diamètre 100 mm
- - - - barres de maintien latérales en bois

ABC est un triangle isocèle en A.
H est le milieu de [BC].
(MN) est parallèle à (BC).

DOCUMENT 2 Coût du matériel

Poutres en bois de diamètre 100 mm
- Longueur 4 m : 12,99 € l'unité ;
- Longueur 3,5 m : 11,75 € l'unité ;
- Longueur 3 m : 10,25 € l'unité.

Barres de maintien latérales en bois
- Longueur 3 m : 6,99 € l'unité ;
- Longueur 2 m : 4,75 € l'unité ;
- Longueur 1,5 m : 3,89 € l'unité.

Ensemble des fixations nécessaires pour un portique : 80 €.
Ensemble de deux balançoires pour un portique : 50 €.

▶ **1.** Déterminer la hauteur AH du portique, arrondie au cm près.

▶ **2.** Les barres de maintien doivent être fixées à 165 cm du sommet (AN = 165 cm).
Montrer que la longueur MN de chaque barre de maintien est d'environ 140 cm.

▶ **3.** Montrer que le coût minimal d'un tel portique équipé de balançoires s'élève à 196,98 €.

▶ **4.** L'entreprise veut vendre ce portique équipé 20 % plus cher que son coût minimal.
Déterminer ce prix de vente arrondi au centime près.

▶ **5.** Pour des raisons de sécurité, l'angle $\widehat{BAC}$ doit être compris entre 45° et 55°. Ce portique respecte-t-il cette condition ?

S'ENTRAÎNER

LES CLÉS DU SUJET

L'intérêt du sujet

Une balançoire pour les sportifs et à prix imbattable ! La balançoire peut être utilisée à tout âge.

Nos coups de pouce, question par question

▶ **1. Utiliser le théorème de Pythagore**	Applique le théorème de Pythagore au triangle AHC, rectangle en H.
▶ **2. Utiliser le théorème de Thalès**	Les points A, N, C et A, M, B sont alignés dans le même ordre et les droites (MN) et (BC) sont parallèles. Tu peux donc appliquer le théorème de Thalès et en déduire MN.
▶ **3. Sélectionner les matériaux à utiliser**	• Calcule les prix des différents composants. • Conclus en calculant le prix total.
▶ **4. Appliquer un pourcentage**	• Calcule 20 % du coût minimal du portique. • Donne le montant du prix de vente.
▶ **5. Déterminer la mesure d'un angle**	Calcule $\sin\widehat{HAC}$ dans le triangle CHA rectangle en H.

55 CORRIGÉ GUIDÉ

▶ **1.** Appliquons le théorème de Pythagore au triangle AHC rectangle en H.

$AC^2 = AH^2 + CH^2$ ou encore $AH^2 = AC^2 - CH^2$.

Alors $AH^2 = 342^2 - 145^2 = 95\,939$.

$AH = \sqrt{95\,939}$ ou encore $\boxed{AH \approx 310 \text{ cm}}$ (valeur approchée au cm près).

▶ **2.** Les points A, N, C sont alignés dans le même ordre que les points A, M, B et les droites (MN) et (BC) sont parallèles. Nous pouvons appliquer le théorème de Thalès et écrire $\dfrac{AN}{AC} = \dfrac{MN}{BC}$.

Alors $\dfrac{165}{342} = \dfrac{MN}{290}$ et le produit en croix permet d'écrire $MN = \dfrac{165 \times 290}{342}$.

Conclusion : $\boxed{MN = 140 \text{ cm}}$ (valeur approchée au cm près).

▶ **3.** On sélectionne les différents matériaux utilisés et on indique les prix correspondants :

- la poutre principale de longueur 4 m et coûtant 12,99 € ;
- 4 poutres de 3,5 m de longueur et coûtant 11,75 € l'unité soit un coût total de 47 € ;
- 1 barre de maintien de longueur 3 m et coûtant 6,99 €. On la coupe pour obtenir deux morceaux de même longueur 1,4 m ;
- ensemble de fixations pour 1 portique à 80 € ;
- ensemble de deux balançoires à 50 €.

Coût total $C = 12{,}99 + 47 + 6{,}99 + 80 + 50$,

soit $\boxed{C = 196{,}98\ €}$.

> **ATTENTION !**
> Réfléchis bien à la notion de coût minimum !

▶ **4.** Calculons le prix de vente T du portique.

$T = 196{,}98 + \dfrac{20}{100} \times 196{,}98$ ou encore $\boxed{T = 236{,}38\ €}$ au centime d'euro près.

▶ **5.** Dans le triangle HAC rectangle en H, $\sin\widehat{HAC} = \dfrac{HC}{AC}$ ou encore $\sin\widehat{HAC} = \dfrac{145}{342} \approx 0{,}424$. La calculatrice donne $\widehat{HAC} = 25{,}09°$ (valeur au centième de degré près).

De plus, le triangle BAC est isocèle en A.

Donc (AH) est la bissectrice de l'angle $\widehat{BAC}$ et $\widehat{BAC} = 2 \times 25{,}09° = 50{,}18°$.

La mesure de cet angle est bien comprise entre 45° et 55°.

Conclusion : le portique respecte la condition de sécurité.

Les transformations du plan

EXERCICE 5

15 min
18 points

Olivia s'est acheté un tableau pour décorer le mur de son salon.
Ce tableau, représenté ci-contre, est constitué de quatre rectangles identiques nommés ①, ②, ③ et ④ dessinés à l'intérieur d'un grand rectangle ABCD d'aire égale à 1,215 m^2. Le ratio longueur : largeur est égal à 3 : 2 pour chacun des cinq rectangles.

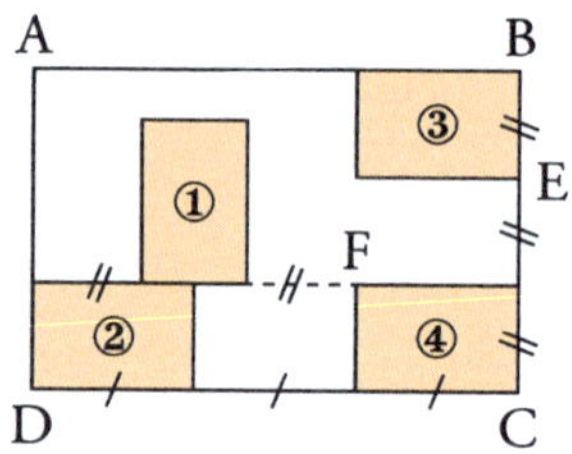

▶ **1.** Recopier, en les complétant, les phrases suivantes. Aucune justification n'est demandée.

a) Le rectangle … est l'image du rectangle … par la translation qui transforme C en E.

b) Le rectangle ③ est l'image du rectangle … par la rotation de centre F et d'angle 90° dans le sens des aiguilles d'une montre.

c) Le rectangle ABCD est l'image du rectangle … par l'homothétie de centre … et de rapport 3.
(Il y a plusieurs réponses possibles, une seule est demandée.)

▶ **2.** Quelle est l'aire d'un petit rectangle ?

▶ **3.** Quelles sont la longueur et la largeur du rectangle ABCD ?

S'ENTRAÎNER

LES CLÉS DU SUJET

L'intérêt du sujet

Tu vas travailler les transformations du plan ainsi que l'effet d'une réduction sur une figure.

Nos coups de pouce, question par question

▶ 1. Reconnaître des transformations planes Une translation est un « glissement », une rotation est un « pivot » et une homothétie est un « agrandissement/réduction ».

▶ 2. Connaître l'effet d'une réduction sur les aires Si l'on note k le coefficient de réduction d'une figure, l'aire réduite est obtenue en multipliant l'aire initiale par k^2.

Les étapes de résolution pour la question 3

Connaître et utiliser la notion de ratio

❶ Écris le lien entre longueur et largeur grâce à la définition du ratio.

❷ À partir de l'aire d'un rectangle, résous une équation carrée pour trouver la largeur du rectangle.

❸ Déduis-en ensuite la longueur.

56 CORRIGÉ GUIDÉ

▶ **1. a)** Le rectangle ③ est l'image du rectangle ④ par la translation qui transforme C en E.

b) Le rectangle ③ est l'image du rectangle ① par la rotation de centre F d'angle 90° dans le sens des aiguilles d'une montre.

c) Le rectangle ABCD est l'image du rectangle ② par l'homothétie de centre D de rapport 3.

Le rectangle ABCD est l'image du rectangle ③ par l'homothétie de centre B de rapport 3.

Le rectangle ABCD est l'image du rectangle ④ par l'homothétie de centre C de rapport 3.

▶ **2.** $\mathcal{A}_{\text{ABCD}} = 3^2 \times \mathcal{A}_{\text{petit rectangle}}$

$1{,}215 = 9 \times \mathcal{A}_{\text{petit rectangle}}$

Donc $\mathcal{A}_{\text{petit rectangle}} = \dfrac{1{,}215}{9} = \boxed{0{,}135\ \text{m}^2}$.

▶ **3.** Calculons la longueur et la largeur du grand rectangle :

On a $L = 1{,}5 \times l$.

Or $\mathcal{A}_{\text{ABCD}} = L \times l$.

Donc $1{,}5 \times l^2 = 1{,}215$

$$\boxed{l = \sqrt{\dfrac{1{,}215}{1{,}5}} = 0{,}9\ \text{m}}$$

De plus : $\boxed{L = 1{,}5 \times 0{,}9 = 1{,}35\ \text{m}}$

À NOTER
$L : l = 3 : 2$ signifie que la longueur est 1,5 fois plus grande que la largeur.

Un bac à sable

EXERCICE 5

15 min
16 points

On construit un bac à sable pour enfants.

Ce bac a la forme d'un prisme droit de hauteur 15 cm. La base de ce prisme droit est représentée par le polygone ABCDE ci-dessous :
Attention la figure n'est pas construite à la taille réelle.

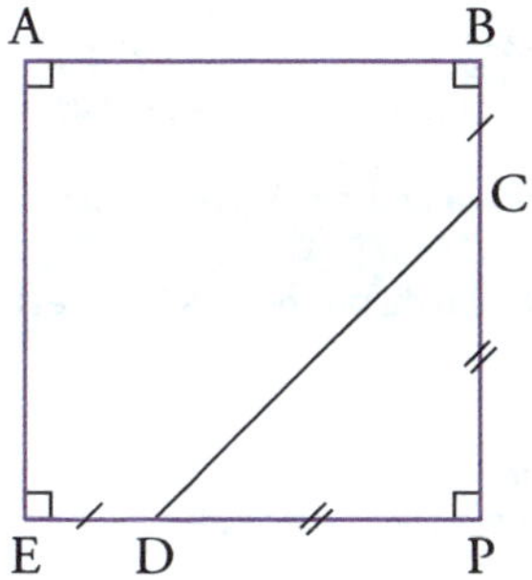

On donne :
- PC = PD = 1,30 m ;
- E, D, P sont alignés ;
- ED = BC = 40 cm ;
- B, C, P sont alignés.

▶ **1.** Calculer CD. Arrondir au centimètre près.

▶ **2.** Justifier que le quadrilatère ABPE est un carré.

▶ **3.** En déduire le périmètre du polygone ABCDE. Arrondir au centimètre près.

▶ **4.** On a construit le tour du bac à sable avec des planches en bois de longueur 2,40 m et de hauteur 15 cm chacune.
De combien de planches a-t-on besoin ?

▶ **5.** Calculer, en m², l'aire du polygone ABCDE.

▶ **6.** A-t-on eu besoin de plus de 300 L de sable pour remplir complètement le bac ?
Rappel : Volume d'un prisme droit = aire de la base × hauteur.

LES CLÉS DU SUJET

L'intérêt du sujet

Voici une stratégie possible en six points pour calculer le volume d'un bac à sable.

Nos coups de pouce, question par question

▶ **1. Utiliser le théorème de Pythagore**	Applique le théorème de Pythagore au triangle CPD rectangle en P.
▶ **2. Utiliser les propriétés du carré**	Un carré possède quatre angles droits et deux cotés consécutifs de même mesure.
▶ **3. Calculer le périmètre d'un polygone**	Le périmètre d'un polygone est égal à la somme des mesures des côtés.
▶ **4. Effectuer un calcul**	• Attention ! Le nombre de planches est un nombre entier. • Prends une valeur approchée par excès.
▶ **5. Effectuer des calculs d'aire**	Remarque que l'aire du polygone ABCDE est la différence de deux aires.
▶ **6. Effectuer un calcul de volume**	Calcule le volume du prisme droit en utilisant le « rappel » situé en fin d'exercice.

57 CORRIGÉ GUIDÉ

▶ **1.** On applique le théorème de Pythagore au triangle CPD qui est rectangle en P :

$$CD^2 = PD^2 + PC^2 = 1{,}3^2 + 1{,}3^2 = 3{,}38.$$

D'où, au cm près :

$$\boxed{CD = \sqrt{3{,}38} = 1{,}84 \text{ m}}.$$

▶ **2.** Le quadrilatère ABPE possède 4 angles droits (voir codage sur la figure). C'est donc un rectangle. De plus :

$$EP = ED + DP = 0{,}4 + 1{,}3 = 1{,}7 \text{ m}$$

$$BP = BC + CP = 0{,}4 + 1{,}3 = 1{,}7 \text{ m}.$$

Donc EP = BP = 1,7 m.

Le quadrilatère ABPE possède 4 angles droits et 2 côtés consécutifs de même mesure. ABPE est donc un carré.

▶ **3.** Notons P le périmètre du polygone ABCDE.

D'après la question précédente, AB = EP = 1,7 m, d'où :

$$P = AB + BC + CD + DE + EA$$

$$P = 1{,}7 + 0{,}4 + 1{,}84 + 0{,}4 + 1{,}7.$$

Une valeur arrondie de P au centimètre près est :

$$\boxed{P = 6{,}04 \text{ m}}.$$

▶ **4.** La hauteur du bac à sable est de 15 cm, ainsi que la hauteur des planches utilisées. En hauteur, une planche suffit donc.

De plus, une planche possède une longueur de 2,4 m.

Notons n le nombre de planches nécessaires.

Nous avons $n = \dfrac{6{,}04}{2{,}4} = 2{,}51\ldots$

Mais le nombre de planches est un nombre entier.

On a donc besoin de 3 planches pour réaliser le bac à sable.

▶ **5.** L'aire $\mathcal{A}$ du polygone ABCDE est la différence entre l'aire du carré ABPE et l'aire du triangle rectangle isocèle CPD.

$$\mathcal{A} = AB \times AB - \frac{PC \times PD}{2} = 1{,}7 \times 1{,}7 - \frac{1{,}3 \times 1{,}3}{2}$$

$$\boxed{\mathcal{A} = 2{,}045 \text{ m}^2}.$$

▶ **6.** Le volume $\mathcal{V}$ du bac à sable est égal à :

$\mathcal{V} = \mathcal{A} \times 0{,}15 = 2{,}045 \times 0{,}15 = 0{,}306 \text{ m}^3$

$\boxed{\mathcal{V} = 306 \text{ L}}$.

RAPPEL
1 m^3 = 1 000 dm^3
= 1 000 litres.

Il faut donc un peu plus de 300 litres pour remplir le bac à sable.

S'ENTRAÎNER

58 Polynésie française • Juillet 2019

Deux voiliers face au vent

EXERCICE 5

15 min
14 points

Lorsqu'un voilier est face au vent, il ne peut pas avancer.
Si la destination choisie nécessite de prendre une direction face au vent, le voilier devra progresser en faisant des zigzags.
Comparer les trajectoires de ces deux voiliers en calculant la distance en kilomètres et arrondie au dixième, que chacun a parcourue.

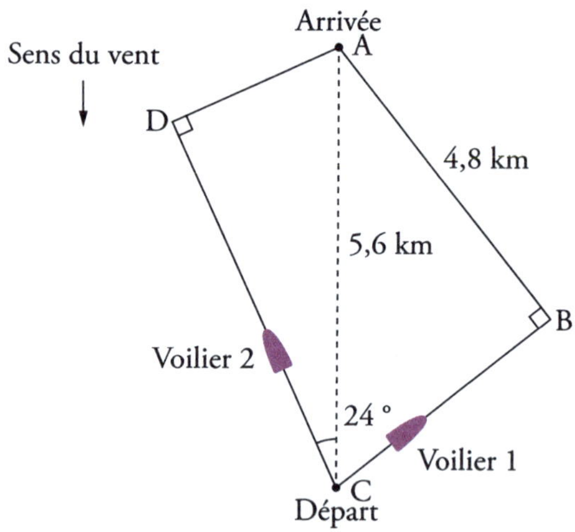

La figure n'est pas à l'échelle

LES CLÉS DU SUJET

L'intérêt du sujet

Pour progresser face au vent, le skipper doit s'écarter de l'axe du vent et avancer en zigzag.

Les étapes de résolution de la question

Comparer deux trajectoires

❶ Calcule la distance parcourue par le voilier 1 en appliquant le théorème de Pythagore au triangle CBA rectangle en B.

❷ Calcule la distance parcourue par le voilier 2 en calculant, dans le triangle CDA rectangle en D, cos $\widehat{ACD}$ et sin $\widehat{ACD}$.

❸ Compare les distances parcourues.

58 CORRIGÉ GUIDÉ

- **Distance parcourue par le voilier 1**

Le voilier 1 a parcouru la distance $p_1 = \text{CB} + \text{BA}$.

En appliquant le théorème de Pythagore au triangle CBA rectangle en B, on obtient : $\text{CA}^2 = \text{CB}^2 + \text{BA}^2$.

D'où : $\text{CB}^2 = \text{CA}^2 - \text{BA}^2 = 5{,}6^2 - 4{,}8^2 = 8{,}32$.

Soit $\text{CB} = \sqrt{8{,}32}$. Alors $p_1 = \sqrt{8{,}32} + 4{,}8$.

Une valeur arrondie au dixième de p_1 est alors : $\boxed{p_1 = 7{,}7 \text{ km}}$.

- **Distance parcourue par le voilier 2**

Dans le triangle CDA rectangle en D,

$\cos \widehat{ACD} = \dfrac{\text{CD}}{\text{CA}}$, d'où :

$\text{CD} = \text{CA} \times \cos \widehat{ACD} = 5{,}6 \times \cos 24°$

CD = 5,1 (valeur arrondie au dixième).

> **RAPPEL**
> Dans le triangle CDA :
> $\sin \widehat{ACD} = \dfrac{\text{côté opposé}}{\text{hypoténuse}}$
> et $\cos \widehat{ACD} = \dfrac{\text{côté adjacent}}{\text{hypoténuse}}$.

Dans ce même triangle CDA rectangle en D, $\sin \widehat{ACD} = \dfrac{\text{AD}}{\text{CA}}$, d'où :

$$\text{AD} = \text{CA} \times \sin \widehat{ACD} = 5{,}6 \times \sin 24°$$

AD = 2,3 (valeur arrondie au dixième).

Alors $p_2 = \text{CD} + \text{DA} \approx 5{,}1 + 2{,}3$ cm.

Une valeur arrondie au dixième de p_2 est alors : $\boxed{p_2 = 7{,}4 \text{ km}}$.

$p_1 > p_2$, donc le voilier 1 a parcouru une distance plus grande que le voilier 2.

Les motifs d'un jeu de hasard

EXERCICE 4

25 min
21 points

Dans cet exercice, aucune justification n'est attendue.

On a créé un jeu de hasard à l'aide d'un logiciel de programmation. Lorsqu'on appuie sur le drapeau, le lutin dessine trois motifs côte à côte. Chaque motif est dessiné aléatoirement : soit c'est une croix, soit c'est un rectangle. Le joueur gagne si l'affichage obtenu comporte trois motifs identiques.

Au lancement du programme, le lutin est orienté horizontalement vers la droite : 

Programme principal

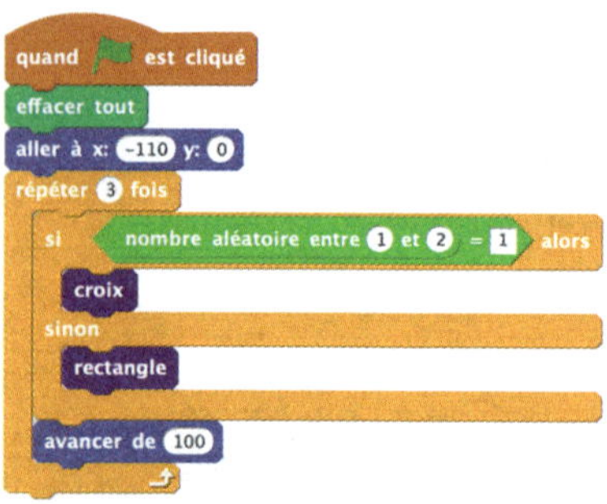

Bloc « rectangle »

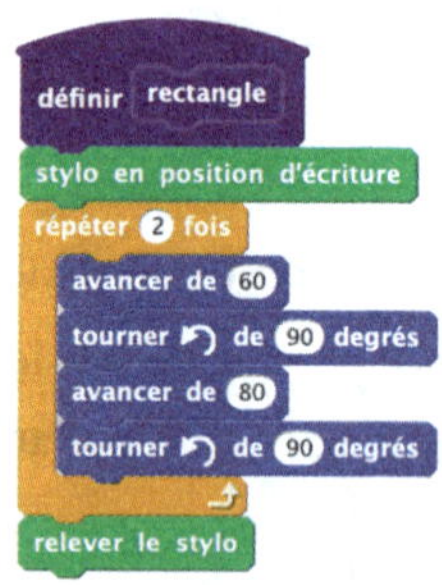

Bloc « croix »

Le script n'est pas donné.

Explication de l'instruction « nombre aléatoire entre… » sur un exemple :

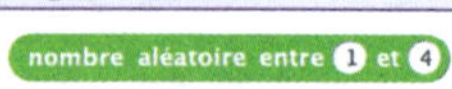

renvoie un nombre au hasard parmi 1, 2, 3 et 4.

▶ **1.** En prenant pour échelle 1 cm pour 20 pas, représenter le motif obtenu par le bloc « rectangle ».

▶ **2.** Voici un exemple d'affichage obtenu en exécutant le programme principal :

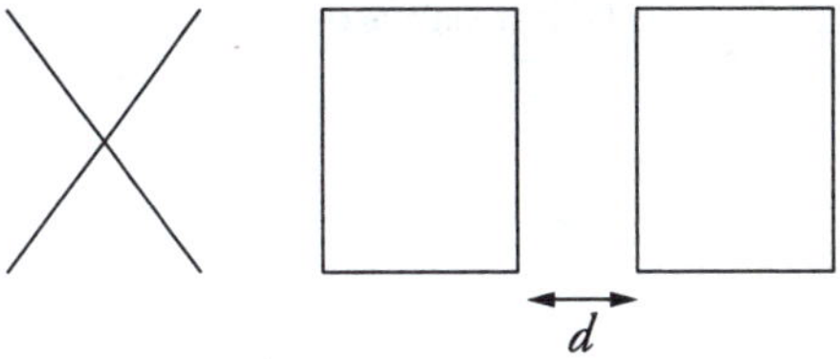

Quelle est la distance *d* entre les deux rectangles sur l'affichage, exprimée en pas ?

▶ **3.** Quelle est la probabilité que le premier motif dessiné par le lutin soit une croix ?

▶ **4.** Dessiner à main levée les 8 affichages différents que l'on pourrait obtenir avec le programme principal.

▶ **5.** On admettra que les 8 affichages ont la même probabilité d'apparaître.
Quelle est la probabilité que le joueur gagne ?

▶ **6.** On souhaite désormais que, pour chaque motif, il y ait deux fois plus de chances d'obtenir un rectangle qu'une croix. Pour cela, il faut modifier l'instruction dans la ligne 5.
Sur la copie, recopier l'instruction suivante en complétant les cases :

LES CLÉS DU SUJET

L'intérêt du sujet

Ce sujet d'algorithmique te permet à la fois de réviser l'utilisation des blocs dans Scratch et de travailler des notions de probabilité.

Nos coups de pouce, question par question

▶ 1. Comprendre un algorithme	Lis les instructions du bloc « répéter » dans le bloc « rectangle ».
▶ 2. Comprendre un algorithme	Observe la ligne 10 du programme principal.
▶ 3. Identifier une notion de probabilité	Lis bien la ligne 5 du bloc principal ainsi que l'explication.
▶ 4. Comprendre un algorithme	Chaque affichage est fait de 3 motifs qui sont soit des croix soit des rectangles.
▶ 5. Calculer une probabilité intuitive	Le joueur gagne s'il a 3 croix ou 3 rectangles.
▶ 6. Compléter un algorithme	Que le rectangle ait deux fois plus de chances de sortir que la croix signifie que, sur trois nombres aléatoires, un seul permet d'afficher une croix.

59 CORRIGÉ GUIDÉ

▶ 1.

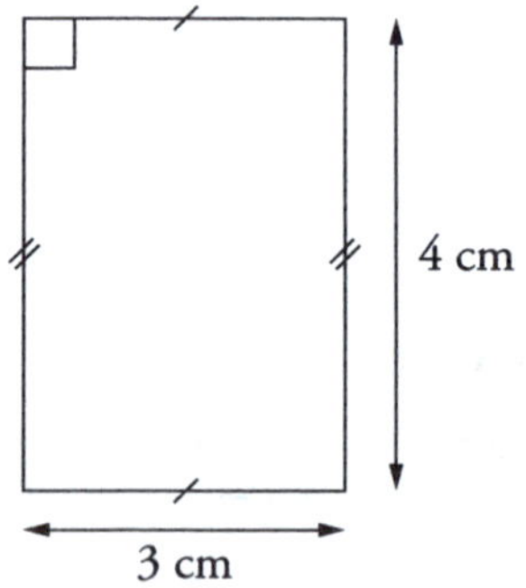

▶ 2. À la ligne 10, on voit qu'à partir du sommet gauche on avance de 100 pas. Puisque la largeur du rectangle vaut 60 pas, on a : $d = 100 - 60 = 40$ pas.

▶ **3.** La ligne 5 du bloc principal indique qu'un nombre aléatoire entier est tiré entre 1 et 2. Il n'y a donc que 2 nombres possibles qui correspondent à 2 motifs possibles : croix ou rectangle.

Donc : $p(\text{« croix »}) = \frac{1}{2}$.

▶ **4.**

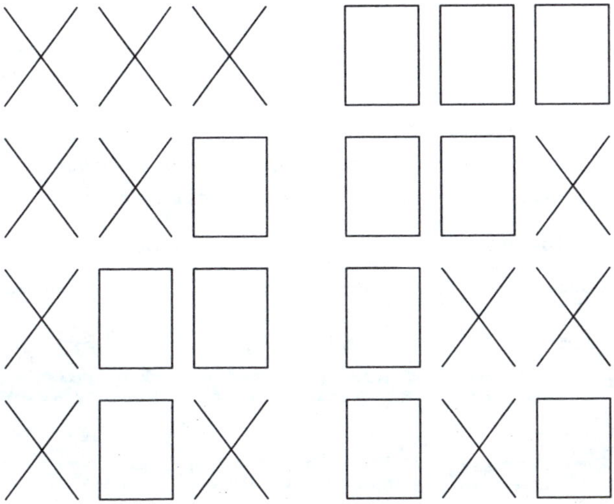

▶ **5.** Il y a 2 affichages qui font gagner le joueur : 3 croix ou 3 rectangles.

Donc $p(\text{« gagner »}) = \frac{2}{8} = \frac{1}{4}$.

RAPPEL
Une probabilité est un nombre exprimé sous forme d'une fraction irréductible.

▶ **6.** On doit dessiner la croix quand 1 nombre aléatoire parmi 3 est choisi :

Triangle et quadrilatère emboîtés

EXERCICE 4

20 min
20 points

Toutes les réponses doivent être justifiées, sauf si une indication contraire est donnée. Pour chaque question, si le travail n'est pas terminé, laisser tout de même une trace de la recherche ; elle sera prise en compte dans la notation.

Voici trois programmes réalisés avec l'application Scratch.

Programme 1	Programme 2	Programme 3
1 quand (drapeau) est cliqué	1 quand (drapeau) est cliqué	1 quand (drapeau) est cliqué
2 stylo en position d'écriture	2 stylo en position d'écriture	2 stylo en position d'écriture
3 répéter 3 fois	3 répéter 3 fois	3 répéter 3 fois
4 avancer de 100	4 avancer de 100	4 avancer de 100
5 tourner ↺ de 120 degrés	5 tourner ↺ de 120 degrés	5 tourner ↺ de 120 degrés
6 avancer de 50	6 avancer de 100	6 tourner ↺ de 60 degrés
7 répéter 4 fois	7 répéter 4 fois	7 répéter 4 fois
8 avancer de ?	8 avancer de ?	8 avancer de ?
9 tourner ↺ de 90 degrés	9 tourner ↺ de 90 degrés	9 tourner ↺ de 90 degrés

▶ **1.** Ils donnent les trois figures suivantes constituées de triangles et de quadrilatères identiques.

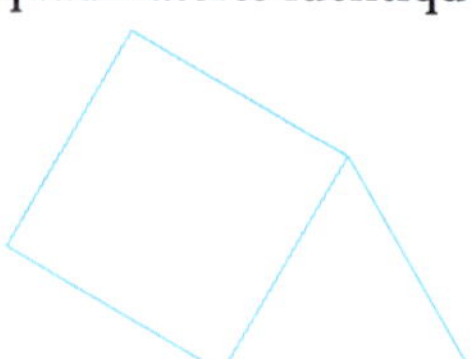

Figure A

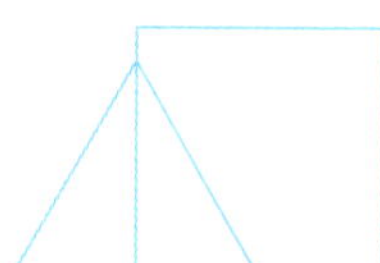

Figure B

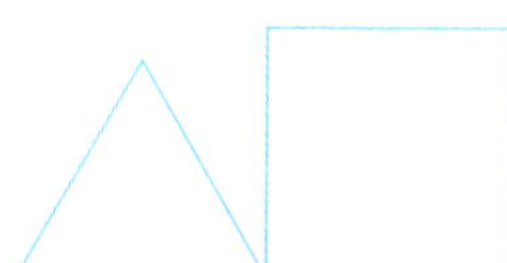

Figure C

a) Quelle est la nature du triangle et du quadrilatère sur chaque figure ? Aucune justification n'est attendue.

b) Quelle est la valeur manquante à la ligne 8 dans ces trois programmes ?
c) Indiquer sur la copie, pour chaque figure, le numéro du programme qui permet de l'obtenir.

▶ **2. a)** Maintenant, nous allons modifier les programmes précédents pour construire d'autres figures pour lesquelles le périmètre du quadrilatère est égal au périmètre du triangle. Quelle valeur du pas doit-on alors choisir à la ligne 8 de chaque programme ?
b) Représenter la figure A obtenue avec cette nouvelle valeur, en prenant 1 cm pour 25 pas.

LES CLÉS DU SUJET

L'intérêt du sujet

Cet exercice va te permettre de travailler sur Scratch et de revoir les équations de base.

Nos coups de pouce, question par question

▶ 1. a) Reconnaître des figures usuelles	Remarque que les figures tracées sont régulières.
b) et c) Comprendre un algorithme	**b)** Le côté du carré est égal au côté du triangle. **c)** Lis chaque programme, spécialement la ligne 6.
▶ 2. a) Résoudre une équation	Calcule le périmètre du triangle puis résous une équation pour trouver la longueur du côté du carré.
b) Tracer une figure complexe	Construis le triangle de 4 cm de côté puis le carré de 3 cm de côté.

60 CORRIGÉ GUIDÉ

▶ **1. a)** Le quadrilatère est un carré et le triangle est équilatéral.
b) La valeur manquante à la ligne 8 est la longueur du côté du carré, c'est aussi la longueur du côté du triangle, c'est-à-dire 100.
c) Le programme 1 réalise la figure B.

Le programme 2 réalise la figure C.

Le programme 3 réalise la figure A.

▶ **2. a)** Le périmètre du triangle vaut $3 \times 100 = 300$ pas.
La formule générale du périmètre d'un carré est $4 \times c$, où c est la longueur de son côté.

Les deux figures devant avoir le même périmètre, on a $4c = 300$.

Donc $\frac{4c}{4} = \frac{300}{4}$, soit $c = 75$.
La valeur à inscrire en ligne 8 est donc 75.

b)

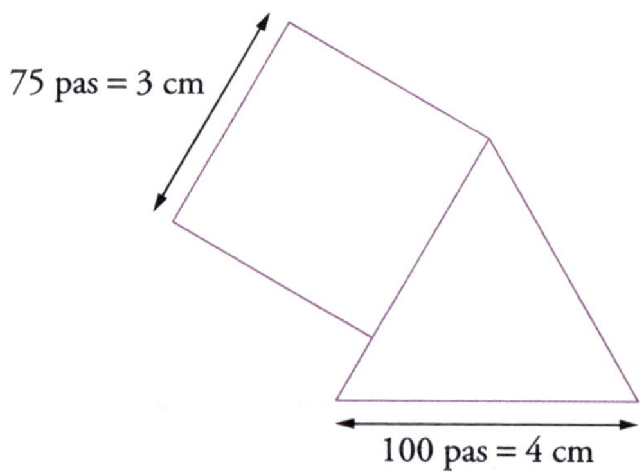

De belles figures !

EXERCICE 4

15 min
19 points

L'évaluation prend en compte la clarté et la précision des raisonnements ainsi que, plus largement, la qualité de la rédaction. Elle prend en compte les essais et les démarches engagées, même non abouties. Toutes les réponses doivent être justifiées, sauf mention contraire.

On donne le programme suivant :

```
1 quand [drapeau] est cliqué
2 aller à x: (-190) y: (0)
3 s'orienter à (90)
4 mettre [Longueur] à (30)
5 répéter (4) fois
6     Motif
7     relever le stylo
8     avancer de ((Longueur) * (2) + (10))
9     ajouter à [Longueur] (10)
```

```
A définir Motif
B stylo en position d'écriture
C répéter (6) fois
D     avancer de (Longueur)
E     tourner ↻ de (60) degrés
```

« S'orienter à 90 » signifie que l'on est orienté vers la droite.

▶ **1.** On prendra dans cette question 1 mm pour un pixel. Représenter en vraie grandeur sur votre copie la figure que trace le bloc Motif lorsque *Longueur* vaut 30 pixels.

▶ **2.** Ce programme utilise une variable, quel est son nom ? À quoi correspond-elle sur la figure réalisée par le bloc Motif ?

▶ **3.** Laquelle de ces trois figures obtient-on lorsqu'on exécute ce programme ? Indiquer sur la copie le numéro de la bonne proposition parmi les trois suivantes. On expliquera son choix.

①	②	③
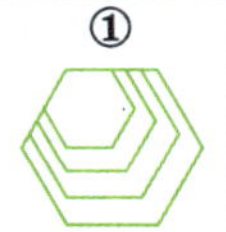	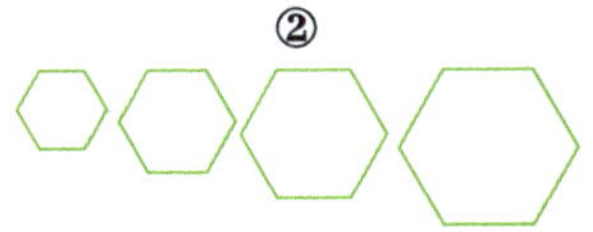	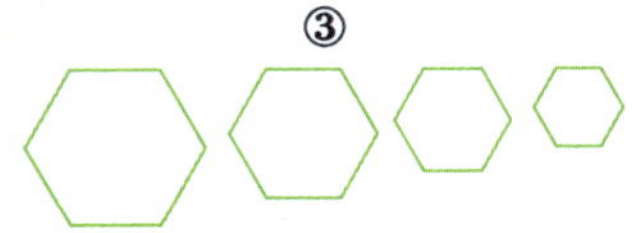

▶ **4.** Modifier le programme précédent pour obtenir la figure ci-dessous. Pour cela, indiquer les numéros des instructions à supprimer ou à modifier, et préciser les modifications à apporter :

▶ **5.** On souhaite modifier le bloc Motif afin qu'il permette de tracer un carré. Pour cela, indiquer les lettres des instructions à supprimer ou à modifier, et préciser les modifications à apporter.

LES CLÉS DU SUJET

L'intérêt du sujet

Cet exercice va te permettre de travailler sur Scratch.

Nos coups de pouce, question par question

▶ 1. ▶ 2. et ▶ 3. Comprendre un algorithme

La figure tracée, régulière, a 6 côtés mesurant chacun 30 pixels. Observe ce que font les instructions des lignes 8 et 9.

▶ 4. Modifier un algorithme

Il faut que la taille de la figure reste constante et que soient tracés non plus 4 mais 6 motifs.

61 CORRIGÉ GUIDÉ

▶ **1.**

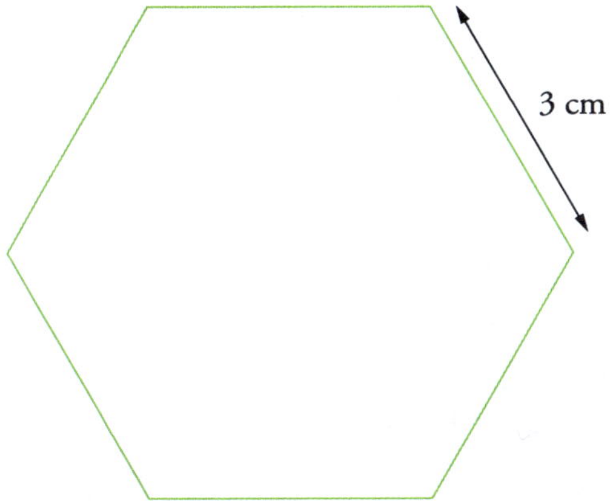

▶ **2.** La variable utilisée s'appelle « Longueur » et elle correspond à la longueur d'un côté du motif.

▶ **3.** On obtient la figure 2 puisque chaque motif se déduit du précédent par une translation vers la droite et une augmentation de la longueur du côté.

▶ **4.** Pour ne pas modifier la taille, il suffit de supprimer la ligne 9.
Pour obtenir 6 motifs, on modifie la ligne 5 en « répéter 6 fois ».

▶ **5.** Pour que le motif dessiné soit un carré, il faut qu'il ait 4 côtés et des angles de 90°.
On modifie la ligne C en « répéter 4 fois ». On modifie la ligne E en « tourner ↻ de 90 degrés ».

62 France métropolitaine • Juin 2021

Scratch et résolutions d'équations

EXERCICE 4

20 min
20 points

Voici un programme de calcul :

> Choisir un nombre.
> Prendre le carré du nombre de départ.
> Ajouter le triple du nombre de départ.
> Soustraire 10 au résultat.

▶ **1.** Vérifier que si on choisit 4 comme nombre de départ, on obtient 18.

▶ **2.** Appliquer ce programme de calcul au nombre -3.

▶ **3.** Vous trouverez ci-dessous un script, écrit avec Scratch.

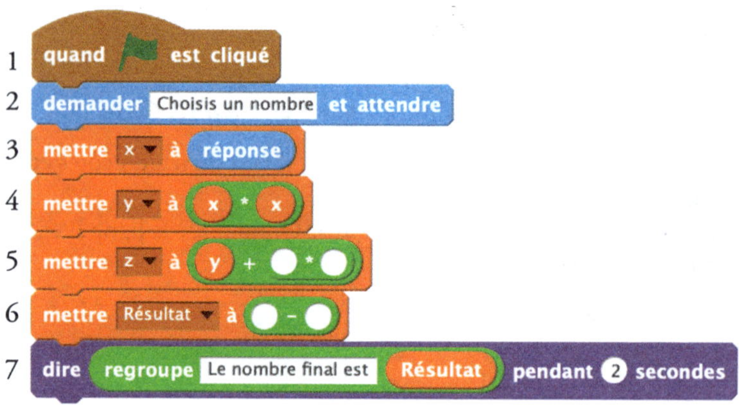

Compléter les lignes 5 et 6 pour que ce script corresponde au programme de calcul.

▶ **4.** On veut déterminer le nombre à choisir au départ pour obtenir zéro comme résultat.

a) On appelle x le nombre de départ. Exprimer en fonction de x le résultat final.

b) Vérifier que ce résultat peut aussi s'écrire sous la forme : $(x+5)(x-2)$.
c) Quel(s) nombre(s) doit-on choisir au départ pour obtenir le nombre 0 à l'arrivée ?

LES CLÉS DU SUJET

L'intérêt du sujet

Tu vas réinvestir les leçons sur le calcul littéral et l'algorithmique.

Nos coups de pouce, question par question

▶ 1. et ▶ 2. Appliquer un programme de calcul	• Prends comme nombre de départ 4 puis calcule chaque étape du programme. • Suis le même raisonnement avec comme nombre de départ –3.
▶ 3. Compléter un algorithme sous Scratch	La ligne 5 de Scratch correspond à la 3e ligne du programme de calcul. La ligne 6 de Scratch correspond à la 4e ligne du programme de calcul.
▶ 4. Manipuler le calcul littéral et les équations	**b)** Développe la forme proposée avec la double distributivité. **c)** Résous une équation produit.

S'ENTRAÎNER

62 CORRIGÉ GUIDÉ

▶ **1.** On applique le programme de calcul.

On choisit 4.

$4^2 = 16$

$16 + 3 \times 4 = 28$

$28 - 10 = 18$

On obtient bien 18 en prenant 4 au départ.

▶ **2.** On applique le programme de calcul.
On choisit -3.
$(-3)^2 = 9$
$9 + 3 \times (-3) = 0$
$0 - 10 = -10$
On obtient -10 en prenant -3 au départ.

RAPPELS
- Le carré d'un nombre est toujours positif.
- Le triple d'un nombre x est $3x$.

▶ **3.** Voici le script complété :

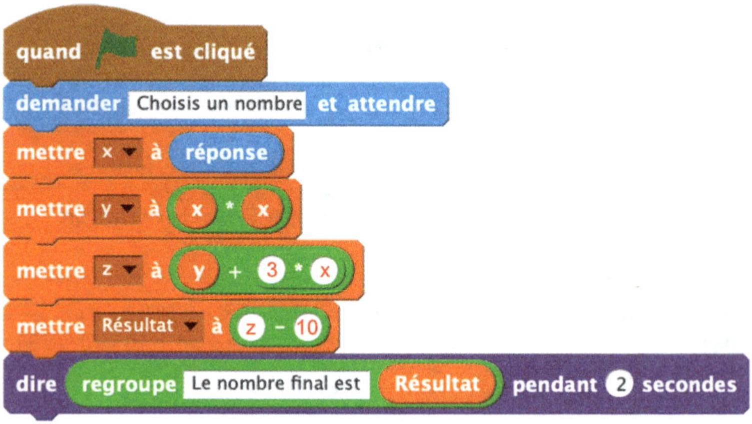

▶ **4. a)** Prenons x comme nombre de départ. Le programme de calcul donne successivement :
x^2
$x^2 + 3x$
$x^2 + 3x - 10$
Le résultat final est : $x^2 + 3x - 10$.

b) $(x + 5)(x - 2) = x^2 - 2x + 5x - 10$
$= x^2 + 3x - 10$

On obtient bien le même résultat.

RAPPEL
Double distributivité :
$(a + b)(c + d)$
$= ac + ad + bc + bd$.

c) Il s'agit de résoudre l'équation $x^2 + 3x - 10 = 0$, donc de résoudre l'équation $(x + 5)(x - 2) = 0$. C'est une équation produit. Or, si un produit de facteurs est nul alors l'un au moins de ses facteurs est nul.

Donc : $x + 5 = 0$ ou $x - 2 = 0$. C'est-à-dire : $x = -5$ ou $x = 2$.

Donc, pour obtenir 0 avec le programme de calculs, il faut choisir les nombres -5 ou 2.

63 Amérique du Nord • Juin 2021

Le damier

EXERCICE 4

15 min
16 points

Dans cet exercice, aucune justification n'est demandée.

On dispose d'un tableau carré ci-dessous partagé en neuf cases blanches de mêmes dimensions qui constituent un motif.

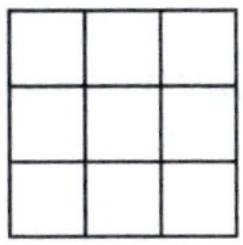

Quatre instructions A, B, C, et E permettent de changer l'aspect de certaines cases, lorsqu'on applique ces instructions. Ainsi :

Instruction	Descriptif	Effet de l'instruction
A	La case centrale du motif est noircie.	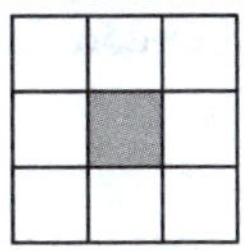
B	Dans le motif, la case en bas à gauche et la case en haut à droite sont noircies.	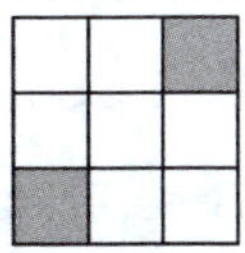
C	Dans le motif, la case médiane à gauche et la case médiane à droite sont noircies.	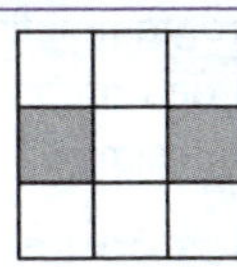
E	Les couleurs du motif sont inversées : les cases blanches deviennent noires et les cases noires deviennent blanches.	Inverser les couleurs

Remarque : si une case du motif est déjà noire et une instruction demande à la noircir, alors cette case ne change pas de couleur et reste noire à la suite de cette instruction.

Exemples : à partir d'un motif dont toutes les cases sont blanches :

La suite d'instruction A C permet d'obtenir le motif : 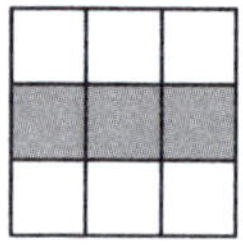	La suite d'instruction A C E permet d'obtenir le motif : 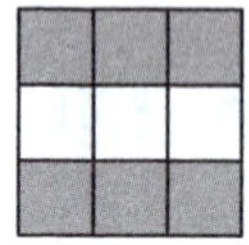

Pour chacune des questions suivantes, on dispose au départ d'un motif dont toutes les cases sont blanches.

▶ **1.** Représenter le motif obtenu avec la suite d'instruction A B.

▶ **2.** Parmi les quatre propositions suivantes, deux propositions permettent d'obtenir le motif ci-contre. Lesquelles ?

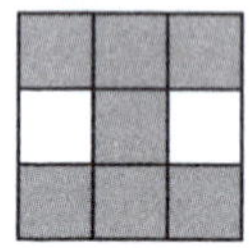

- Proposition n° 1 : A B C
- Proposition n° 2 : C E
- Proposition n° 3 : B C E C
- Proposition n° 4 : C A E A

▶ **3.** Donner la suite d'instructions qui permet d'obtenir le motif ci-contre.

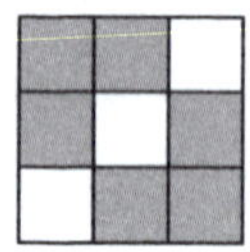

LES CLÉS DU SUJET

L'intérêt du sujet

La programmation informatique se répand de plus en plus rapidement dans de nombreux métiers. Dans cet exercice, tu vas travailler sur un codage simple.

Nos coups de pouce, question par question

▶ **1.** ▶ **2.** et ▶ **3.** Noircis les cases au fur et à mesure des instructions.

63 CORRIGÉ GUIDÉ

▶ **1.** Motif correspondant aux instructions AB :

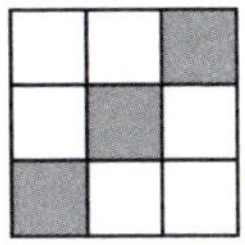

▶ **2.** Ce sont les propositions 2 et 4 qui permettent d'obtenir le dessin.

▶ **3.** La suite d'instructions ABE permet d'obtenir le dessin demandé.

L'Éolienne

EXERCICE 5

15 min
14 points

On cherche à dessiner une éolienne avec le logiciel Scratch ; elle est formée de 3 pales qui tournent autour d'un axe central.

ph © pabloprat/stock.adobe.com

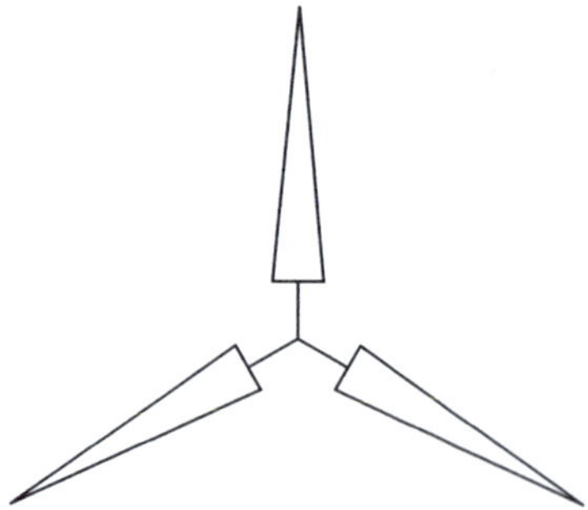

Éolienne modélisée avec Scratch

▶ **1.** La figure ci-dessous représente une pale de l'éolienne.

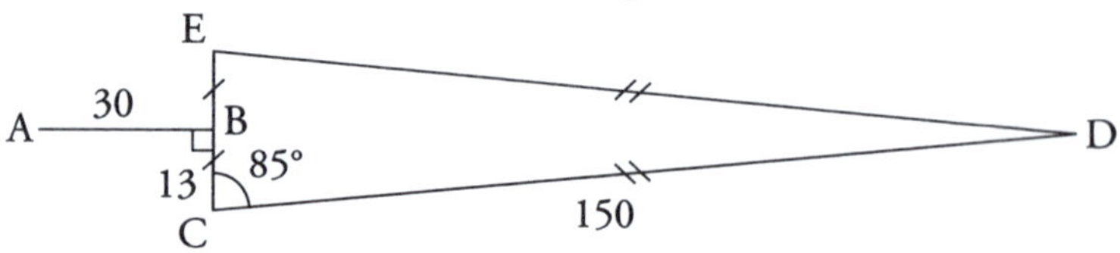

- DEC est un triangle isocèle en D.
- B est le milieu de [EC].
- [AB] est perpendiculaire à [EC].
- $\widehat{ECD} = 85°$.

a) Montrer que l'angle $\widehat{CDE}$ est égal à 10°.
b) Le script « pale » ci-contre permet de tracer une pale de l'éolienne avec le logiciel Scratch. Pourquoi la valeur indiquée dans le bloc de la ligne n° 6 est-elle 95 ?
c) Dans ce même script « pale », par quelle valeur doit-on compléter le bloc situé à la ligne n° 8 ? Recopier cette valeur sur votre copie.

▶ **2.** Le script « eolienne » ci-dessous permet de tracer l'éolienne avec le logiciel Scratch.

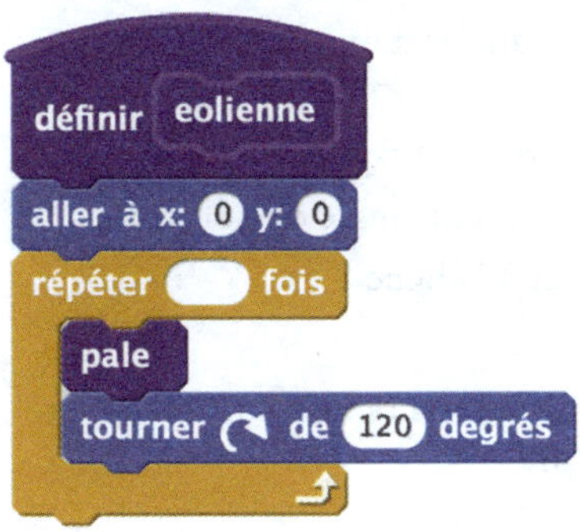

Par quelle valeur doit-on compléter la boucle « répéter » ?
Recopier cette valeur sur votre copie.

LES CLÉS DU SUJET

L'intérêt du sujet

Le développement des énergies renouvelables est un enjeu crucial de nos sociétés ; à travers cet exercice, tu vas t'intéresser aux éoliennes.

Nos coups de pouce, question par question

▶ **1. a) Connaître les relations angulaires dans un triangle**	Combien vaut toujours la somme des trois angles d'un triangle ?
▶ **1. b) et c) Comprendre un algorithme**	**b)** Observe qu'une fois arrivé au point C, le stylo est orienté vers le bas. Calcule alors de quel angle il doit tourner pour s'orienter vers D. **c)** Adopte le même raisonnement à partir du point D.
▶ **2. Connaître la boucle « répéter »**	Demande-toi combien de pales composent l'éolienne.

64 CORRIGÉ GUIDÉ

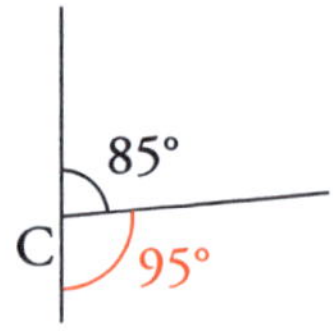

▶ **1. a)** La somme des angles d'un triangle vaut toujours 180°.

Donc : $\widehat{CDE} = 180 - 85 - 85 = \boxed{10°}$.

b) Le stylo doit tourner d'un angle de 180 – 85 = 95°.

c) La valeur à recopier à la ligne 8 est 180 – 10 = 170°.

▶ **2.** La valeur à écrire dans la boucle « répéter » est 3, car il y a 3 pales identiques à construire.

Scratch

EXERCICE 4

15 min
10 points

On a programmé un jeu. Le but du jeu est de sortir du labyrinthe. Au début du jeu, le lutin se place au point de départ. Lorsque le lutin touche un mur, représenté par un trait noir épais, il revient au point de départ.

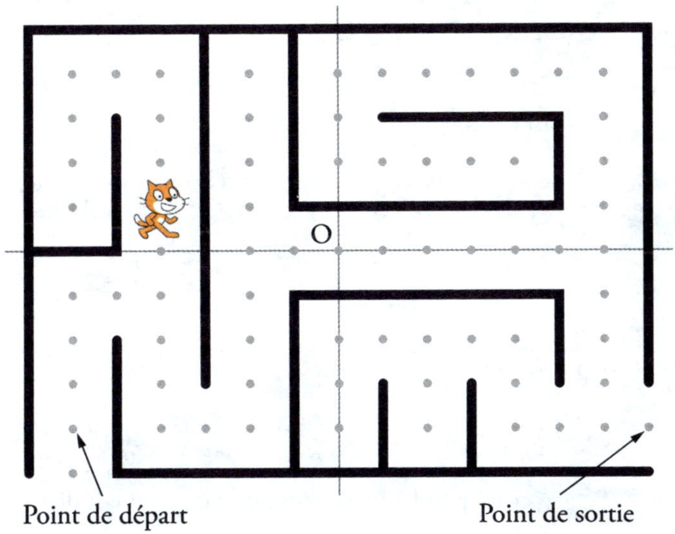

L'arrière-plan est constitué d'un repère d'origine O avec des points espacés de 30 unités verticalement et horizontalement.

Dans cet exercice, on considérera que seuls les murs du labyrinthe sont noirs. Voici le programme :

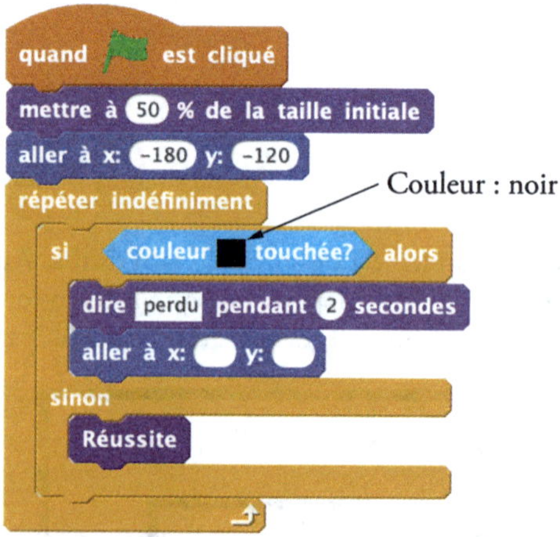

Le bloc **Réussite** correspond à un sous-programme qui fait dire « Gagné ! » au lutin lorsqu'il est situé au point de sortie ; le jeu s'arrête alors.

▶ **1.** Recopier et compléter l'instruction **aller à x: ( ) y: ( )** du programme pour ramener le lutin au point de départ si la couleur noire est touchée.

▶ **2.** Quelle est la distance minimale parcourue par le lutin entre le point de départ et le point de sortie ?

▶ **3.** On lance le programme en cliquant sur le drapeau. Le lutin est au point de départ. On appuie brièvement sur la touche ↑ (« flèche haut ») puis sur la touche → (« flèche droite »). Quelles sont toutes les actions effectuées par le lutin ?

LES CLÉS DU SUJET

L'intérêt du sujet

La programmation algorithmique est au cœur de la programmation des jeux vidéo. Dans cet exercice, tu vas t'intéresser au déplacement d'un lutin dans un labyrinthe.

Nos coups de pouce, question par question

▶ 1. Compléter un algorithme Scratch	Les coordonnées du point de départ du lutin sont dans le 3e bloc du programme principal, en bleu.
▶ 2. Comprendre un algorithme dans une situation de jeu	Compte le nombre d'espaces de 30 unités entre le point de départ et le point d'arrivée.
▶ 3. Utiliser des scripts se déroulant en parallèle	Traduis chaque touche par une phrase en français, expliquant quel déplacement le lutin va faire.

65 CORRIGÉ GUIDÉ

▶ **1.** Le lutin revient au point de départ :

```
aller à x: -180 y: -120
```

▶ **2.** La distance minimale parcourue par le lutin entre le point de départ et le point de sortie est de $27 \times 30 = \boxed{810 \text{ unités}}$.
En effet, il y a 27 espaces de 30 unités chacun à parcourir pour aller du départ à l'arrivée.

▶ **3.** Le lutin monte d'un cran puis se décale vers la droite d'une unité. Il touche alors le mur et revient au point de départ.

Jeux de dés

EXERCICE 6

15 min
20 points

Deux amis, Armelle et Basile, jouent aux dés en utilisant des dés bien équilibrés, mais dont les faces ont été modifiées. Armelle joue avec le dé A et Basile joue avec le dé B.
Lors d'une partie, chaque joueur lance son dé et celui qui obtient le plus grand numéro gagne un point.
Voici les patrons des deux dés :

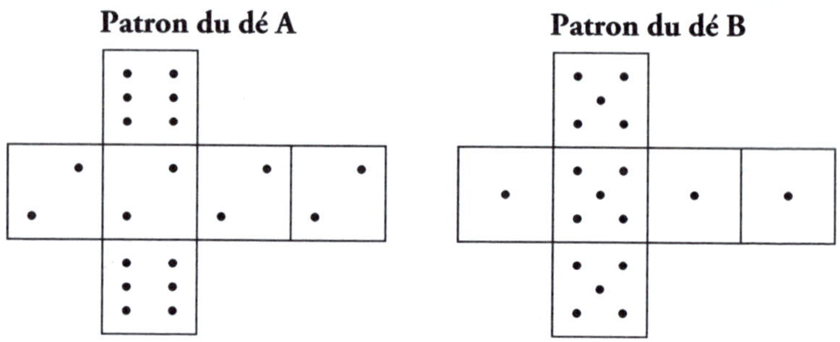

▶ **1.** Une partie peut-elle aboutir à un match nul ?

▶ **2. a)** Si le résultat obtenu avec le dé A est 2, quelle est la probabilité que Basile gagne un point ?
b) Si le résultat obtenu avec le dé B est 1, quelle est la probabilité qu'Armelle gagne un point ?

▶ **3.** Les joueurs souhaitent comparer leur chance de gagner. Ils décident de simuler un match de soixante mille duels à l'aide d'un programme informatique.
Voici une partie du programme qu'ils ont réalisé.

Programme principal

Sous-programmes

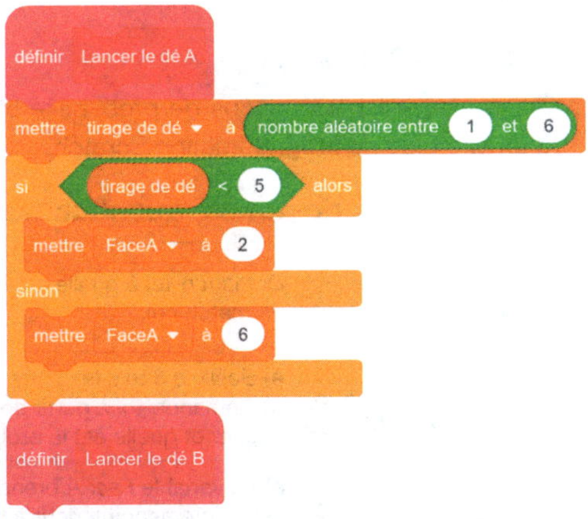

On précise que l'expression (**nombre aléatoire entre 1 et 6**) renvoie de manière équiprobable un nombre pouvant être 1 ; 2 ; 3 ; 4 ; 5 ou 6.
Les variables *FaceA* et *FaceB* enregistrent les résultats des dés A et B. Par exemple, la variable *FaceA* peut prendre soit la valeur 2, soit la valeur 6, puisque ce sont les seuls nombres présents sur le dé A.
Les variables *Victoire de A* et *Victoire de B* comptent les victoires des joueurs.
a) Lorsqu'on exécute le sous-programme « Lancer le dé A », quelle est la probabilité que la variable *FaceA* prenne la valeur 2 ?
b) Recopier la ligne 7 du programme principal en la complétant.
c) Rédiger un sous-programme « Lancer le dé B » qui simule le lancer du dé B et enregistre le nombre obtenu dans la variable *FaceB*.

▶ **4.** Après exécution du programme principal, on obtient les résultats suivants :
Victoire de A = 39 901 ; *Victoire de B* = 20 099.
a) Calculer la fréquence de gain du joueur A, exprimée en pourcentage. On donnera une valeur approchée à 1 % près.
b) Conjecturer la probabilité que A gagne contre B.

LES CLÉS DU SUJET

L'intérêt du sujet

Tu vas travailler les notions de probabilité et de fréquence au travers d'un exercice de programmation Scratch.

Nos coups de pouce, question par question

▶ 1. Comprendre un énoncé	Demande-toi à quelle condition il pourrait y avoir un match nul.
▶ 2. Calculer une probabilité simple	**a)** Basile a 3 fois le chiffre 5 sur son dé. **b)** Demande-toi à partir de quel chiffre Basile peut gagner et quelle est la probabilité que ce chiffre sorte.
▶ 3. Comprendre, compléter et écrire un algorithme Scratch dans une situation de jeu	**a)** La variable *FaceA* prend la valeur 2 si le tirage du dé est strictement inférieur à 5. **b)** Il y a victoire de A si le chiffre de B est strictement inférieur à celui de A. **c)** Réécris un sous-programme du même type que celui déjà proposé, mais en veillant aux valeurs prises par le dé de B, à savoir 1 et 5.
▶ 4. Calculer une fréquence	Utilise la formule : $\text{fréquence}_{\text{événement}} = \dfrac{\text{nombre de fois où l'événement apparait}}{\text{nombre total de fois où l'expérience est menée}}$.

66 CORRIGÉ GUIDÉ

▶ **1.** Il n'y a aucun chiffre en commun sur les deux dés, donc il ne peut pas y avoir de match nul.

▶ **2. a)** Sachant que c'est le chiffre 2 qui est sorti pour Armelle, pour que Basile gagne 1 point, il est nécessaire qu'il sorte un chiffre supérieur à 2, donc un 5.

Or, sur les six faces, il y a trois fois le chiffre 5, donc :

$$p(\text{« Basile gagne un point »}) = \frac{3}{6} = 0{,}5.$$

b) Sachant que c'est le chiffre 1 qui est sorti pour Basile, pour qu'Armelle gagne 1 point, il est nécessaire qu'elle sorte un chiffre supérieur à 1.

Or, les chiffres des faces du dé d'Armelle sont des 2 et des 6. Donc Armelle est sûre de gagner un point :

$$\boxed{p(\text{« Armelle gagne un point »}) = 1}.$$

> **RAPPEL**
> Un événement certain a une probabilité de 1.

▶ **3. a)** Il y a 4 chances sur 6 que le nombre tiré soit inférieur à 5, donc que *Face A* prenne la valeur 2, d'où :

$$\boxed{p(\text{« Face A} = 2\text{ »}) = \frac{4}{6} = \frac{2}{3}}.$$

b) Il y a victoire de A si *Face B* est inférieur à *Face A*.

Il faut donc compléter la ligne 7 ainsi :

c) Voici le script attendu :

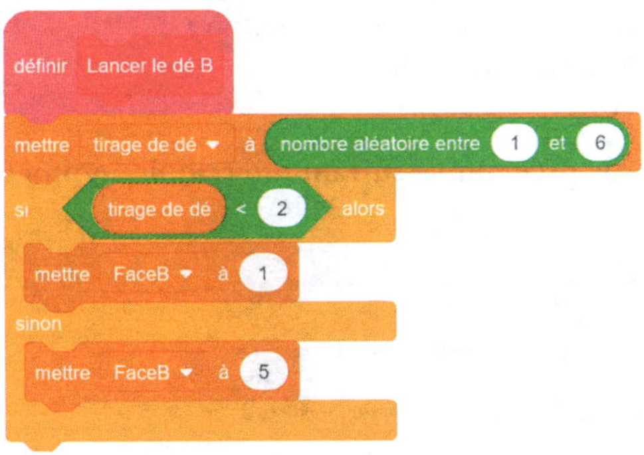

▶ **4. a)** Sur les 60 000 lancers, 39 901 cas apportent la victoire du joueur A.

Donc la fréquence de gain du joueur A est $\frac{39\,901}{60\,000} \approx 0{,}67$ soit 67 % à 0,1 près.

b) La probabilité de réalisation d'un événement est sa fréquence d'apparition lorsque l'on reproduit un très grand nombre de fois l'expérience.

La probabilité que A gagne est donc de 0,67.

67 Polynésie française • Juillet 2019

Programmes de calculs

EXERCICE 2 — 15 min, 20 points

▶ **1.** On a utilisé une feuille de calcul pour obtenir les images de différentes valeurs de x par une fonction affine f.
Voici une copie de l'écran obtenu :

B2 ▾ | ✗ ✓ f_x | =3*B1-4

	A	B	C	D	E	F	G	H
1	x	–2	–1	0	1	2	3	4
2	$f(x)$	–10	–7	–4	–1	2	5	8

a) Quelle est l'image de – 1 par la fonction f ?
b) Quel est l'antécédent de 5 par la fonction f ?
c) Donner l'expression de $f(x)$.
d) Calculer $f(10)$.

▶ **2.** On donne le programme suivant qui traduit un programme de calcul.

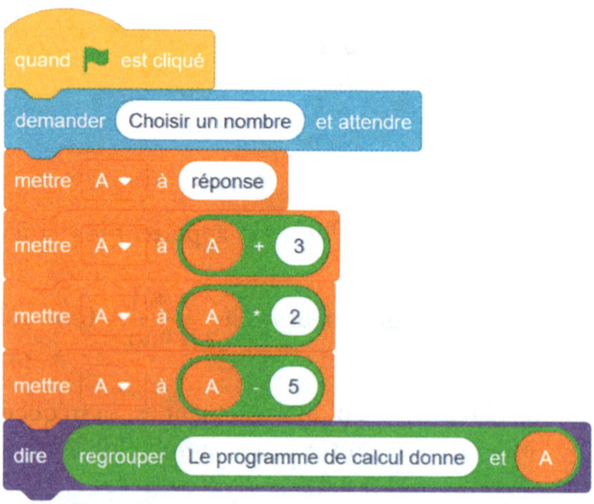

a) Écrire sur votre copie les deux dernières étapes du programme de calcul :
- Choisir un nombre.
- Ajouter 3 à ce nombre.
- ……
- ……

b) Si on choisit le nombre 8 au départ, quel sera le résultat ?
c) Si on choisit x comme nombre de départ, montrer que le résultat obtenu avec ce programme de calcul sera $2x + 1$.
d) Quel nombre doit-on choisir au départ pour obtenir 6 ?

▶ **3.** Quel nombre faudrait-il choisir pour que la fonction f et le programme de calcul donnent le même résultat ?

S'ENTRAÎNER

LES CLÉS DU SUJET

L'intérêt du sujet

Dans cet exercice, basé sur un programme de calcul sous Scratch, tu vas travailler activement des notions vues en calcul littéral et vérifier si tu sais bien résoudre des équations.

Nos coups de pouce, question par question

▶ **1. a) Lire une image dans un tableau de valeurs**	En cellule C1, on voit que x vaut -1, son image $f(-1)$ se lit en cellule C2.
b) Lire un antécédent dans un tableau de valeurs	• Chercher l'antécédent de 5, c'est trouver x tel que $f(x) = 5$. • Cherche l'antécédent sur la ligne 1.
c) Lire une formule dans un tableur	La formule saisie dans la case B2 est dans le cartouche blanc, en haut à droite.
d) Calculer une image par une fonction	Remplace x par 10 dans la formule de la fonction.

▶ **2. a) Traduire un programme Scratch en langage courant**	Traduis les expressions « A*2 » et « A-5 » par une phrase en français. L'expression « multiplie le tout par 2 » doit te faire penser à mettre des parenthèses dans ton calcul.
b) Faire des calculs numériques	Déroule le programme de calcul trouvé à la question **2. a)** en partant de 8.
c) Réinvestir les bases de calcul littéral	Déroule le programme de calcul trouvé à la question **2. a)** en partant de *x*.
d) Résoudre une équation	Résous l'équation $2x + 1 = 6$.
▶ **3. Résoudre une équation**	Résous l'équation $f(x) = 2x + 1$.

67 CORRIGÉ GUIDÉ

RAPPEL
Chercher une image par *f*, c'est, connaissant *x*, trouver *f*(*x*).

▶ **1. a)** L'image de -1 par f est :
$\boxed{f(-1) = 7}$.

b) L'antécédent de 5 par f est 3.

c) La ligne `× ✓ fx =3*B1-4` permet d'écrire que :
$\boxed{f(x) = 3x - 4}$.

d) $f(10) = 3 \times 10 - 4 = 30 - 4$, d'où :
$\boxed{f(10) = 3}$.

▶ **2. a)**
- Choisir un nombre.
- Ajouter 3 à ce nombre.
- Multiplier le tout par 2.
- Soustraire 5.

b) **Choisissons 8 au départ.**

$(8 + 3) \times 2 - 5 = 11 \times 2 - 5 = 22 - 5 = 17.$

Donc le résultat obtenu est 17.

c) Nombre de départ : x.

Ajouter 3 : on obtient $x + 3$.

Multiplier le tout par 2 : on obtient
$(x + 3) \times 2 = 2x + 6$.

> **ATTENTION !**
> Pense à la distributivité !

Soustraire 5 : on obtient $2x + 6 - 5 = 2x + 1$.

Le résultat obtenu avec ce programme de calcul est donc $2x + 1$.

d) Il s'agit de résoudre l'équation :

$$2x + 1 = 6$$
$$2x = 6 - 1$$
$$2x = 5$$
$$\boxed{x = \frac{5}{2} = 2{,}5}.$$

Pour obtenir 6, il faut choisir 2,5.

▶ **3.** Il s'agit de résoudre l'équation $f(x) = 2x + 1$, soit :

$$3x - 4 = 2x + 1$$
$$3x - 2x = 1 + 4$$
$$x = 5.$$

Pour que le programme donne le même résultat que la fonction f il faut prendre comme nombre de départ $x = 5$. Dans les deux cas, le résultat obtenu est 11.

S'ENTRAÎNER

Le robot jardinier

EXERCICE 6

15 min
18 points

Le maraîchage est l'activité professionnelle qui consiste à cultiver les légumes, certains fruits, fleurs ou plantes aromatiques.
Afin de diminuer la pénibilité des travaux de maraîchage, un agriculteur a acquis un robot électrique pour effectuer le désherbage de ses cultures.

PARTIE A • PARCOURS DU ROBOT

Le robot doit parcourir 49 allées parallèles écartées de 1 m, représentées sur le schéma ci-après. Les 48 premières allées, situées dans une parcelle rectangulaire, mesurent 80 m de long :
– la 1re allée est [PQ] ;
– la 2e allée est [RS] ;
– la 3e allée est [TU] ;
– les allées 4 à 47 ne sont pas représentées ;
– la 48e allée est [CB].
La 49e et dernière allée, [DE], est située dans une parcelle triangulaire.
Montrer que la longueur de la dernière allée est DE = 64 m.

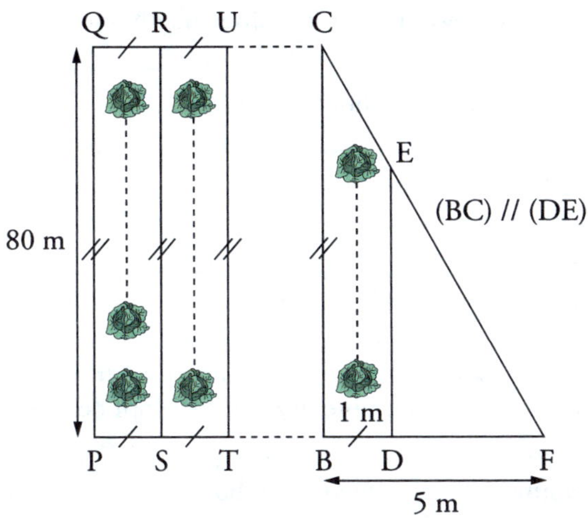

Schéma 1 du terrain non à l'échelle : vue du dessus

PARTIE B • PROGRAMME DE DÉPLACEMENT DU ROBOT

On souhaite programmer le déplacement du robot du point P au point E. Le script ci-dessous, réalisé sous Scratch, est incomplet. Toutes les allées sont parcourues une seule fois. L'image « Robot » correspond au résultat attendu lorsque le drapeau vert est cliqué.

On rappelle que l'instruction `s'orienter à 0` signifie que le robot se dirige vers le haut.

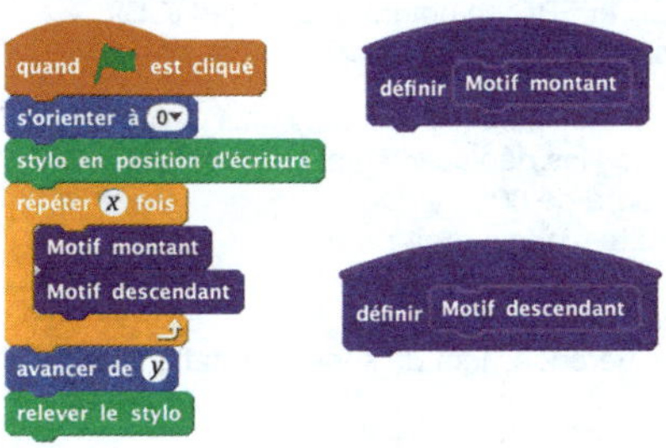

Script incomplet de déplacement du robot

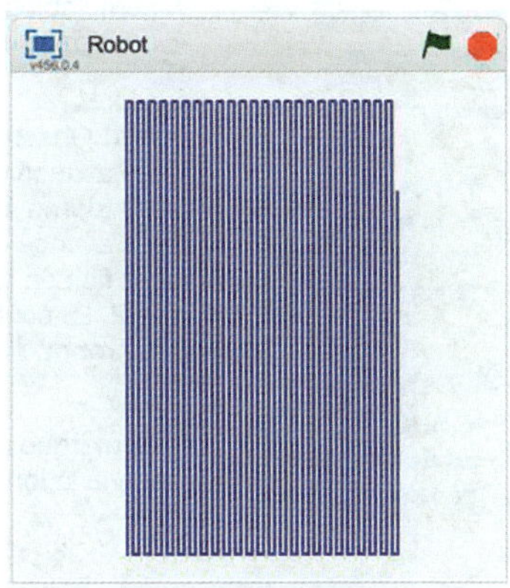

Image à obtenir avec le script complet

Pour répondre aux questions 1 et 2, utiliser autant que nécessaire les blocs : avancer de ⚪ | tourner ↻ de ⚪ degrés | tourner ↺ de ⚪ degrés

Les longueurs doivent être indiquées en mètres.

▶ **1.** Le nouveau bloc « Motif montant » doit reproduire un déplacement du type P-Q-R (voir schéma 1) et positionner le robot prêt à réaliser le motif suivant. Écrire une succession de 4 blocs permettant de définir : « Motif montant ».

▶ **2.** Le nouveau bloc « Motif descendant » doit reproduire un déplacement du type R-S-T (voir schéma 1) et positionner le robot prêt à réaliser le motif suivant. Quelle(s) modification(s) suffit-il d'apporter au bloc « Motif montant » pour obtenir le bloc « Motif descendant » ?

▶ **3.** Quelles valeurs faut-il donner à x et à y dans le script principal pour que le programme de déplacement du robot donne le résultat attendu ?

LES CLÉS DU SUJET

L'intérêt du sujet

L'étude d'une parcelle de culture maraîchère est le prétexte, ici, pour travailler l'algorithmique et le théorème de Thalès.

Nos coups de pouce, question par question

Partie A Utiliser le théorème de Thalès	Utilise le théorème de Thalès avec les deux triangles semblables FED et FBC en notant que (ED) et (CB) sont parallèles.
Partie B ▶ 1. et ▶ 2. Écrire un programme Scratch	▶ **1.** Observe bien les déplacements du robot : – il avance d'abord de 80 ; – il tourne à droite à angle droit ; – il avance de 1 ; – il finit en tournant à droite à angle droit. ▶ **2.** La seule différence vient du sens de rotation du robot.
▶ 3. Comprendre un dessin géométrique	Remarque que x correspond au nombre d'allers-retours et y à la longueur de la dernière rangée.

68 CORRIGÉ GUIDÉ

PARTIE A

Dans le triangle CBF :

E ∈ [FC] ; D ∈ [FB] et (ED) // (CB).

Donc d'après le théorème de Thalès, on a :

$$\frac{FE}{FC} = \frac{FD}{FB} = \frac{ED}{BC}$$

$$\frac{FE}{FC} = \frac{5-1}{5} = \frac{ED}{80}$$

Donc : $\boxed{ED = \frac{4 \times 80}{5} = 64 \text{ m}}$.

PARTIE B

▶ **1.** Le programme à écrire est :

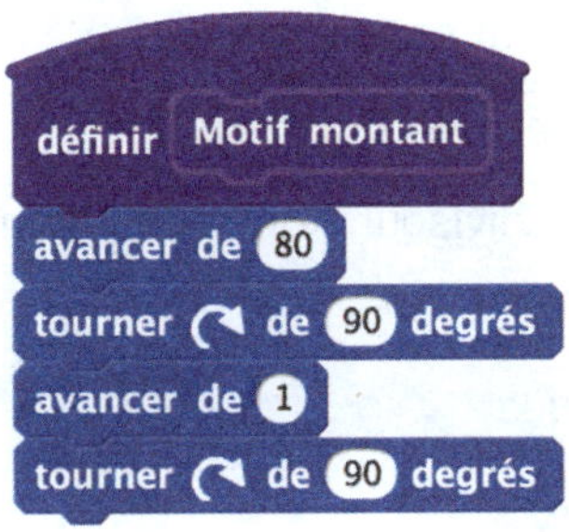

▶ **2.** À la place des blocs « tourner à droite », on met les blocs « tourner à gauche ».

▶ **3.** Il faut donner la valeur 48 ÷ 2 = $\boxed{24}$ à la variable *x* car il y a 24 allers-retours.
Il faut donner la valeur $\boxed{64}$ à *y* pour avancer de 64 m à la dernière rangée.

> **ATTENTION !**
> Il y a 48 rangées donc le robot n'effectue que 24 allers-retours.

Préparer l'épreuve du brevet : le sprint final

L'essentiel du programme en 15 fiches MÉMO

FICHE 1 Différents nombres et leurs représentations 234

FICHE 2 Puissance et racine carrée 235

FICHE 3 Calcul avec des fractions 236

FICHE 4 Multiples, diviseurs, nombres premiers 237

FICHE 5 Calcul littéral 238

FICHE 6 Statistiques 239

FICHE 7 Probabilités 240

FICHE 8 Proportionnalité, pourcentages 241

FICHE 9 Fonctions 242

FICHE **10** Grandeurs et mesures 243
FICHE **11** Transformations sur une figure 244
FICHE **12** Repérages 245
FICHE **13** Triangle et parallélogramme 246
FICHE **14** Pythagore et Thalès 247
FICHE **15** Algorithmique et programmation 248

Trois SUJETS COMPLETS

SUJET **69** France métropolitaine, juin 2023 249
SUJET **70** Amérique du Nord, juin 2023 263
SUJET **71** France métropolitaine, juin 2022 276

1 Différents nombres et leurs représentations

Notion	Définition
Nombre entier naturel	Nombre entier (c'est-à-dire qui s'écrit sans chiffre après la virgule) positif ou nul.
Nombre entier relatif	Nombre entier positif, négatif ou nul.
Nombre décimal	Nombre qui s'écrit avec un nombre fini de chiffres après la virgule. *Exemple* : 0,64.
Nombre rationnel (ou fraction)	Nombre qui peut s'écrire sous la forme d'une fraction, c'est-à-dire sous la forme $\frac{a}{b}$, où a et b sont des nombres entiers relatifs et $b \neq 0$. *Exemple* : $\frac{16}{25}$.
Fraction décimale	Fraction dont le dénominateur est une puissance de 10. *Exemple* : $\frac{64}{10^2} = \frac{64}{100}$.
Notation scientifique d'un nombre	Notation de la forme $x = a \times 10^n$ où $1 \leqslant a < 10$ et n est un entier relatif. On peut utiliser cette notation pour tout nombre positif x. *Exemple* : $6{,}4 \times 10^{-1}$.
Nombre irrationnel	Nombre qui ne peut pas s'écrire sous la forme d'une fraction. *Exemples* : $\sqrt{2}$, π...

REMARQUES

1. Un même nombre peut s'écrire de différentes façons.
Ainsi 0,64, $\frac{16}{25}$, $\frac{64}{100}$ et $6{,}4 \times 10^{-1}$ représentent le même nombre.

2. Un nombre rationnel a une infinité d'écritures sous forme de fraction. Une **fraction irréductible** est une fraction qui ne peut pas être simplifiée.

3. Attention ! Ne pas confondre l'opposé et l'inverse d'un nombre.

- Deux nombres sont **opposés** si leur somme est nulle.

Exemples : -5 est l'opposé de 5, $-\frac{1}{3}$ est l'opposé de $\frac{1}{3}$.

- Deux nombres sont **inverses** si leur produit est 1.

Exemples : $\frac{1}{5}$ est l'inverse de 5, $-\frac{1}{3}$ est l'inverse de -3.

2 Puissance et racine carrée

A Définitions

Notion	Définition
Puissance d'un nombre	Produit de n facteurs égaux à a (a étant un nombre non nul et n un nombre entier naturel positif). On le note a^n : $a^n = \underbrace{a \times a \times \ldots \times a}_{n \text{ facteurs}}$. a^{-n} est l'inverse de a^n. Donc $a^{-n} = \dfrac{1}{a^n}$. *Exemples* : $5^3 = 5 \times 5 \times 5 = 125$; $10^{-2} = \dfrac{1}{10^2} = \dfrac{1}{100} = 0{,}01$.
Racine carrée d'un nombre	Nombre positif dont le carré est égal à a (où a est un nombre positif donné). On le note $\sqrt{a}$. *Exemples* : $\sqrt{25} = 5$; $\sqrt{56{,}25} = 7{,}5$.

B Préfixes scientifiques

Préfixe	Symbole	Puissance de 10	Valeur	Exemples
giga	G	10^9	1 000 000 000	1 gigawatt = 1 000 000 000 watts
méga	M	10^6	1 000 000	1 mégahertz = 1 000 000 hertz
kilo	k	10^3	1 000	1 kilocalorie = 1 000 calories
hecto	h	10^2	100	1 hectopascal = 100 pascals
déca	da	10^1	10	1 décalitre = 10 litres
déci	d	10^{-1}	0,1	1 décimètre = 0,1 mètre
centi	c	10^{-2}	0,01	1 centigramme = 0,01 gramme
milli	m	10^{-3}	0,001	1 milliseconde = 0,001 seconde
micro	µ	10^{-6}	0,000 001	1 microampère = 0,000 001 ampère
nano	n	10^{-9}	0,000 000 001	1 nanomètre = 0,000 000 001 m

3 Calcul avec des fractions

A Règles de calcul

Objectif	Règle
Comparer	• Si deux fractions ont le même dénominateur, la fraction la plus grande est celle qui a le plus grand numérateur. • Si deux fractions ont le même numérateur, la fraction la plus grande est celle qui a le plus petit dénominateur.
Additionner ou soustraire	Pour additionner (ou soustraire) deux fractions, on les réduit au même dénominateur puis on additionne (ou on soustrait) les numérateurs et on conserve le dénominateur commun. *Exemple* : $-\frac{9}{14}-\frac{5}{3}=-\frac{9\times 3}{14\times 3}-\frac{5\times 14}{3\times 14}=-\frac{27}{42}-\frac{70}{42}=-\frac{97}{42}$.
Multiplier	Pour multiplier deux fractions, on multiplie les numérateurs entre eux et les dénominateurs entre eux. *Exemple* : $\frac{7}{9}\times\left(-\frac{2}{7}\right)=\frac{7\times(-2)}{9\times 7}=-\frac{2}{9}$.
Diviser	Pour diviser deux fractions, on multiplie la fraction numérateur par l'inverse de la fraction dénominateur. *Exemple* : $\frac{\frac{5}{3}}{-\frac{9}{14}}=\frac{5}{3}\times\left(-\frac{14}{9}\right)=-\frac{70}{27}$.

B Règles de priorité

Dans une expression qui comporte plusieurs opérations, on effectue les calculs dans l'ordre suivant :

❶ Commencer par effectuer les calculs entre parenthèses (s'il y en a !).

❷ Effectuer toujours les multiplications et les divisions avant les additions et les soustractions.

❸ S'il n'y a que des additions et des soustractions, les effectuer dans l'ordre où elles sont indiquées.

Exemple : $B=\left(-\frac{3}{4}+\frac{1}{4}\right)\times\frac{1}{2}-\frac{5}{8}$

$B=-\frac{2}{4}\times\frac{1}{2}-\frac{5}{8}$

$B=\frac{-2\times 1}{4\times 2}-\frac{5}{8}=-\frac{7}{8}$.

4 Multiples, diviseurs, nombres premiers

A Multiples, diviseurs : définitions

Notion	Définition
Multiple	On appelle multiple d'un entier naturel le produit de ce nombre entier naturel par un autre nombre entier naturel. *Exemples* : 45, 135 et 225 sont des multiples de 15, car $45 = 3 \times 15$ et $135 = 9 \times 15$ et $225 = 15 \times 15$.
Diviseur	Soient deux entiers naturels *a* et *b*. *a* est un diviseur de *b* lorsque la division de *b* par *a* se fait exactement, c'est-à-dire ne donne pas de reste. *Exemples* : 13 est un diviseur de 91 car $91 = 13 \times 7 + 0$.

B Critères de divisibilité

Un nombre entier est divisible…

- …par 2 si son chiffre des unités est 0, 2, 4, 6 ou 8.
  Exemple : 218
- …par 3 si la somme de ses chiffres est divisible par 3.
  Exemple : 324
- …par 5 si son chiffre des unités est 0 ou 5.
  Exemple : 115
- …par 10 si son chiffre des unités est 0.
  Exemple : 820
- …par 9 si la somme de ses chiffres est divisible par 9.
  Exemple : 387

C Nombres premiers

Nombre premier	Un nombre premier est un nombre entier naturel divisible seulement par lui-même et par 1. *Exemple* : 17 est un nombre premier car il est divisible seulement par 17 et par 1. 55 n'est pas un nombre premier car il est divisible par 5.
Décomposition d'un nombre entier en un produit de facteurs premiers	Cette opération consiste à transformer un nombre entier en un produit de nombres premiers. *Exemple* : $600 = 2^3 \times 3 \times 5^2$.

5 Calcul littéral

A Développer

- À l'aide de la **propriété de distributivité** : on utilise les règles de la distributivité de la multiplication par rapport à l'addition.

Quels que soient les nombres a, b, c, d :

$a \times (b + c) = a \times b + a \times c$

Exemple : $2x \times (x + 3) = 2x^2 + 6x$

$(a + b) \times (c + d) = a \times c + a \times d + b \times c + b \times d$

Exemple : $(6 - x) \times (2 - 3x) = 12 - 18x - 2x + 3x^2 = 3x^2 - 20x + 12$

- À l'aide des **identités remarquables** : on distingue trois identités remarquables, a et b étant deux réels quelconques :

$(a + b)^2 = a^2 + 2ab + b^2$ *Exemple* : $(2x + 5)^2 = 4x^2 + 20x + 25$

$(a - b)^2 = a^2 - 2ab + b^2$ *Exemple* : $(2x - 4)^2 = 4x^2 - 16x + 16$

$(a + b) \times (a - b) = a^2 - b^2$ *Exemple* : $(3x + 1) \times (3x - 1) = 9x^2 - 1$

B Factoriser

- À l'aide de la **propriété de distributivité**.

Quels que soient les nombres a, b, c, d :

$a \times b + a \times c = a \times (b + c)$ *Exemple* : $2x \times (3x + 1) + 2x \times (2x + 5) = 2x \times (5x + 6)$

- À l'aide des **identités remarquables** :

$a^2 + 2ab + b^2 = (a + b)^2$ *Exemple* : $x^2 + 6x + 9 = (x + 3)^2 = (x + 3) \times (x + 3)$

$a^2 - 2ab + b^2 = (a - b)^2$ *Exemple* : $x^2 - 4x + 4 = (x - 2)^2 = (x - 2) \times (x - 2)$

$a^2 - b^2 = (a + b) \times (a - b)$ *Exemple* : $x^2 - 4 = x^2 - 2^2 = (x + 2) \times (x - 2)$

C Équation produit

On utilise la propriété : lorsqu'un produit de facteurs est nul, alors l'un au moins des facteurs est nul.

Exemple : résoudre l'équation $(2x - 1) \times (-x + 3) = 0$.

La propriété ci-dessus permet d'affirmer que :

$2x - 1 = 0$, soit $x = \frac{1}{2}$ ou $-x + 3 = 0$, soit $x = 3$.

Conclusion : $\frac{1}{2}$ et 3 sont les solutions de l'équation.

6 Statistiques

A Représentation d'une série statistique

On peut représenter une série statistique à l'aide de différentes représentations graphiques.

- Le **diagramme en barres** donne en abscisse le caractère étudié, tandis que les effectifs correspondants sont en ordonnée. La hauteur de chaque barre est proportionnelle à l'effectif : **plus l'effectif est grand, plus la barre est haute**, et plus le caractère est fréquent.
- Le **diagramme circulaire** est composé de **plusieurs secteurs**. Chaque secteur possède un angle au centre qui est proportionnel à l'effectif.
- L'**histogramme** est utilisé quand les éléments de la série sont **regroupés en classes**. On porte les classes en abscisse et les effectifs en ordonnée.

B Caractéristiques de position

Notion	Définition
Fréquence d'une valeur	On appelle fréquence d'une valeur, le quotient de l'effectif de cette valeur par l'effectif total. On l'exprime souvent en pourcentage.
Moyenne d'une série statistique	C'est le nombre *m* réel égal au quotient de la somme de toutes les valeurs de la série statistique par l'effectif total.
Médiane d'une série statistique	C'est la valeur qui partage la série statistique, **rangée par ordre croissant** (ou décroissant), en deux parties de même effectif. Si l'effectif total de la série est un nombre impair, la médiane est une valeur de la série. Sinon, c'est un nombre compris entre deux valeurs de la série. On prend souvent pour médiane la moyenne de ces deux valeurs.

C Caractéristiques de dispersion

Notion	Définition
Étendue d'une série statistique	C'est la différence entre la plus grande et la plus petite valeur de la série statistique.
Écart moyen d'une série statistique	C'est la moyenne de la série obtenue en prenant les valeurs positives des différences entre chaque valeur de la série statistique et la valeur moyenne de la série.

7 Probabilités

A Calculer des probabilités dans une situation simple

Soit E un événement.

- La probabilité de réalisation de E est un nombre $p(E)$ compris entre 0 et 1.
- Si $p(E) = 0$ alors l'événement E est impossible.

Exemple : Soit E_1 l'événement « Obtenir un nombre négatif en lançant un dé ».
$p(E_1) = 0$, car cet événement est impossible.

> À NOTER **Deux événements sont incompatibles s'ils ne peuvent pas se réaliser en même temps.**

- Si $p(E) = 1$ alors l'événement E est certain.
- Quand les résultats d'une expérience ont tous la même probabilité, alors
$p(E) = \dfrac{\text{nombre de résultats favorables}}{\text{nombre de résultats possibles}} = \dfrac{n}{N}$.

B Calculer des probabilités dans une situation complexe

Soit E un événement.

- Notons $\bar{E}$ l'évènement contraire de E (c'est-à-dire l'événement « non E »).

Alors on a : $p(E) + p(\bar{E}) = 1$.

- L'ensemble des issues d'une expérience aléatoire est appelé **univers**.
- Considérons tous les résultats possibles d'une expérience aléatoire, la somme de leurs probabilités de réalisation est égale à 1.

Exemple : On lance un dé bien équilibré.

Soit A_1 l'événement « obtenir 1 », A_2 l'événement « obtenir 2 », etc.

Puisque le dé est équilibré, la probabilité de chaque événement est donc égale à $\frac{1}{6}$, et on a :

$p(A_1) + p(A_2) + p(A_3) + p(A_4) + p(A_5) + p(A_6) = 6 \times \frac{1}{6} = 1$.

8 Proportionnalité, pourcentages

A Proportionnalité

1. Nombres proportionnels

Soient quatre nombres non nuls a, b, c, d.

- Les nombres a et b sont respectivement proportionnels aux nombres c et d, si $\frac{a}{c} = \frac{b}{d} = k$.
- k représente le **coefficient de proportionnalité**.

2. Représentations

- Une situation de proportionnalité peut se représenter par un tableau.

Un **tableau de proportionnalité** comporte deux suites de nombres.

Ces nombres sont tels que l'on passe de la première ligne à la seconde en multipliant tous les nombres de la première ligne par un même nombre.

Exemple

2	3	5	8
3	4,5	7,5	12

On passe de la première à la seconde ligne en multipliant par 1,5 chaque nombre de la première ligne.

- Une situation de proportionnalité peut aussi se représenter dans un **graphique** par des points alignés sur une droite passant par l'origine du repère.

3. Notion de ratio

Deux nombres x et y sont, par exemple, dans le ratio 4 : 5 si $\frac{x}{4} = \frac{y}{5}$.

SPRINT FINAL

B Pourcentages

- Appliquer une **augmentation** de n % à une quantité Q :

on obtient alors la quantité Q' telle que $Q' = Q\left(1 + \frac{n}{100}\right)$.

- Appliquer une **diminution** de n % à une quantité Q :

on obtient alors la quantité Q'' telle que $Q'' = Q\left(1 - \frac{n}{100}\right)$.

- Calculer le **pourcentage *n* d'augmentation** d'une quantité Q devenue Q_1 :

on a $n = \frac{Q_1 - Q}{Q} \times 100$.

9 Fonctions

A La notion de fonction

- Une fonction est une « machine » qui permet d'associer à un nombre, appelé **antécédent**, un autre nombre unique appelé **image**.

- On note souvent f cette « machine », x l'antécédent et $f(x)$ l'image du nombre x par la fonction f. On écrit alors $f : x \mapsto f(x)$.

Exemple : Si l'on a $f : x \mapsto f(x) = 3x + 1$, alors f est la machine à multiplier par 3 puis à ajouter 1. Si on choisit le nombre -4, alors la fonction f lui associe le nombre -11 car $f(-4) = 3 \times (-4) + 1 = -11$. Le nombre -4 est l'antécédent de -11 et -11 est l'image du nombre -4 par la fonction f.

B Fonction linéaire

1. Définition

- La fonction f qui associe au nombre x le nombre ax, où a est un nombre réel donné, est appelée **fonction linéaire**.
- On note $f : x \mapsto ax$ ou encore $f(x) = ax$.

- Une fonction linéaire reflète une situation de proportionnalité : a est **le coefficient de proportionnalité**.

2. Représentation graphique

- Sa représentation graphique est une droite passant par l'origine du repère. On place x en abscisse et $f(x)$ en ordonnée. Il suffit donc de connaître un point appartenant à la droite (autre que l'origine) pour la tracer.

- Le nombre a est le **coefficient directeur** de cette droite.

C Fonction affine

1. Définition

- La fonction f qui associe au nombre x le nombre $ax + b$, où a et b sont des réels donnés, est appelée **fonction affine**.
- On note $f : x \mapsto ax + b$ ou encore $f(x) = ax + b$.

2. Représentation graphique

- Sa représentation graphique est une droite. Il suffit donc de connaître deux points appartenant à la droite pour la tracer.

- a est le coefficient directeur de la droite et b est l'**ordonnée à l'origine** de la droite.

10 Grandeurs et mesures

A Grandeurs composées

- Une **grandeur composée produit** est une grandeur obtenue en multipliant d'autres grandeurs. Voici quelques grandeurs composées produit :

Grandeur composée	Grandeurs simples	Formule	Unités
Aire $\mathcal{A}$ d'un rectangle	Longueur L, largeur ℓ	$\mathcal{A} = L \times \ell$	Si L et ℓ en m, alors $\mathcal{A}$ en m^2
Volume $\mathcal{V}$ d'un cube	Arête c	$\mathcal{V} = c \times c \times c$	Si c en cm, alors $\mathcal{V}$ en cm^3
Puissance électrique consommée P	Tension U, intensité du courant I	$P = U \times I$	Si U en volts (V) et I en ampères (A), alors P en watts (W)
Énergie électrique E	Puissance P, temps t	$E = P \times t$	Si P en watts (W) et t en h, alors E en wattheures (Wh)

- Une **grandeur composée quotient** est une grandeur obtenue en divisant deux autres grandeurs. Voici quelques grandeurs composées quotient :

Grandeur composée	Grandeurs simples	Formule	Unités
Vitesse moyenne v	Distance d, temps t	$v = \frac{d}{t}$	Si d en m et t en s, alors v en m/s ou $m \times s^{-1}$
Débit D	Volume $\mathcal{V}$, durée t	$D = \frac{\mathcal{V}}{t}$	Si $\mathcal{V}$ en m^3 et t en h, alors D en m^3/h ou $m^3 \times h^{-1}$
Masse volumique ρ	Masse M, volume $\mathcal{V}$	$\rho = \frac{M}{\mathcal{V}}$	Si M en kg et $\mathcal{V}$ en m^3, alors ρ en kg/m^3 ou $kg \times m^{-3}$
Consommation de carburant C	Volume de carburant consommé $\mathcal{V}$, distance parcourue d	$C = \frac{\mathcal{V}}{d}$	Si $\mathcal{V}$ en litres (L) et d en km, alors C en L/km ou $L \times km^{-1}$

B Formules donnant des volumes

- Volume d'une pyramide ou d'un cône dont l'aire de la base est $\mathcal{B}$ et la hauteur h : $\mathcal{V} = \frac{1}{3} \times \mathcal{B} \times h$.
- Volume d'un cylindre dont le rayon de la base est r et la hauteur h : $\mathcal{V} = \pi \times r^2 \times h$.
- Volume d'une boule de rayon r : $\mathcal{V} = \frac{4}{3} \times \pi \times r^3$.

SPRINT FINAL

11 Transformations sur une figure

A Effet d'une translation sur un triangle

● Le triangle A′B′C′ est l'image du triangle ABC par la translation qui transforme le point I en le point J. Ces deux triangles sont superposables.

● La translation est un **déplacement**. Elle conserve les distances, les alignements, les angles et les aires.

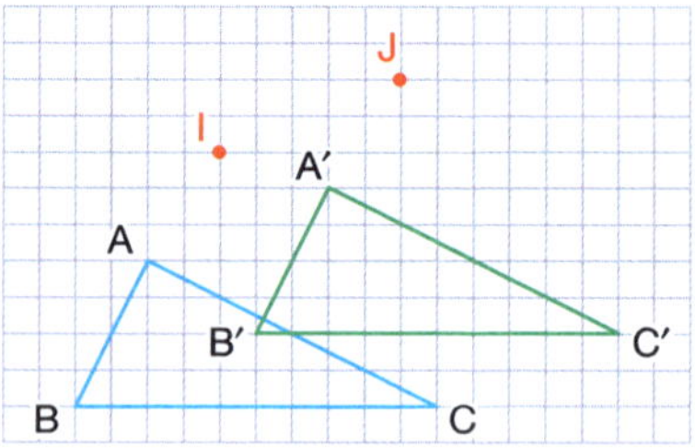

B Effet d'une rotation sur un triangle

● Le triangle A′B′C′ est l'image du triangle ABC par la rotation de centre O et d'angle 100°. On a : OA = OA′, OB = OB′, OC = OC′ et $\widehat{AOA'} = \widehat{BOB'} = \widehat{COC'} = 100°$.

● La rotation est un **déplacement**. Elle conserve les distances, les alignements, les angles et les aires.

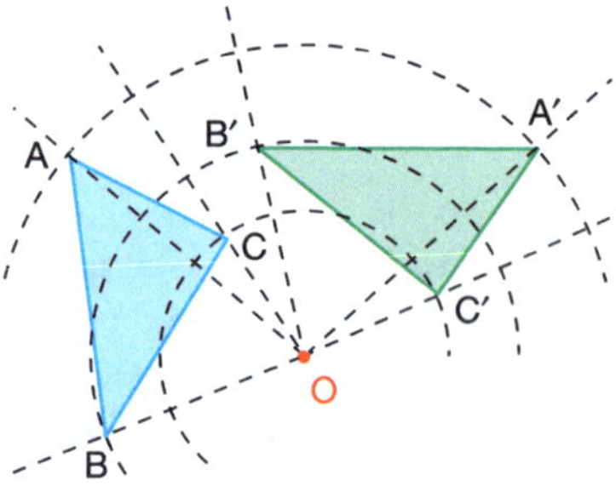

C Effet d'une homothétie sur un triangle

● Le triangle A′B′C′ est l'image du triangle ABC par l'homothétie de centre O et de rapport 2 : on a un **agrandissement**.

Le triangle ABC est l'image du triangle A′B′C′ par l'homothétie de centre O et de rapport $\frac{1}{2}$: on a une **réduction**.

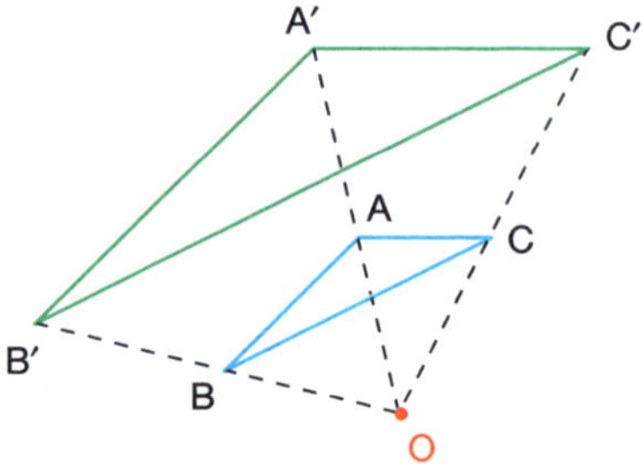

Nous avons donc : $\frac{OA'}{OA} = \frac{OB'}{OB} = \frac{OC'}{OC} = 2$ et $\frac{OA}{OA'} = \frac{OB}{OB'} = \frac{OC}{OC'} = \frac{1}{2}$.

● Lorsque toutes les dimensions d'une figure $\mathscr{F}$ sont multipliées par un même nombre k, on obtient une figure $\mathscr{F}'$. Si $k > 1$, $\mathscr{F}'$ est un agrandissement de $\mathscr{F}$. Si $0 < k < 1$, $\mathscr{F}'$ est une réduction de $\mathscr{F}$.

Les mesures des **côtés** de $\mathscr{F}'$ se déduisent des mesures des côtés de $\mathscr{F}$ en multipliant ces derniers par k.

L'**aire** de $\mathscr{F}'$ se déduit de l'aire de $\mathscr{F}$ en multipliant cette dernière par k^2.

Le **volume** de $\mathscr{F}'$ se déduit du volume de $\mathscr{F}$ en multipliant ce dernier par k^3.

12 Repérages

A Se repérer dans un plan

● Un **repère orthogonal** est constitué de deux axes perpendiculaires, les unités étant différentes sur chacun des axes (OI ≠ OJ). Si les unités sont les mêmes sur chaque axe (OI = OJ = 1 unité), alors le repère est **orthonormal**.

● Un point A du plan est repéré par deux nombres relatifs x_A et y_A.

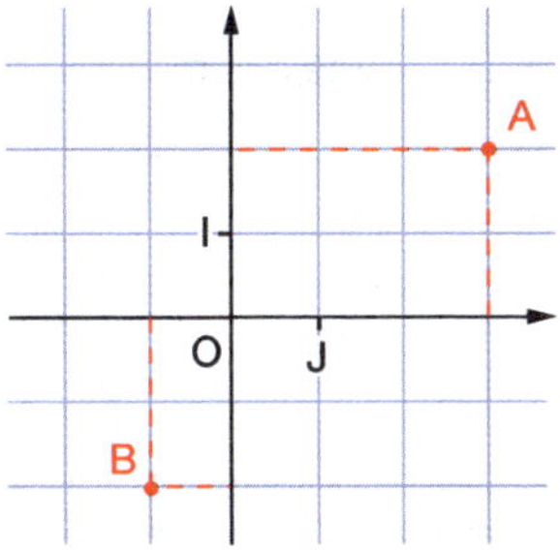

x_A est l'abscisse du point A. L'**abscisse** se lit sur l'axe horizontal.
y_A est l'ordonnée du point A. L'**ordonnée** se lit sur l'axe vertical.
Les **coordonnées** du point A s'écrivent A(x_A ; y_A).
Exemple sur le schéma ci-dessus : A(3 ; 2) et B (–1 ; –2).

B Se repérer dans l'espace

● Un repère orthonormal de l'espace est constitué de trois axes perpendiculaires 2 à 2.

● Un point A de l'espace est repéré par trois nombres relatifs : son **abscisse** x_A, son **ordonnée** y_A et son **altitude** z_A.

Les coordonnées de A s'écrivent A(x_A ; y_A ; z_A).
Exemple sur le schéma ci-contre : A(2 ; 3 ; 4).

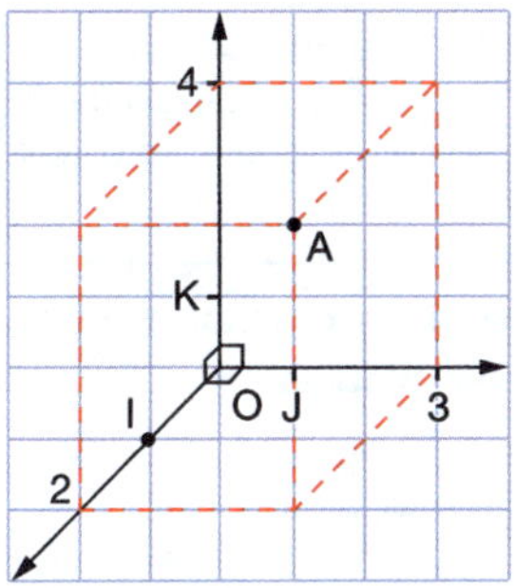

C Se repérer sur une sphère

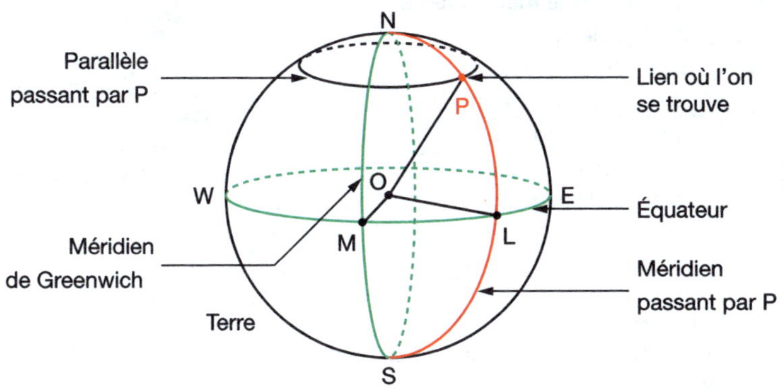

L'angle $\widehat{LOP}$ représente la latitude de P et $\widehat{MOL}$ représente la longitude de P.

13 Triangle et parallélogramme

A Le triangle

- La somme des mesures des trois angles d'un triangle est égale à 180°.
- La mesure d'un côté d'un triangle est toujours inférieure ou égale à la somme des mesures des deux autres côtés.
- Cas d'égalité des triangles :

Si 2 triangles ont un angle égal compris entre deux côtés respectivement égaux, alors ils sont égaux.	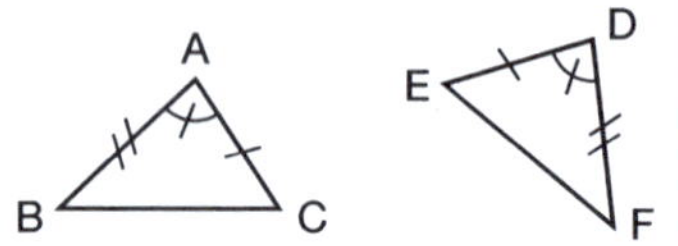	AB = DF AC = DE $\widehat{BAC} = \widehat{EDF}$
Si 2 triangles ont un côté égal compris entre deux angles respectivement égaux, alors ils sont égaux.	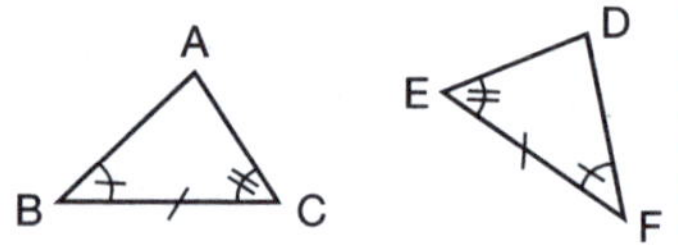	BC = EF $\widehat{ABC} = \widehat{DFE}$ $\widehat{ACB} = \widehat{DEF}$
Si 2 triangles ont leurs trois côtés respectivement égaux, alors ils sont égaux.	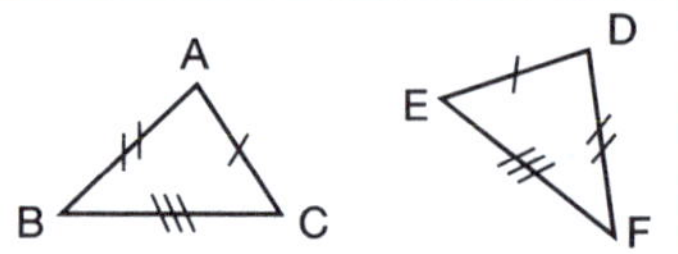	AB = DF AC = DE BC = EF

- Si deux triangles ont leurs trois angles respectivement égaux, alors ils sont **semblables**.

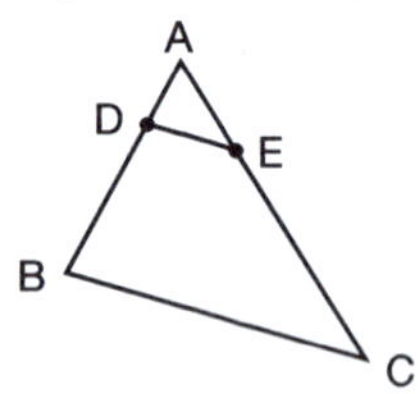

Le triangle ADE est une réduction du triangle ABC dans le rapport $\frac{AD}{AB}$.
Le triangle ABC est un agrandissement du triangle ADE dans le rapport $\frac{AB}{AD}$.

- Trigonométrie dans le triangle rectangle

$$\sin \widehat{ABC} = \frac{AC}{BC} = \frac{\text{côté opposé}}{\text{hypoténuse}}$$

$$\cos \widehat{ABC} = \frac{AB}{BC} = \frac{\text{côté adjacent}}{\text{hypoténuse}}$$

$$\tan \widehat{ABC} = \frac{AC}{AB} = \frac{\text{côté opposé}}{\text{côté adjacent}}$$

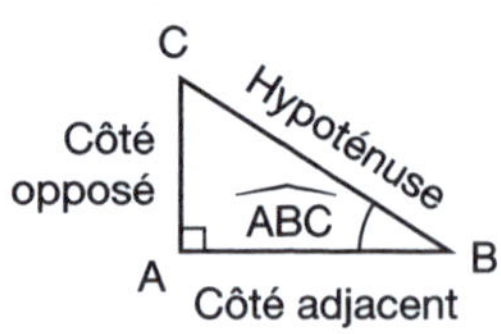

B Le parallélogramme

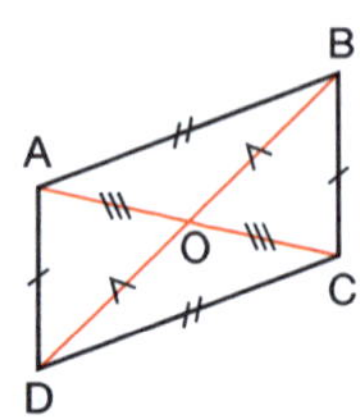

Dans un parallélogramme :
- les côtés opposés sont parallèles deux à deux ;
- les côtés opposés sont égaux deux à deux ;
- les diagonales se coupent en leur milieu.

14 Pythagore et Thalès

A Théorème de Pythagore

- Théorème direct : si un triangle ABC est rectangle en A, alors $BC^2 = AB^2 + AC^2$.
- Réciproque : si un triangle ABC est tel que $BC^2 = AB^2 + AC^2$, alors ce triangle est rectangle en A.

B Théorème de Thalès

Théorème direct

- Soient deux droites $(\mathscr{D})$ et $(\mathscr{D}')$ sécantes en A.
- Soient B et M deux points de $(\mathscr{D})$, distincts de A.
- Soient C et N deux points de $(\mathscr{D}')$ distincts de A.
- Les points A, B et M sont dans le même ordre que les points A, C et N.

Si les droites (BC) et (MN) sont parallèles, alors : $\dfrac{AM}{AB} = \dfrac{AN}{AC} = \dfrac{MN}{BC}$

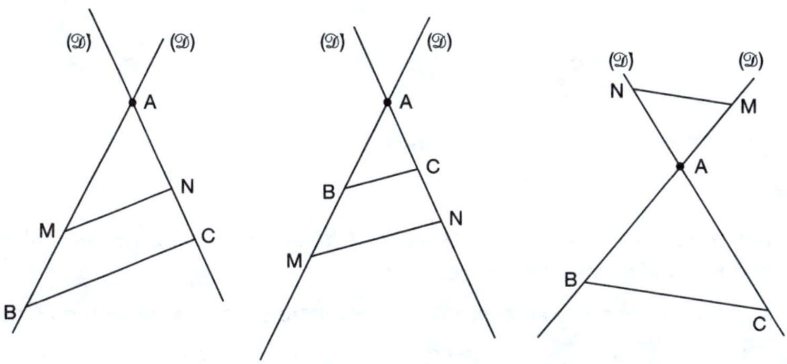

Réciproque

- Soient deux droites $(\mathscr{D})$ et $(\mathscr{D}')$ sécantes en A.
- Soient B et M deux points de $(\mathscr{D})$, distincts de A.
- Soient C et N deux points de $(\mathscr{D}')$ distincts de A.

Si les points A, B, et M d'une part et les points A, C, et N d'autre part sont dans le même ordre et si $\dfrac{AM}{AB} = \dfrac{AN}{AC}$, alors les droites (BC) et (MN) sont parallèles.

15 Algorithmique et programmation

A Algorithme

● Le mot algorithme vient du nom du mathématicien Al-Khawarizmi (VIIIe-IXe siècle après J.-C.).

● Un algorithme est une suite ordonnée d'instructions à exécuter pour résoudre un problème donné.

Exemples : appliquer une recette de cuisine ; suivre un itinéraire donné par un GPS ; construire une figure géométrique.

B Programme

● Un programme est une suite ordonnée d'instructions, un algorithme, qu'un ordinateur comprend et peut donc réaliser.

● Comme un algorithme, un programme peut être décomposé en trois parties : l'entrée des données, le traitement des données, la sortie des résultats.

Variables

● Les variables portent un nom et peuvent stocker des nombres, des mots, des phrases…

● La variable spéciale réponse contient ce qui est saisi par l'utilisateur.

Tests

● Les tests permettent de n'effectuer une instruction – ou un groupe d'instructions – que si une condition est remplie.

● Les conditions sont par exemple des comparaisons de variables du type :

$\square < \square$ $\square = \square$ $\square > \square$ que l'on peut regrouper avec « et » et « ou ».

● On peut ajouter une instruction à effectuer si la condition n'est pas vérifiée.

Boucles

● Une boucle permet de faire répéter un groupe d'instructions. Il en existe plusieurs types :

– boucle avec compteur : pour *i* allant de 1 à *n* faire *instructions*.
– boucle « tant que » : tant que *condition* est vraie faire *instructions*.
– boucle « jusqu'à » : faire *instructions* jusqu'à ce que *condition* soit vraie.

Sujet du brevet de France métropolitaine 2023

2 heures
100 points

EXERCICE 1 • STATISTIQUES DE LUNETTES DE SOLEIL — 20 POINTS

Un opticien vend différents modèles de lunettes de soleil.
Il reporte dans le tableur ci-dessous des informations sur cinq modèles vendus pendant l'année 2022.

	A	B	C	D	E	F	G
1	Lunettes de soleil	Modèle 1	Modèle 2	Modèle 3	Modèle 4	Modèle 5	Total
2	Nombre de paires de lunettes vendues	1 200	950	875	250	300	
3	Prix à l'unité en euros	75	100	110	140	160	

▶ **1.** Montrer que l'étendue des prix de ces paires de lunettes de soleil est de 85 euros.

▶ **2. a)** Quelle formule doit-on saisir dans la cellule G2 pour calculer le nombre total de paires de lunettes de soleil vendues en 2022 ?
b) Calculer le nombre total de paires de lunettes de soleil vendues en 2022.

▶ **3. a)** Calculer le montant total, en euros, des ventes des paires de lunettes de soleil en 2022.
b) Calculer le prix moyen d'une paire de lunettes de soleil vendue en 2022, arrondi au centime près.

EXERCICE 2 • TRIANGLES ET RECTANGLE 20 POINTS

Sur la figure ci-dessous :
- BCDE est un rectangle, BAE est un triangle rectangle en A ;
- la perpendiculaire à la droite (CD) passant par A coupe cette droite en H ;
- les droites (AE) et (CD) se coupent en F.

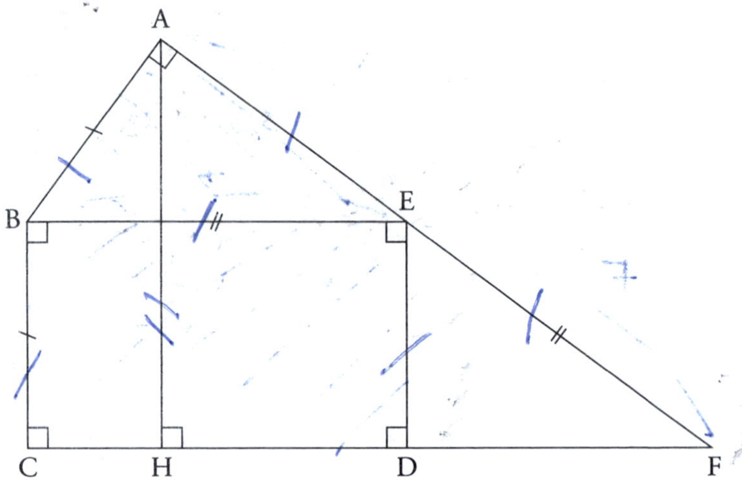

On donne :
- AB = BC = 4,2 cm ;
- EB = EF = 7 cm.

▶ **1.** Montrer que l'aire du rectangle BCDE est égale à 29,4 cm^2.

▶ **2. a)** Montrer que la longueur AE est égale à 5,6 cm.
b) Calculer l'aire du triangle rectangle ABE.

▶ **3. a)** Montrer que les droites (ED) et (HA) sont parallèles.
b) Calculer la longueur AH.

BC = ED = BA = 4,2 cm

AE = 5,6 cm

BE = EF = 7 cm

AH = 7,56 cm

EXERCICE 3 • QCM OCTOGONE ET JETONS 20 POINTS

Cet exercice est un questionnaire à choix multiple (QCM).

Pour chaque question, trois réponses (A, B ou C) sont proposées.

Une seule réponse est exacte. Aucune justification n'est demandée.

Question	Réponse A	Réponse B	Réponse C
▶ **1.** Dans une classe de 25 élèves, 60 % des élèves sont des filles. Combien y a-t-il de filles dans cette classe ?	10	15	20
▶ **2.** Quelle est la décomposition en produit de facteurs premiers de 126 ?	$2 \times 9 \times 7$	$2^2 \times 5^2 + 2 \times 13$	$2 \times 3^2 \times 7$
▶ **3.** Dans un sac, il y a 17 jetons rouges, 23 jetons jaunes et 20 jetons bleus, tous indiscernables au toucher. On tire au hasard un jeton du sac. Quelle est la probabilité d'obtenir un jeton rouge ou un jeton jaune ?	$\frac{2}{3}$	0,6	$\frac{17}{23}$
▶ **4.** Sur l'octogone régulier ci-dessous, quelle est l'image du segment [DC] par la rotation de centre O qui transforme A en D ? 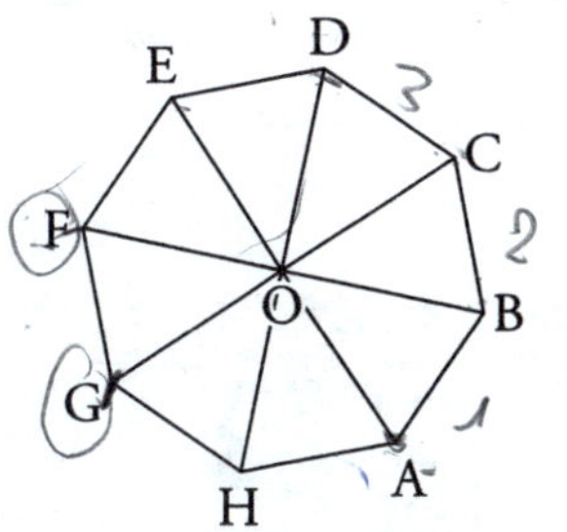 	[GE]	[GF]	[AH]
▶ **5.** Quel est le volume d'un pavé droit de hauteur 1,5 m et de base rectangulaire de 2 m de longueur et 1,3 m de largeur ? On rappelle que 1 m³ = 1 000 L.	2,6 m³	3 900 L	3 000 L

EXERCICE 4 • MONTER UN ESCALIER AVEC SCRATCH — 20 POINTS

On veut fabriquer un escalier en bois de hauteur 272 cm.
La figure ci-dessous représente une vue de profil de cet escalier.
La hauteur d'une marche est de 17 cm.
La profondeur d'une marche pour poser le pied mesure 27 cm.

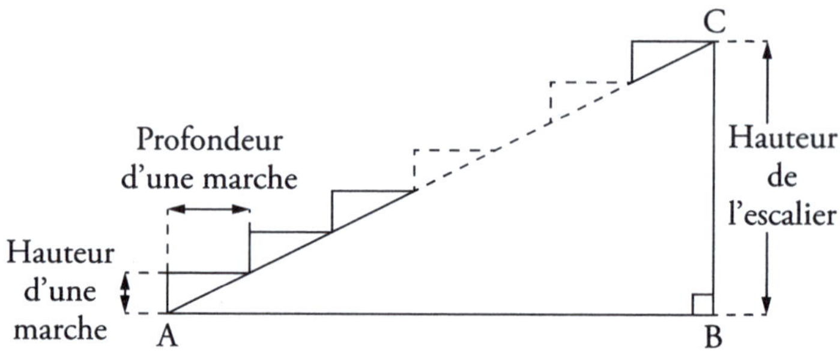

▶ **1. a)** Montrer qu'il faut prévoir 16 marches pour construire cet escalier.
b) Montrer que la longueur AB est égale à 432 cm.

▶ **2.** Pour permettre une montée agréable, l'angle $\widehat{BAC}$ doit être compris entre 25° et 40°.
a) Calculer la mesure de l'angle $\widehat{BAC}$, arrondie au degré près.
b) L'escalier permet-il une montée agréable ?

▶ **3.** On rédige le programme ci-contre avec le logiciel Scratch pour dessiner cet escalier. (1 cm dans la réalité est représenté par 1 pas dans le programme.)
Compléter les lignes 5, 6, 7 et 9.

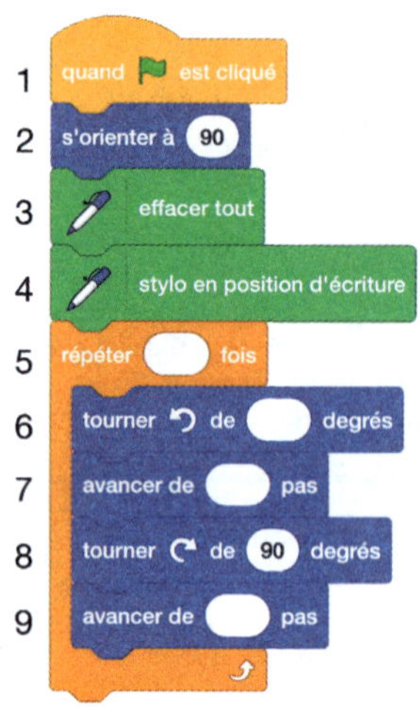

EXERCICE 5 • PROGRAMMES DE CALCUL ET FONCTIONS — 20 POINTS

Voici deux programmes de calcul.

Programme A	Programme B
• Choisir un nombre. • Multiplier ce nombre par –2. • Ajouter 5 à ce résultat.	• Choisir un nombre. • Soustraire 5 à ce nombre. • Multiplier le résultat par 3. • Ajouter 11 au résultat.

▶ **1. a)** Montrer que, si on choisit –3 comme nombre de départ, le résultat obtenu avec le programme A est 11.

b) Quel résultat obtient-on avec le programme B si on choisit 5,5 comme nombre de départ ?

▶ **2.** En désignant par x le nombre de départ, on obtient $-2x + 5$ comme résultat avec le programme A.
Montrer, qu'avec le même nombre de départ, le résultat du programme B est égal à $3x - 4$.

▶ **3. a)** On a représenté ci-dessous les fonctions f et g définies par $f(x) = -2x + 5$ et $g(x) = 3x - 4$.
Associer, en justifiant, chaque droite à la fonction qui lui correspond.

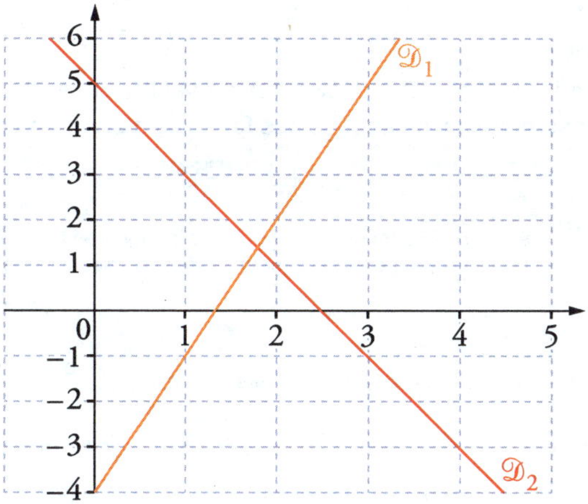

b) Par lecture graphique, donner, le plus précisément possible, le nombre dont l'image est la même par la fonction f et la fonction g.

▶ **4.** Déterminer par le calcul le nombre de départ pour lequel les programmes A et B donnent le même résultat.

LES CLÉS DU SUJET

Exercice 1

L'intérêt du sujet

Cet exercice permet de vérifier tes compétences en statistiques grâce à la bonne compréhension d'une fiche de calcul sur tableur.

Nos coups de pouce, question par question

▶ 1. Calculer l'étendue d'une série statistique	Pour calculer cette grandeur, attention à choisir la bonne ligne de la feuille de calcul.
▶ 2. a) Écrire une formule dans une feuille de calcul	Pense à écrire dans la formule le nom des cellules utilisées et pas leur valeur.
▶ 3. a) Calculer une grandeur	Calcule d'abord le montant des ventes de chaque modèle de lunettes de soleil.
b) Calculer une moyenne pondérée	Arrondir le prix moyen au centime près revient à l'arrondir au centième.

Exercice 2

L'intérêt du sujet

L'objectif principal de cet exercice est de vérifier si les grands théorèmes de géométrie plane et certaines formules d'aire sont maîtrisés.

Nos coups de pouce, question par question

▶ 2. a) Utiliser le théorème de Pythagore	[AE] est l'un des côtés du triangle rectangle BAE, triangle dont on connaît déjà la valeur de deux côtés.
b) Calculer l'aire d'un triangle rectangle	Utilise la formule Aire d'un triangle $= \dfrac{\text{base} \times \text{hauteur}}{2}$.
▶ 3. a) Prouver que des droites sont parallèles	Étudie la position des droites (AH) et (ED) par rapport à la droite (CF).
b) Utiliser le théorème de Thalès	En tenant compte de la question **3. a)**, fais apparaître une configuration de Thalès, puis détermine les longueurs de certains côtés de ces triangles grâce aux informations de l'énoncé.

Exercice 3

L'intérêt du sujet

Ce QCM teste tes connaissances sur une grande partie des éléments du programme.

Nos coups de pouce, question par question

▶ 1. Appliquer un pourcentage
Le nombre de filles dans la classe est égal au produit d'un entier par une fraction décimale.

▶ 2. Décomposer un entier en produit de facteurs premiers
Souviens-toi ce qu'est un nombre premier et un produit.

▶ 3. Calculer la probabilité d'un événement
Utilise la formule :
$$p(\text{événement}) = \frac{\text{nombre de cas réalisant l'événement}}{\text{nombre de cas possibles}}.$$

▶ 4. Déterminer l'image d'un segment par une rotation
Détermine l'angle et le sens de rotation de cette transformation.

▶ 5. Calculer le volume d'un pavé droit
Utilise la formule Volume d'un pavé droit = $L \times l \times h$.

Exercice 4

L'intérêt du sujet

L'étude de ce cas concret te permet de revoir le calcul de grandeurs ; le programme Scratch, d'évaluer ta compréhension de la situation.

Nos coups de pouce, question par question

▶ 1. a) Calculer une longueur
Remarque que la hauteur de l'escalier est un multiple de la hauteur de chaque marche.

▶ 2. a) Utiliser les formules de trigonométrie
Après avoir déterminé ce que représentent [AB] et [BC] pour l'angle $\widehat{BAC}$, choisis la bonne formule de trigonométrie.

▶ 3. Compléter un programme Scratch
Essaie de comprendre ce que chaque ligne du programme Scratch représente pour le dessin de l'escalier.

Exercice 5

L'intérêt du sujet

Ces deux programmes de calcul portent sur la majorité des connaissances acquises sur le calcul littéral (valeur d'une expression littérale, résolution d'équation, fonction…). Excellent pour réviser !

Nos coups de pouce, question par question

▶ **1. a) Appliquer un programme de calcul à un nombre donné**	N'hésite pas à réécrire sur ta copie le programme A puis, en face de chaque phrase, indique le calcul et le nombre obtenu.
▶ **2. Donner l'expression générale d'un programme de calcul**	• Utilise la même méthode que dans la question **1.**, mais remplace le nombre de départ par la lettre x. • Pense aussi à développer et simplifier les expressions obtenues à chaque ligne dès que possible.
▶ **3. a) Déterminer la représentation graphique d'une fonction affine**	Pour associer chaque fonction à sa représentation graphique, détermine l'ordonnée à l'origine d'une des deux fonctions à partir de son expression algébrique. Puis compare-la à l'ordonnée à l'origine de chaque droite.
b) Lire graphiquement les coordonnées d'un point	Rappelle-toi que si la droite $\mathcal{D}$ est la représentation graphique de la fonction affine f, alors tous les points de $\mathcal{D}$ ont des coordonnées de la forme $(x\ ;\ f(x))$.
▶ **4. Résoudre une équation du premier degré à une inconnue**	Appelle x le nombre recherché, et rappelle-toi que si les programmes A et B donnent le même résultat avec ce nombre, cela signifie que les deux expressions littérales sont égales.

69 CORRIGÉ GUIDÉ

EXERCICE 1

▶ **1.** Pour calculer l'étendue des prix de ces paires de lunettes, on fait la différence de la plus grande valeur et de la plus petite valeur de la ligne 3 du tableur :
Étendue des prix de ces paires de lunettes = 160 – 75 = 85 euros.

▶ **2. a)** Pour remplir la case G2, il faut additionner les valeurs des cellules de B2 jusqu'à F2.
Voici deux formules possibles :

= SOMME(B2:F2) ou = B2 + C2 + D2 + E2 + F2

b) $1\,200 + 950 + 875 + 250 + 300 = 3\,575$

3 575 paires de lunettes de soleil ont été vendues en 2022.

▶ **3. a)** $1\,200 \times 75 + 950 \times 100 + 875 \times 110 + 250 \times 140 + 300 \times 160 = 364\,250$

Le montant total des ventes des paires de lunettes de soleil en 2022 est de 364 250 euros.

> **INFO +**
> Pour calculer le montant des ventes d'un modèle de lunettes, il faut multiplier le nombre de modèles vendus par le prix à l'unité.

b) $$\text{prix moyen} = \frac{\text{montant total des ventes de lunettes de soleil en 2022}}{\text{nombre total de lunettes de soleil vendues en 2022}}$$
$$= \frac{364\,250}{3\,575} \approx 101{,}888$$

On en déduit que le prix moyen (arrondi au centime) d'une paire de lunettes de soleil vendue en 2022 est d'environ 101,89 euros.

EXERCICE 2

▶ **1.** Aire(BCDE) $= L \times l = \text{BE} \times \text{BC} = 7\text{ cm} \times 4{,}2\text{ cm} = 29{,}7\text{ cm}^2$.

▶ **2. a)** ABE est un triangle rectangle en A tel que AB = 4,2 cm et BE = 7 cm.
Vu que deux longueurs des côtés de ce triangle rectangle sont connues, on peut donc utiliser le théorème de Pythagore pour calculer la longueur du troisième côté :

> **RAPPEL**
> Si un triangle est rectangle, alors le carré de l'hypoténuse est égal à la somme des carrés des deux autres côtés du triangle.

$BE^2 = AB^2 + AE^2$

$7^2 = 4{,}2^2 + AE^2$

$49 = 17{,}64 + AE^2$

$AE^2 = 49 - 17{,}64 = 31{,}36$

On en déduit que $AE = \sqrt{31{,}36}$ cm = 5,6 cm.

b) $\text{Aire(ABE)} = \dfrac{AB \times AE}{2} = \dfrac{4{,}2 \text{ cm} \times 5{,}6 \text{ cm}}{2} = 11{,}76 \text{ cm}^2$.

▶ **3. a)** D'après le codage de la figure, les droites (ED) et (AH) sont toutes les deux perpendiculaires à (CF), donc les droites (ED) et (AH) sont parallèles.

b) Dans les triangles AHF et EDF, on a les informations suivantes :

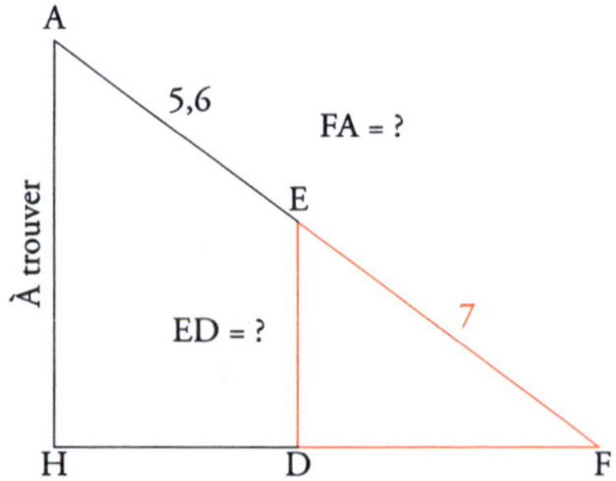

- les points A, E et F sont alignés, tout comme les points H, D et F ;
- les droites (ED) et (HA) sont parallèles.

On peut donc utiliser le théorème de Thalès :

$\dfrac{EF}{FA} = \dfrac{ED}{AH} = \dfrac{DF}{FH}$, soit $\dfrac{7 \text{ cm}}{FA} = \dfrac{ED}{AH} = \dfrac{DF}{FH}$.

Il est possible de calculer AH si on connaît la valeur des longueurs FA et ED.

- Valeur de ED : BEDC est un rectangle donc ses côtés opposés sont de même longueur. On en déduit que ED = BC = 4,2 cm.
- Valeur de AF : E appartient à [AF] donc AF = AE + EF, soit AF = 5,6 cm + 7 cm = 12,6 cm.
- Calcul de AH : grâce aux égalités du théorème de Thalès, on a :

$\dfrac{7 \text{ cm}}{12{,}6 \text{ cm}} = \dfrac{4{,}2 \text{ cm}}{AH}$.

On en déduit que $AH = \dfrac{4{,}2 \text{ cm} \times 12{,}6 \text{ cm}}{7 \text{ cm}} = 7{,}56$ cm.

EXERCICE 3

Pour chacune des questions suivantes, une explication est donnée même si cela n'était pas demandé dans l'énoncé.

▶ **1.** La bonne réponse est la réponse B.

On sait que 60 % des 25 élèves de cette classe sont des filles.

Pour calculer le nombre de filles, il suffit de calculer
$\frac{60}{100} \times 25 = 0{,}6 \times 25 = 15.$

▶ **2.** La bonne réponse est la réponse C.

• Dans le produit $2 \times 9 \times 7$ le nombre 9 n'est pas premier, donc la **réponse A est fausse.**

• L'expression $2^2 \times 5^2 + 2 \times 13$ est bien égale à 126 mais c'est une somme de deux produits et pas seulement un produit. Donc la **réponse B est fausse.**

INFO +
Vu qu'aucune justification n'était attendue, l'utilisation de la calculatrice (fonction Décomp) pour décomposer 126 en produit de facteurs premiers était possible et le résultat immédiat.

▶ **3.** La bonne réponse est la réponse A.

$17 + 23 + 20 = 60$

Il y a donc 60 jetons au total dans ce sac.

$$p(\text{obtenir un jeton rouge ou un jeton jaune}) = \frac{17+23}{60} = \frac{40}{60} = \frac{2 \times 20}{3 \times 20} = \frac{2}{3}.$$

▶ **4.** La bonne réponse est la réponse B.

L'octogone ABCDEFGH est régulier, donc $\widehat{AOB} = \widehat{BOC} = \ldots = \widehat{HOA}$.

La valeur de chaque angle est donc égale à $360° \div 8 = 45°$.

La rotation de centre O qui envoie A sur D est la rotation de centre O, d'angle $3 \times 45° = 135°$ dans le sens anti-horaire.

On en déduit que l'image par cette rotation du point D est G et l'image du point C est F.

L'image de [DC] par cette rotation est donc [GF].

▶ **5.** La bonne réponse est la réponse B.

Volume du pavé droit $= 2\text{ m} \times 1{,}3\text{ m} \times 1{,}5\text{ m} = 3{,}9\text{ m}^3$

Donc la **réponse A est fausse.**

Comme $1\text{ m}^3 = 1\,000\text{ L}$, alors $3{,}9\text{ m}^3 = 3{,}9 \times 1\,000\text{ L} = 3\,900\text{ L}$.

EXERCICE 4

▶ **1. a)** La hauteur d'une marche est de 17 cm et la hauteur de l'escalier est de 272 cm.

Toutes les marches ont la même hauteur, donc le nombre de marches est égale à : $272 \div 17 = 16$.

Il faut bien prévoir 16 marches pour construire cet escalier.

b) La profondeur d'une marche est de 27 cm et il y a 16 marches identiques.

La longueur AB est égale à la somme des profondeurs des 16 marches : $16 \times 27 = 432$.

La longueur AB est égale à 432 cm.

▶ **2. a)** Le triangle ABC est rectangle en B.

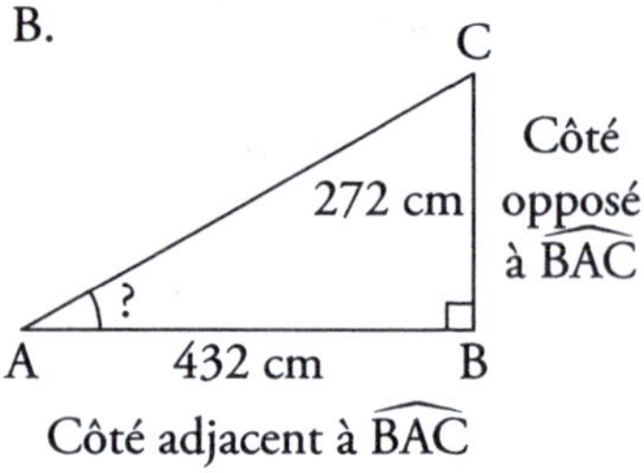

On connaît la longueur du côté adjacent et celle du côté opposé à l'angle $\widehat{BAC}$.

On peut donc utiliser la formule de la tangente pour calculer la mesure de $\widehat{BAC}$.

$\tan(\widehat{BAC}) = \dfrac{BC}{AB} = \dfrac{272}{432}$

donc $\widehat{BAC} \approx 32{,}1°$.

La mesure de l'angle $\widehat{BAC}$ arrondie au degré est de 32°.

b) Vu que la mesure de $\widehat{BAC}$ est comprise entre 25° et 40°, l'escalier permet une montée agréable.

▶ **3.** Pour répondre à cette question, on doit comprendre à quoi correspond chaque ligne du programme Scratch pour le tracé de cet escalier.

- La ligne 5 correspond au nombre total de marches de l'escalier c'est-à-dire 16 marches.

Ligne 5 : 

- La ligne 6 représente l'angle entre la droite (AB) et une contremarche, c'est-à-dire 90°.

Ligne 6 : 

• La ligne 7 permet de dessiner la hauteur d'une marche, c'est-à-dire un segment de 17 cm.

Ligne 7 : avancer de 17 pas

• La ligne 9 permet de dessiner la profondeur d'une marche, c'est-à-dire un segment de 27 cm.

Ligne 9 : avancer de 27 pas

EXERCICE 5

▶ **1. a)** Si on choisit –3 au départ, le résultat obtenu est bien 11.

Programme A	
Choisir un nombre.	-3
Multiplier ce nombre par –2.	$-3 \times (-2) = 6$
Ajouter 5 au résultat.	$6 + 5 = 11$

b) Si on choisit 5,5 comme nombre de départ, le résultat du programme B est 12,5.

Programme B	
Choisir un nombre.	$5{,}5$
Soustraire 5 à ce nombre.	$5{,}5 - 5 = 0{,}5$
Multiplier le résultat par 3.	$0{,}5 \times 3 = 1{,}5$
Ajouter 11 au résultat.	$1{,}5 + 11 = 12{,}5$

▶ **2.** Appliquons le programme B au nombre de départ x et développons et/ou simplifions dès que possible les expressions littérales obtenues :

Programme B	
Choisir un nombre.	x
Soustraire 5 à ce nombre.	$x - 5$
Multiplier le résultat par 3.	$(x - 5) \times 3 = 3x - 15$
Ajouter 11 au résultat.	$3x - 15 + 11 = 3x - 4$

Si on choisit x comme nombre de départ, on obtient bien $3x - 4$ avec le programme B.

▶ **3. a)** On peut étudier une des deux fonctions, par exemple la fonction f.

D'après l'énoncé, $f(x) = -2x + 5$. La fonction f est donc une fonction affine de coefficient directeur –2 et dont l'ordonnée à l'origine vaut +5.

Comme l'ordonnée à l'origine est la valeur de l'ordonnée du point d'intersection entre la représentation graphique de la fonction affine et l'axe des ordonnées, on en déduit graphiquement que $\mathscr{D}_2$ est la représentation graphique de la fonction f, et donc que $\mathscr{D}_1$ est la représentation graphique de la fonction g.

REMARQUE

On peut aussi remplir un tableau de valeurs pour la fonction *f* par exemple (les valeurs choisies pour *x* sont arbitraires).

x	1	3
$f(x) = -2x + 5$	$f(1) = 3$	$f(3) = -1$

On obtient deux points de coordonnées (1 ; 3) et (3 ; –1). Il n'y a plus qu'à repérer sur quelle droite sont situés ces deux points pour répondre à la question.

b) Le nombre dont l'image est la même par la fonction f et la fonction g (c'est-à-dire lorsque $f(x) = g(x)$) est l'abscisse du point d'intersection des droites $\mathscr{D}_1$ et $\mathscr{D}_2$.

Graphiquement, on trouve environ 1,8.

▶ **4.** Pour calculer la valeur du nombre de départ (que nous noterons x) pour lequel les programmes A et B donnent le même résultat, il faut résoudre l'équation $f(x) = g(x)$.

$-2x + 5 = 3x - 4$

$-5x + 5 = -4$

$-5x = -9$

$x = \dfrac{-9}{-5} = 1{,}8$

Si le nombre de départ vaut 1,8, alors les programmes A et B donnent le même résultat.

Sujet du brevet d'Amérique du Nord 2023

2 heures
100 points

EXERCICE 1 • CINQ QUESTIONS VARIÉES — 20 POINTS

Les 5 questions sont indépendantes.

▶ **1.** Décomposer en produit de facteurs premiers le nombre 780.
Aucune justification n'est attendue.

▶ **2.** On rappelle qu'un jeu de 32 cartes est composé de quatre familles (trèfle, carreau, cœur, pique).
Chaque famille est composée de huit cartes : 7, 8, 9, 10, valet, dame, roi et as.
L'expérience aléatoire consiste à tirer une carte au hasard dans ce jeu de 32 cartes.

a) Quelle est la probabilité d'obtenir le 8 de pique ?
Aucune justification n'est attendue.
b) Quelle est la probabilité d'obtenir un roi ou un cœur ?
Aucune justification n'est attendue.

▶ **3.** Développer et réduire l'expression A.
$A = (2x + 5)(3x - 4)$

▶ **4. a)** Quel est le volume, en cm^3, du prisme droit ci-dessous ?
b) Convertir ce résultat en litres.
Rappel : $1 \text{ L} = 1 \text{ dm}^3$.

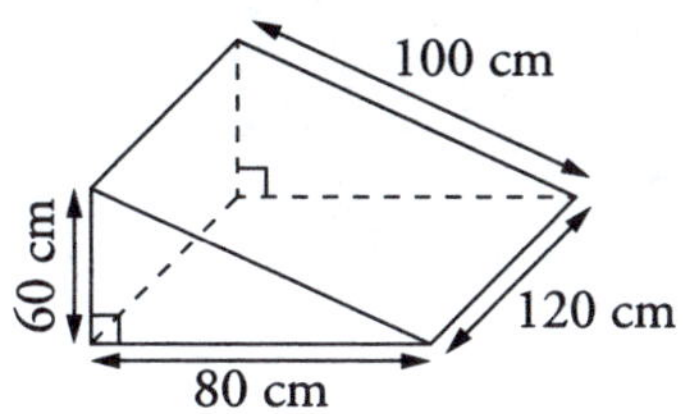

SPRINT FINAL

▶ **5.** Le polygone 2 est un agrandissement du polygone 1.
Le coefficient de cet agrandissement est 3.
L'aire du polygone 1 est égale à 11 cm^2.
Quelle est l'aire du polygone 2 ?

Représentation de la situation qui n'est pas à l'échelle :

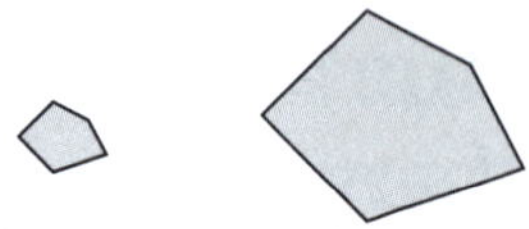

Polygone 1 Polygone 2

EXERCICE 2 • DES TRIANGLES EMBOÎTÉS 22 POINTS

On considère la figure ci-contre.
On donne les mesures suivantes :
- AN = 13 cm
- LN = 5 cm
- AL = 12 cm
- ON = 3 cm
- O appartient au segment [LN]
- H appartient au segment [NA]

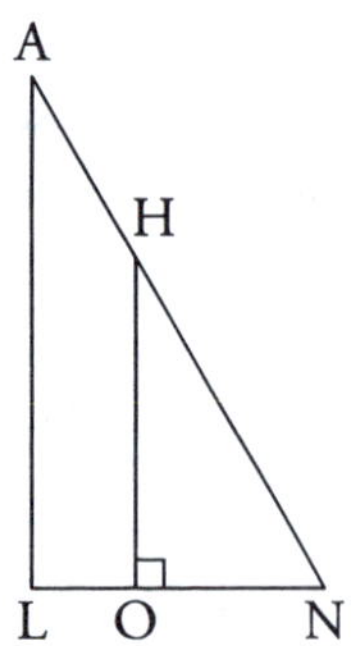

Cette figure n'est pas à l'échelle.

▶ **1.** Montrer que le triangle LNA est rectangle en L.

▶ **2.** Montrer que la longueur OH est égale à 7,2 cm.

▶ **3.** Calculer la mesure de l'angle $\widehat{LNA}$. Donner une valeur approchée à l'unité près.

▶ **4.** Pourquoi les triangles LNA et ONH sont-ils semblables ?

▶ **5. a)** Quelle est l'aire du quadrilatère LOHA ?
b) Quelle proportion de l'aire du triangle LNA représente l'aire du quadrilatère LOHA ?

EXERCICE 3 • FRÉQUENTATION D'UN SITE TOURISTIQUE 20 POINTS

Les deux parties sont indépendantes.

Partie A • Évolution du nombre de visiteurs sur un site touristique

▶ **1.** Le diagramme ci-dessous représente le nombre de visiteurs par an de 2010 à 2021 sur ce site.

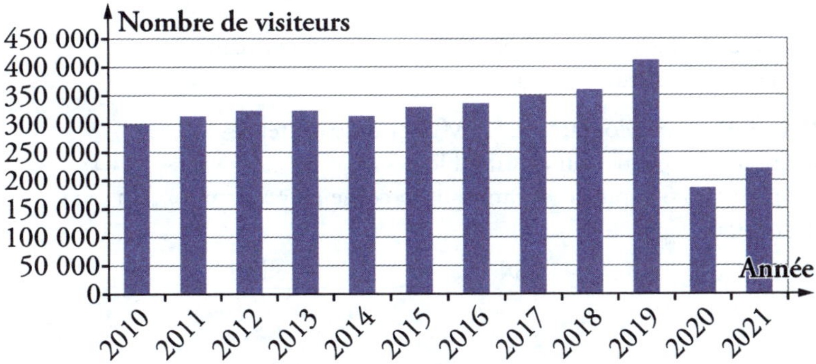

a) Quel a été le nombre de visiteurs en 2010 ?
Aucune justification n'est attendue.
b) En quelle année le nombre de visiteurs a-t-il été le plus élevé ?
Aucune justification n'est attendue.

▶ **2.** Le tableau ci-dessous indique le nombre de visiteurs sur le site touristique de cette ville en 2020 et en 2021 :

Année	2020	2021
Nombre de visiteurs	187 216	219 042

Le maire de cette ville avait pour objectif que le nombre de visiteurs progresse d'au moins 15 % entre 2020 et 2021.
L'objectif a-t-il été atteint ?

Partie B • Étude des prix des hôtels de cette ville

Sur une période donnée, on relève les prix facturés pour une nuit par les hôtels de cette ville.

Prix facturés pour une nuit (en euros)	60	80	85	90	110	120	350	500
Effectif	1 200	1 350	1 000	1 100	1 200	1 300	900	300

▶ **3.** Déterminer l'étendue des prix facturés.

▶ **4.** Quelle est la moyenne des prix facturés pour une nuit ? Arrondir à l'euro près.

▶ **5.** L'association des hôteliers de cette ville cherche à attirer des touristes et annonce : « Dans les hôtels de notre ville, au moins la moitié des nuits est facturée à moins de 100 €. » Est-ce vrai ?

EXERCICE 4 • DESSINE-MOI UNE FLEUR — 20 POINTS

À l'aide d'un logiciel de programmation, on veut réaliser le motif « Fleur » ci-contre.

▶ **1. a)** Le parallélogramme KLMN ci-dessous représente un des pétales du motif « Fleur ».
Construire ce parallélogramme sur la copie en prenant 1 cm pour 5 pas.

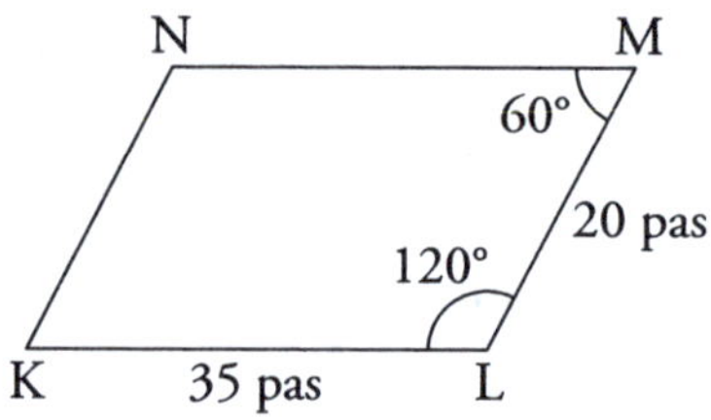

b) On définit le bloc « Pétale » ci-contre afin de dessiner ce parallélogramme.
On commence la construction du parallélogramme au point K en s'orientant vers la droite.
Par quelles valeurs doit-on compléter les lignes 4, 5, 6, et 7 du bloc « Pétale » ci-contre ?

Aucune justification n'est attendue. Écrire sur la copie le numéro de la ligne et la valeur correspondante.

Bloc « Pétale »

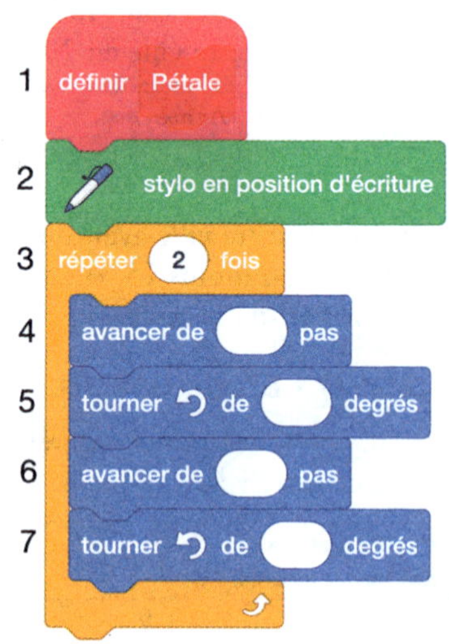

▶ **2.** Le bloc ci-dessous permet de construire un motif « Fleur » en partant de son centre.

Bloc « Fleur »

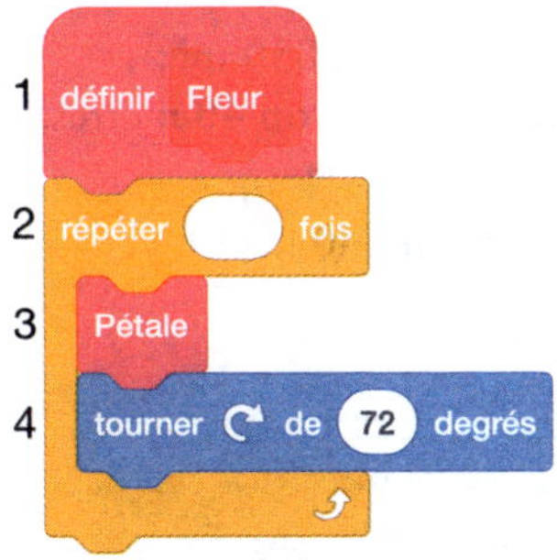

Motif « Fleur »

a) Par quelle valeur doit-on compléter la ligne 2 du bloc « Fleur » ci-dessus ?

Aucune justification n'est attendue.

b) Expliquer le choix de la valeur « 72 » dans la ligne 4.

c) On modifie le bloc « Fleur » pour construire le motif suivant :

Quelles sont alors les modifications à apporter aux lignes 2 et 4 du bloc « Fleur » ?

Aucune justification n'est attendue.

EXERCICE 5 • COURSE DE VITESSE 18 POINTS

Un hippodrome est un lieu où se déroulent des courses de chevaux.
On s'intéresse à la piste d'un hippodrome.
Cette piste est composée de :
- deux lignes droites modélisées par des segments de 850 mètres ;
- deux virages modélisés par deux demi-cercles de rayon 40 mètres.

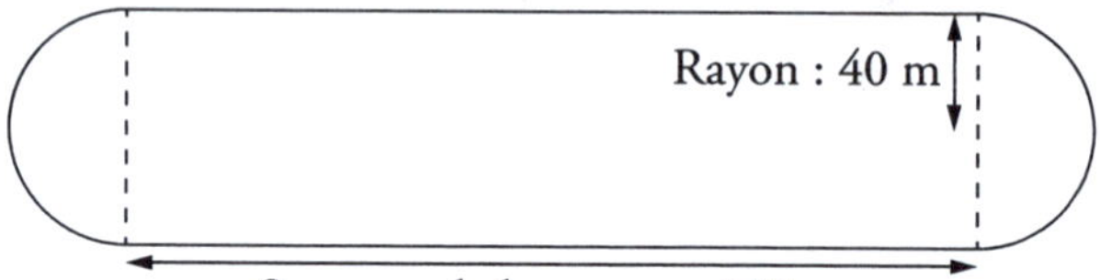

Schéma de la piste de cet hippodrome

▶ **1.** Montrer que la longueur d'un tour de piste est d'environ 1 951 m.

▶ **2.** Un cheval parcourt un tour de piste en 2 min 9 s.
a) Calculer la vitesse moyenne de ce cheval sur un tour de piste en mètres par seconde (m/s). Donner une valeur approchée à l'unité près.
b) Convertir cette vitesse en kilomètres par heure (km/h).

▶ **3.** On admet que la surface de la piste a une aire d'environ 73 027 m^2.
On souhaite semer du gazon sur la totalité de la surface de la piste.
On doit choisir des sacs de gazon à semer parmi les trois marques ci-dessous :

	Surface couverte par sac	Prix d'un sac
Marque A	500 m^2	141,95 €
Marque B	400 m^2	87,90 €
Marque C	300 m^2	66,50 €

Quelle marque doit-on choisir pour que cela coûte le moins cher possible ?

LES CLÉS DU SUJET

Exercice 1

L'intérêt du sujet

Cet exercice passe en revue de nombreuses leçons fondamentales du socle commun en collège.

Nos coups de pouce, question par question

▶ 1. Décomposer un nombre en produit de facteurs premiers	Regarde si ton nombre est divisible par les nombres premiers successifs : 2 ; 3 ; 5 ; 7…
▶ 2. Calculer une probabilité	Compte le nombre de cas favorables à chaque situation.
▶ 3. Utiliser la distributivité	Utilise la formule de distributivité double.
▶ 4. Calculer et convertir le volume d'un prisme	• Utilise la formule $V_{\text{prisme droit}}$ = aire base × hauteur. • Convertis le volume en dm^3 et utilise le rappel.
▶ 5. Calculer une aire lors d'un agrandissement	Par combien les aires sont-elles multipliées lors d'un agrandissement ?

Exercice 2

L'intérêt du sujet

Révise les théorèmes fondamentaux de géométrie de collège avec cet exercice.

Nos coups de pouce, question par question

▶ 1. Utiliser la réciproque du théorème de Pythagore	Regarde si l'égalité de Pythagore est vérifiée.
▶ 2. Appliquer le théorème de Thalès	Que peux-tu dire des droites (LA) et (OH) ?

SPRINT FINAL

▶ **3. Calculer un angle**	Utilise le cosinus, le sinus ou la tangente de l'angle $\widehat{ANL}$.
▶ **4. Reconnaître des triangles semblables**	Trouve une propriété sur les angles.
▶ **5. a) Calculer une aire**	Calcule l'aire demandée par soustraction de deux aires facilement calculables.

Exercice 3

L'intérêt du sujet

Cet exercice permet de réviser les principaux indicateurs d'étude de séries statistiques

Nos coups de pouce, question par question

▶ **2. Déterminer un pourcentage**	Regarde la hausse du nombre de visiteurs entre les deux années.
▶ **3. Calculer une étendue**	Soustrais la plus petite valeur à la plus grande.
▶ **5. Calculer une médiane**	Calcule les effectifs cumulés croissants pour trouver la médiane.

Exercice 4

L'intérêt du sujet

Trace des figures complexes avec le logiciel Scratch.

Nos coups de pouce, question par question

▶ **1. a) Reproduire une figure**	Un parallélogramme a ses côtés opposés de même longueur et parallèles.
b) Compléter un programme Scratch	Attention aux valeurs des angles de rotation : ils dépendent de l'orientation au moment de tourner !
▶ **2. Comprendre un tracé**	Observe le nombre de pétales tracés et calcule l'angle de rotation entre chacun.

Exercice 5

L'intérêt du sujet

Cet exercice permet, sur une situation géométrique, de réinvestir des notions de périmètres et de vitesses.

Nos coups de pouce, question par question

▶ **1. Calculer un périmètre**	Remarque que les deux parties semi-circulaires forment ensemble un cercle de rayon 40 m.
▶ **2. a) Calculer une vitesse**	Convertis la durée citée en secondes.
b) Convertir une vitesse	Convertis les distances puis pense qu'il y a 3 600 s dans une heure.
▶ **3. Comparer des situations**	Dans chaque cas, calcule le nombre de sacs nécessaires, puis le prix à payer.

70 CORRIGÉ **GUIDÉ**

EXERCICE 1

▶ **1.**

780	2
390	2
195	3
65	5
13	13
1	

Donc $780 = 2^2 \times 3 \times 5 \times 13$.

▶ **2. a)** p(« 8 de pique ») $= \dfrac{1}{32}$ car il n'y a qu'un 8 de pique parmi les 32 cartes du jeu.

b) p(« un roi ou un cœur ») $= \dfrac{11}{32}$ car il y a 8 cœurs et 3 rois qui ne sont pas des cœurs.

▶ **3.** En utilisant la formule de distributivité double, on obtient :
$A = (2x + 5)(3x - 4) = 6x^2 - 8x + 15x - 20 = 6x^2 + 7x - 20$.

▶ **4. a)** $V_{\text{prisme droit}} = \text{aire base} \times \text{hauteur}$
$= \dfrac{60 \times 80}{2} \times 120$
$= 288\ 000\ \text{cm}^3$.

RAPPEL
1 L = 1 dm^3.

b) $288\ 000\ \text{cm}^3 = 288\ \text{dm}^3 = 288\ \text{L}$.

▶ **5.** On note k le coefficient d'agrandissement.
On a alors : $\text{Aire}_{\text{polygone 2}} = k^2 \times \text{Aire}_{\text{polygone 1}}$.
$\text{Aire}_{\text{polygone 2}} = 3^2 \times 11 = 99\ \text{cm}^2$.

EXERCICE 2

▶ **1.** [AN] est le plus grand côté du triangle LNA.
D'une part $AN^2 = 13^2 = 169$.
D'autre part $AL^2 + LN^2 = 12^2 + 5^2 = 144 + 25 = 169$.
Donc $AN^2 = AL^2 + LN^2$.
D'après la réciproque du théorème de Pythagore, LNA est rectangle en L.

▶ **2.** Les droites (LO) et (AH) sont sécantes en N.
Les droites (HO) et (AL) sont parallèles car si deux droites sont perpendiculaires à une même droite alors elles sont parallèles.
Donc d'après le théorème de Thalès, on a :
$\dfrac{NH}{NA} = \dfrac{NO}{NL} = \dfrac{HO}{AL}$, soit $\dfrac{NH}{13} = \dfrac{3}{5} = \dfrac{HO}{12}$.
Donc d'après le produit en croix, on a $HO = \dfrac{3 \times 12}{5} = 7{,}2\ \text{cm}$.

▶ **3.** Le triangle LNA est rectangle en L.
$\text{Cos}(\widehat{ANL}) = \dfrac{\text{côté adjacent à } \widehat{N}}{\text{hypoténuse}} = \dfrac{NL}{NA} = \dfrac{5}{13}$
Donc $\widehat{ANL} = \arccos\left(\dfrac{5}{13}\right) \approx 67°$.

▶ **4.** Les triangles NHO et LNA sont semblables car ils ont deux angles égaux :
$\widehat{ALN} = \widehat{HON} = 90°$ et $\widehat{ANL} = \widehat{HON}$.

▶ **5. a)** $\text{Aire}_{LOHA} = \text{Aire}_{ALN} - \text{Aire}_{HON}$

$$= \frac{12\times5}{2} - \frac{7{,}2\times3}{2}$$

$$= 30 - 10{,}8$$

$$= 19{,}2 \text{ cm}^2.$$

AUTRE MÉTHODE
Utilise la formule donnant l'aire d'un trapèze.

b) $\dfrac{\text{Aire LOHA}}{\text{Aire LNA}} = \dfrac{19{,}2}{30} = 64\ \%$

L'aire de LOHA représente 64 % de l'aire de LNA.

EXERCICE 3

Partie A

▶ **1. a)** En 2010, il y a eu 300 000 visiteurs.

b) C'est en 2019 qu'il y a eu le plus de visiteurs.

▶ **2.** Le pourcentage de hausse du nombre de visiteurs entre 2020 et 2021 est :

$$\frac{\text{nombre de visiteurs en plus entre 2020 et 2021}}{\text{nombre de visiteurs en 2020}} \times 100.$$

Il vaut : $\dfrac{(219\ 042 - 187\ 216)}{187\ 216} \times 100 = 17.$

Puisque 17 % > 15 %, l'objectif est atteint.

Partie B

▶ **3.** Étendue = plus grande valeur – plus petite valeur
= 500 – 60 = 440.

▶ **4.** On calcule la moyenne pondérée des prix :

$$\frac{60\times1200+80\times1350+85\times1000+90\times1100+110\times1200+120\times1300+350\times900+500\times300}{1200+1350+1000+1100+1200+1300+900+300} \approx 134\ €.$$

▶ **5.** Il s'agit de calculer la médiane de cette série. Pour cela, calculons les effectifs cumulés croissants.

Prix facturés pour une nuit (en euros)	60	80	85	90	110	120	350	500
Effectif	1 200	1 350	1 000	1 100	1 200	1 300	900	300
Effectifs cumulés croissants	1 200	2 550	3 550	4 650	5 850	7 150	8 050	8 350

SPRINT FINAL

$$\frac{8\,350}{2} = 4\,175$$

On cherche alors à quelle catégorie de prix appartient la 4 175e valeur dans l'ordre croissant. Ici, c'est 90 €. Donc la moitié des nuits est facturée à moins de 90 €.

L'assertion est vraie.

EXERCICE 4

▶ **1. a)** 35 pas = 7 cm et 20 pas = 4 cm.

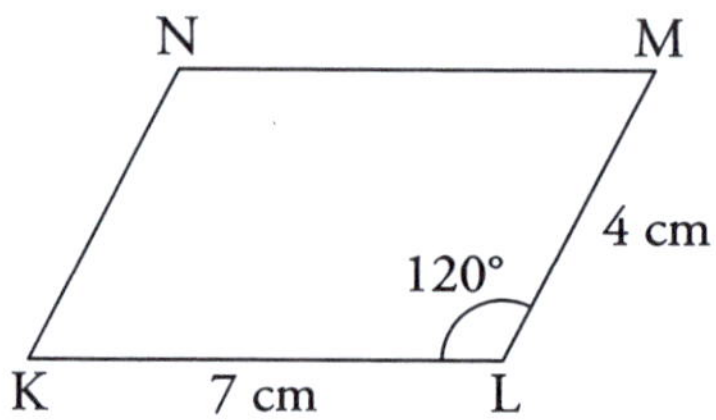

b)

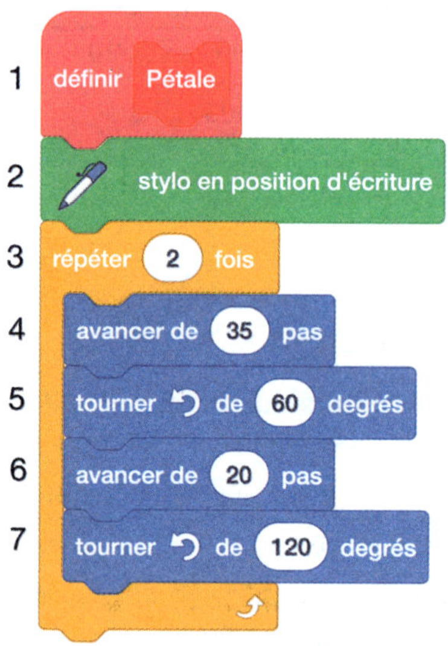

▶ **2. a)** On doit compléter la ligne 2 par la valeur 5 car il y a 5 pétales tracés.

b) Un tour complet correspond à un angle de 360°. Donc chaque pétale tourne de $\frac{360°}{5} = 72°$.

c) À la ligne 2, il faut maintenant compléter par 12 car il y a 12 pétales.
À la ligne 4, il faut maintenant compléter par 30 car $\frac{360}{12} = 30$.

EXERCICE 5

> **RAPPEL**
> Périmètre d'un cercle = $\pi \times$ diamètre.

▶ **1.** Un tour de piste est composé de deux segments de 850 m chacun et d'une partie circulaire de rayon 40 m donc de diamètre 80 m.
Longueur d'un tour de piste $= 2 \times 850 + \pi \times 80 \approx$ 1 951 m.

▶ **2. a)** Un cheval parcourt 1 tour de piste en 2 min 9 s, soit 129 s.
Vitesse moyenne du cheval (en m/s) $= \frac{\text{distance (en m)}}{\text{temps (en s)}} = \frac{1\,951}{129} \approx$ 15 m/s.

b)

$$\begin{array}{c} 15 \text{ m} \rightarrow 1 \text{s} \\ \times 3\,600 \left(\begin{array}{c} 0{,}015 \text{ km} \rightarrow 1 \text{ s} \\ 54 \text{ km} \rightarrow 1 \text{ h} \end{array} \right) \times 3\,600 \end{array}$$

Le cheval a donc une vitesse de 54 km/h.

▶ **3.** Avec la marque A :
$\frac{73\,027}{500} \approx 146{,}1$, il faut donc acheter 147 sacs ; cela coûterait
$147 \times 141{,}95 = 20\,866{,}65$ €.
Avec la marque B :
$\frac{73\,027}{400} \approx 182{,}6$, il faut donc acheter 183 sacs ; cela coûterait
$183 \times 87{,}90 = 16\,085{,}70$ €.
Avec la marque C :
$\frac{73\,027}{300} \approx 243{,}4$, il faut donc acheter 244 sacs ; cela coûterait
$244 \times 66{,}5 = 16\,226$ €.
Il vaut donc mieux choisir la marque B.

Sujet du brevet de France métropolitaine 2022

2 heures
100 points

EXERCICE 1 • LA RIVIÈRE — 20 POINTS

Une famille se promène au bord d'une rivière.
Les enfants aimeraient connaître la largeur de la rivière.
Ils prennent des repères, comptent leurs pas et dessinent le schéma ci-dessous sur lequel les points C, E et D, de même que A, E et B sont alignés. (Le schéma n'est pas à l'échelle.)

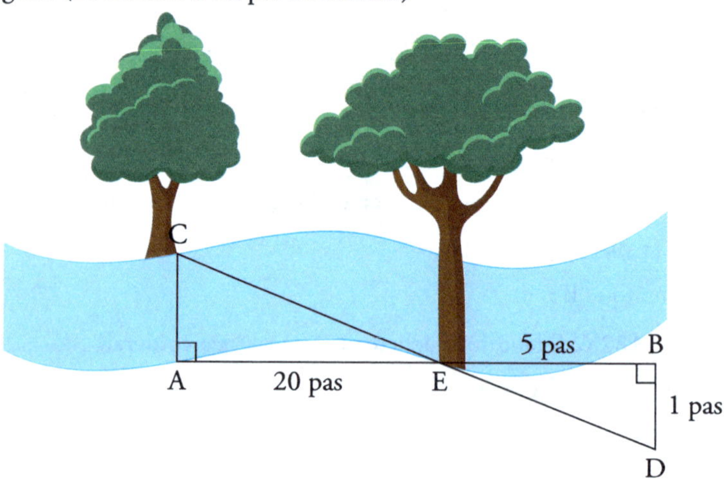

AE = 20 pas ; BE = 5 pas ; BD = 1 pas.

▶ **1.** Démontrer que les droites (AC) et (BD) sont parallèles.

▶ **2.** Déterminer, en nombre de pas, la largeur AC de la rivière.

Pour les questions qui suivent, on assimile la longueur d'un pas à 65 cm.

▶ **3.** Montrer que la longueur CE vaut 13,3 m, en arrondissant au décimètre près.

▶ **4.** L'un des enfants lâche un bâton dans la rivière au niveau du point E. Avec le courant, le bâton se déplace en ligne droite en 5 secondes jusqu'au point C.

a) Calculer la vitesse du bâton en m/s.

b) Est-il vrai que « le bâton se déplace à une vitesse moyenne inférieure à 10 km/h » ?

EXERCICE 2 • QCM GÉOMÉTRIE, ANALYSE ET STATISTIQUES — 20 POINTS

Cet exercice est un questionnaire à choix multiples (QCM). Aucune justification n'est demandée. Pour chaque question, trois réponses (A, B et C) sont proposées. ***Une seule réponse est exacte.***

Question	Réponse A	Réponse B	Réponse C
▶ **1.** On considère les deux figures suivantes. Par quelle transformation la figure 2 est-elle l'image de la figure 1 ? 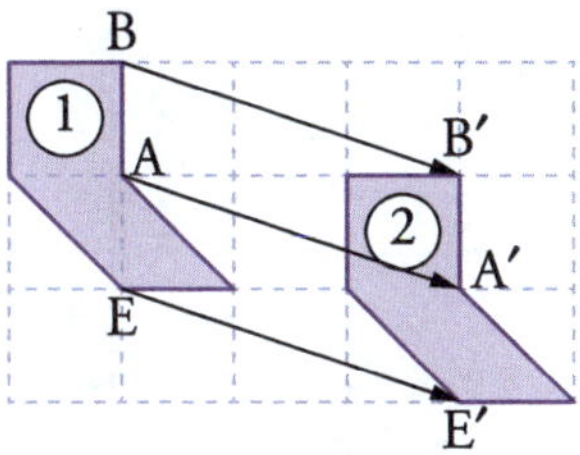 	Une translation	Une homothétie	Une symétrie axiale
▶ **2.** On considère la représentation graphique de la fonction g suivante : 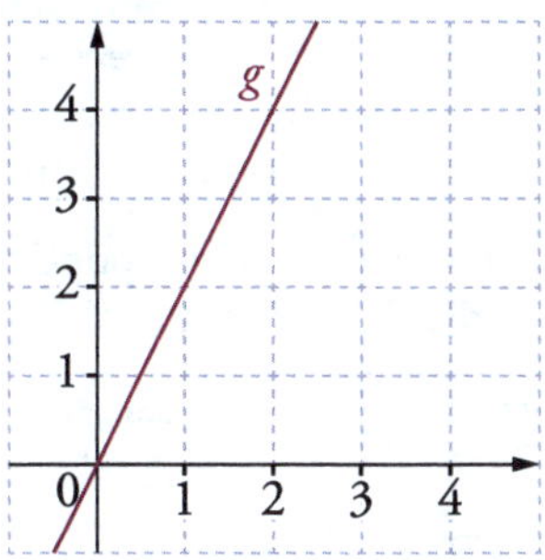 Quel est l'antécédent de 2 par la fonction g ?	2	1	4

Question	Réponse A	Réponse B	Réponse C
▶ **3.** Soit f la fonction définie par : $f : x \mapsto 3x^2 - 7$ Quelle affirmation est correcte ?	29 est l'image de 2 par la fonction f.	$f(3) = 20$	f est une fonction affine.
▶ **4.** On a relevé les performances, en mètres, obtenues au lancer du poids par un groupe de 13 élèves d'une classe. 3,41 m ; 5,25 m ; 5,42 m ; 4,3 m ; 6,11 m ; 4,28 m ; 5,15 m ; 3,7 m ; 6,07 m ; 5,82 m ; 4,62 m ; 4,91 m ; 4,01 m Quelle est la médiane de cette série de valeurs ?	7	4,91	5,15
▶ **5.** On considère la configuration suivante, dans laquelle les triangles LAC et BUT sont semblables. 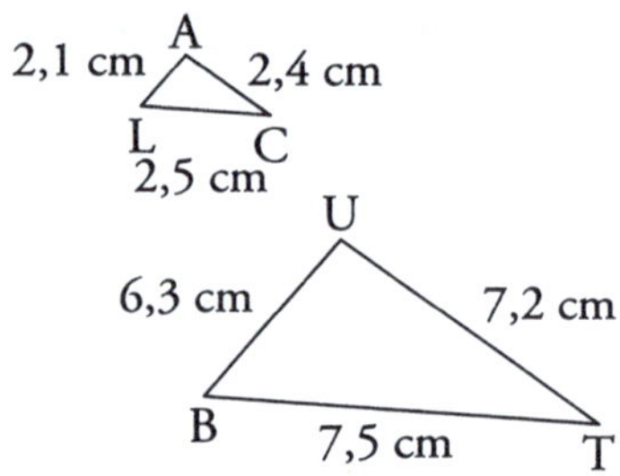 Par quel nombre doit-on multiplier l'aire du triangle LAC pour obtenir l'aire du triangle BUT ?	3	6	9

EXERCICE 3 • LES CARTES DE JEU — 20 POINTS

Une collectionneuse compte ses cartes Pokémon afin de les revendre. Elle possède 252 cartes de type « feu » et 156 cartes de type « terre ».

▶ **1. a)** Parmi les trois propositions suivantes, laquelle correspond à la décomposition en produit de facteurs premiers du nombre 252 ?

Proposition 1	Proposition 2	Proposition 3
$2^2 \times 9 \times 7$	$2 \times 2 \times 3 \times 21$	$2^2 \times 3^2 \times 7$

b) Donner la décomposition en produit de facteurs premiers du nombre 156.

▶ **2.** Elle veut réaliser des paquets identiques, c'est-à-dire contenant chacun le même nombre de cartes « terre » et le même nombre de cartes « feu » en utilisant toutes ses cartes.

a) Peut-elle faire 36 paquets ?
b) Quel est le nombre maximum de paquets qu'elle peut réaliser ?
c) Combien de cartes de chaque type contient alors chaque paquet ?

▶ **3.** Elle choisit une carte au hasard parmi toutes ses cartes. On suppose les cartes indiscernables au toucher.
Calculer la probabilité que ce soit une carte de type « terre ».

EXERCICE 4 • AIRE ET ALGORITHMIQUE — 20 POINTS

Dans cet exercice, x est un nombre strictement supérieur à 3.
On s'intéresse aux deux figures géométriques dessinées ci-dessous :
- un rectangle dont les côtés ont pour longueurs $x - 3$ et $x + 7$;
- un carré de côté x.

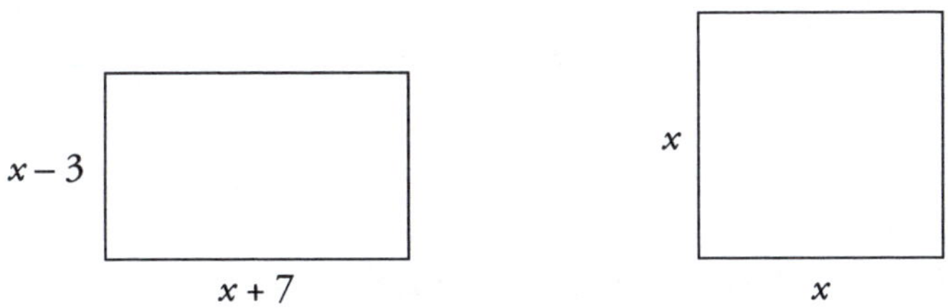

▶ **1.** Quatre propositions sont écrites ci-dessous.
Recopier sur la copie celle qui correspond à l'aire du carré. On ne demande pas de justifier.

$4x$	$4 + x$	x^2	$2x$

▶ **2.** Montrer que l'aire du rectangle est égale à : $x^2 + 4x - 21$.

▶ **3.** On a écrit le script ci-dessous dans Scratch.
On veut que ce programme renvoie l'aire du rectangle lorsque l'utilisateur a rentré une valeur de x (strictement supérieure à 3).
Écrire sur la copie les contenus des trois cases vides des lignes 5, 6 et 7, en précisant les numéros de lignes qui correspondent à vos réponses.

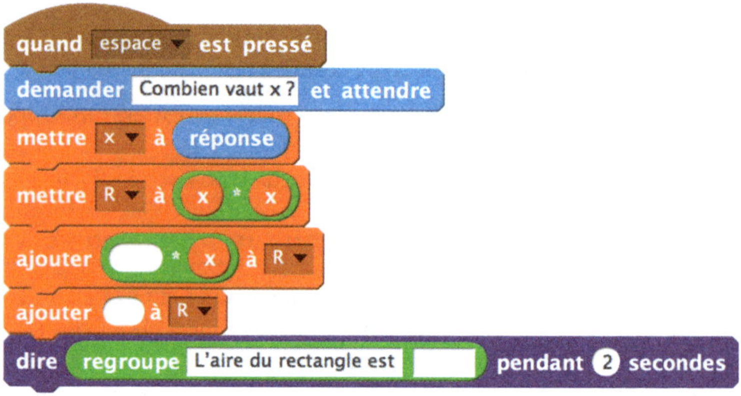

▶ **4.** On a pressé la touche espace puis saisi le nombre 8. Que renvoie le programme ?

▶ **5.** Quel nombre x doit-on choisir pour que l'aire du rectangle soit égale à l'aire du carré ?

Toute trace de recherche, même non aboutie, sera prise en compte.

EXERCICE 5 • LE ROBINET QUI FUIT — 20 POINTS

Dans une habitation, la consommation d'eau peut être anormalement élevée lorsqu'il y a une fuite d'eau.

On considère la situation suivante :

© Bathco

• Une salle de bains est équipée d'une vasque de forme cylindrique, comme l'illustre l'image ci-contre.

• Le robinet fuit à raison d'une goutte par seconde.

• En moyenne, 20 gouttes d'eau correspondent à un millilitre (1 mL).

Caractéristiques de la vasque :
– diamètre intérieur : 40 cm ;
– hauteur intérieure : 15 cm ;
– masse : 25 kg.

Rappels :
volume du cylindre = $\pi \times \text{rayon}^2 \times \text{hauteur}$
$1\ dm^3 = 1$ litre

▶ **1.** En raison de la fuite, montrer qu'il tombe 86 400 gouttes dans la vasque en une journée complète.

▶ **2.** Calculer, en litres, le volume d'eau qui tombe dans la vasque en une semaine en raison de la fuite.

▶ **3.** Montrer que la vasque a un volume de 18,85 litres, arrondi au centilitre près.

▶ **4.** L'évacuation de la vasque est fermée et le logement inoccupé pendant une semaine. L'eau va-t-elle déborder de la vasque ? Justifier la réponse.

▶ **5.** À la fin du XIXe siècle, la consommation domestique d'eau par habitant en France était d'environ 17 litres par jour. Elle a fortement augmenté avec la généralisation de la distribution d'eau par le robinet dans les domiciles : elle est passée à 165 litres par jour et par habitant en 2004.
En 2018, la consommation des Français baisse légèrement pour atteindre 148 litres d'eau par jour et par habitant.
Calculer le pourcentage de diminution de la consommation quotidienne d'eau par habitant entre 2004 et 2018. On arrondira ce pourcentage à l'unité.

LES CLÉS DU SUJET

Exercice 1

L'intérêt du sujet

Cet exercice classique te permet de revoir les théorèmes principaux de géométrie, ainsi que les vitesses.

Nos coups de pouce, question par question

▶ **1. Montrer que des droites sont parallèles**	Comment les droites (AC) et (BD) sont-elles par rapport à la droite (AB) ?
▶ **2. Utiliser le théorème de Thalès**	Trouve les quotients égaux dans les triangles ACE et EBD.

▶ **3. Utiliser le théorème de Pythagore**	Écris la formule de Pythagore dans le triangle ACE.
▶ **4. Calculer et convertir une vitesse moyenne**	**a)** Trouve le nombre de mètres parcourus par le bâton en 1 seconde. **b)** Pour convertir la vitesse en km/h, n'oublie pas qu'il y a 3 600 secondes dans 1 heure.

Exercice 2

L'intérêt du sujet

Ce QCM te permet de réviser rapidement tes connaissances sur les fonctions, les transformations et les statistiques.

Nos coups de pouce, question par question

▶ **1. Reconnaître une transformation**	Quel type de transformation permet un « glissement » de figure ?
▶ **2. Lire une représentation graphique de fonction**	Les antécédents d'un nombre se lisent sur l'axe des abscisses.
▶ **3. Calculer une image par une fonction**	Remplace x par 3 dans l'expression de f. Que se passe-t-il ?
▶ **4. Déterminer une médiane**	Range les valeurs dans l'ordre croissant et trouve la valeur centrale.
▶ **5. Utiliser un coefficient d'agrandissement ou de réduction de figures**	Dans un agrandissement/réduction de rapport k, les aires sont multipliées par k^2.

Exercice 3

L'intérêt du sujet

Cet exercice te permet de revoir pleinement la leçon sur les diviseurs et les nombres premiers.

Nos coups de pouce, question par question

▶ **1. Décomposer un nombre en produit de facteurs premiers**	Divise successivement par 2, puis 3, etc.
▶ **2. Calculer le plus grand diviseur commun**	Trouve les facteurs communs aux deux décompositions.
▶ **3. Calculer une probabilité**	Divise le nombre de cas favorables par le nombre de cas possibles.

Exercice 4

L'intérêt du sujet

Avec cet exercice, tu vas pouvoir revoir une bonne partie des notions de calcul littéral de collège.

Nos coups de pouce, question par question

▶ **2. Faire un calcul littéral**	Utilise la formule de double distributivité.
▶ **3. Comprendre et modifier un algorithme**	Les lignes 5, 6 et 7 permettent d'exprimer pas à pas chaque terme de l'expression $x^2 + 4x - 21$.
▶ **4. Dérouler un algorithme**	Remplace x par 8 et calcule.
▶ **5. Résoudre une équation du 1er degré à 1 inconnue**	Écris une égalité entre les deux expressions littérales donnant les aires du carré et du rectangle.

Exercice 5

L'intérêt du sujet

À travers cet exercice très concret de fuite d'eau, tu vas pouvoir travailler les conversions de volumes, la proportionnalité et les pourcentages.

Nos coups de pouce, question par question

▶ 1. Convertir des durées	Calcule d'abord le nombre de secondes en 1 jour.
▶ 2. Convertir des volumes	N'oublie pas qu'il y a 7 jours dans une semaine et utilise le rappel pour convertir ton volume en litres.
▶ 3. Calculer le volume d'un cylindre	Remplace le rayon par 20 et la hauteur par 15 dans la formule du volume.
▶ 4. Comparer des nombres	Compare les volumes obtenus.
▶ 5. Calculer un pourcentage	Pourcentage de diminution = $\dfrac{\text{variation de la quantité}}{\text{quantité initiale}} \times 100$.

71 CORRIGÉ GUIDÉ

EXERCICE 1

▶ **1.** Les droites (AC) et (BD) sont perpendiculaires à la droite (AB).
Or, si deux droites sont perpendiculaires à une même droite, alors elles sont parallèles.

On en déduit que (AC) et (BD) sont parallèles.

▶ **2.** Les droites (AB) et (CD) sont sécantes en E, les droites (AC) et (BD) sont parallèles.

On peut donc appliquer le théorème de Thalès, et on a :

$$\frac{BE}{AE} = \frac{DE}{CE} = \frac{BD}{AC}, \text{ soit } \frac{5}{20} = \frac{DE}{EC} = \frac{1}{AC}.$$

Donc, par le produit en croix, on a $AC = \dfrac{20 \times 1}{5} = 4$ pas.

▶ **3.** Le triangle ACE est rectangle en A donc, d'après le théorème de Pythagore, on a :

$AC^2 + AE^2 = CE^2$

$4^2 + 20^2 = CE^2$

$16 + 400 = CE^2$

Donc $CE = \sqrt{416} \approx 20{,}4$ pas.

Un pas a une longueur de 65 cm donc $CE \approx 20{,}4 \times 65 = 1\,326$ cm.

Au décimètre près, CE = 13,3 m.

▶ **4. a)** Le bâton parcourt 13,3 m en 5 s, donc sa vitesse moyenne vaut $V = \dfrac{13{,}3}{5} = 2{,}66$ m/s.

La vitesse moyenne du bâton est de 2,66 m/s.

b) En 1 seconde, le bâton parcourt 2,66 m, soit 0,00266 km.

Donc en 1 heure, il parcourt $0{,}00266 \times 3\,600 = 9{,}576$ km.

La vitesse moyenne du bâton est de 9,58 km/h environ : la vitesse moyenne est bien inférieure à 10 km/h.

EXERCICE 2

▶ **1.** La bonne réponse est la réponse A.

Le motif 1 a été glissé de 3 carreaux vers la droite et 1 carreau vers le bas, il s'agit d'une translation.

▶ **2.** La bonne réponse est la réponse B.

On repère la valeur 2 sur l'axe des ordonnées et on trace une droite horizontale qui coupe la représentation graphique de g en un point. On lit l'abscisse de ce point : c'est l'antécédent de 2. On a alors $g(1) = 2$.

▶ **3.** La bonne réponse est la réponse B.

$f(3) = 3 \times 3^2 - 7 = 3 \times 9 - 7 = 27 - 7 = 20$.

▶ **4.** La bonne réponse est la réponse B.

On ordonne les valeurs de la série selon l'ordre croissant :

3,41 ; 3,7 ; 4,01 ; 4,28 ; 4,3 ; 4,62 ; 4,91 ;

5,15 ; 5,25 ; 5,42 ; 5,82 ; 6,07 ; 6,11

La médiane est la valeur centrale : 4,91.

RAPPEL
La médiane est une valeur qui partage la série ordonnée en deux parties d'effectifs égaux.

SPRINT FINAL

▶ **5.** La bonne réponse est la réponse C.

$\dfrac{7,5}{2,5} = 3$ donc on obtient les longueurs du triangle BUT en multipliant celles de LAC par 3. On doit donc multiplier l'aire du triangle LAC par $3^2 = 9$ pour obtenir l'aire du triangle BUT.

EXERCICE 3

▶ **1. a)** La bonne réponse est la proposition 3.

Les autres décompositions contiennent des nombres qui ne sont pas premiers : $9 = 3 \times 3$; $21 = 3 \times 7$.

a) Par divisions successives :

156	2
78	2
39	3
13	13
1	

Donc : $156 = 2^2 \times 3 \times 13$.

> **REMARQUE**
> Avec 36 paquets, il resterait 12 cartes type « terre » inutilisées.

▶ **2. a)** $252 \div 36 = 7$ et $156 \div 36 \approx 4,3$ donc elle ne peut pas faire 36 paquets.

b) La collectionneuse veut utiliser toutes les sortes de cartes, donc on doit chercher un diviseur commun à 252 et 156.

Puisqu'elle veut un nombre maximal de paquets, on cherche le plus grand diviseur commun à 252 et 156.

Elle peut donc faire $2^2 \times 3 = 12$ paquets au maximum.

c) $252 \div 12 = 21$ et $156 \div 12 = 13$.

Il y aura alors 21 cartes « feu » et 13 cartes « terre ».

▶ **3.** Il y a 156 cartes « terre » sur un total de 408 cartes.

Donc, la probabilité de tirer une carte « terre » est de : $\dfrac{156}{408} = \dfrac{12 \times 13}{12 \times 34} = \dfrac{13}{34}$.

> **RAPPEL**
> Donne les probabilités sous forme de fractions irréductibles.

EXERCICE 4

▶ **1.** L'aire d'un carré de côté x vaut x^2.

▶ **2.** Aire(rectangle) $= L \times l = (x+7)(x-3) = x^2 - 3x + 7x - 21$

Aire(rectangle) $= x^2 + 4x - 21$.

▶ **3.** Ligne 5 : « ajouter 4 * x à R ».
Ligne 6 : « ajouter – 21 à R ».
Ligne 7 : « L'aire du rectangle est R ».

▶ **4.** Remplaçons x par 8 dans le programme (ou dans la formule) :
$8^2 + 4 \times 8 - 21 = 64 + 32 - 21 = 75$.
Donc en prenant 8 comme nombre de départ, le programme annonce 75.

▶ **5.** On doit résoudre l'équation :
Aire(rectangle) = Aire(carré)
$x^2 + 4x - 21 = x^2$
$4x - 21 = 0$
$4x = 21$
$x = 21 \div 4 = 5{,}25$
Il faut donc prendre 5,25 comme nombre de départ pour que les aires soient égales.

EXERCICE 5

▶ **1.** Dans 1 journée, il y a 24 heures. Dans chaque heure, il y a 3 600 secondes. Il y a donc 86 400 secondes dans une journée.
Puisque 1 goutte tombe toutes les secondes, il tombera 86 400 gouttes en 1 journée.

▶ **2.** On utilise un tableau de proportionnalité pour calculer le volume d'eau tombé en une journée :

Nombre de gouttes	20	86 400
Volume (mL)	1	x

Avec le produit en croix on obtient :

$$x = \frac{86\,400 \times 1}{20} = 4\,320 \text{ mL} = 4{,}32 \text{ L}$$

Donc le volume d'eau tombé en une journée est de 4,32 L.
Donc le volume d'eau tombé en 1 semaine est de $7 \times 4{,}32 = 30{,}24$ L.

SPRINT FINAL

▶ **3.** L'intérieur de la vasque est un cylindre de rayon $r = 40 \div 2$ et de hauteur $h = 15$, son volume est :

$$V(\text{cylindre}) = \pi \times r^2 \times h$$
$$= \pi \times 20^2 \times 15$$
$$= 6\,000\pi$$

Soit $V(\text{cylindre}) \approx 18\,850$ cm^3, c'est-à-dire environ 18,85 L.

ATTENTION !
Pense à diviser le diamètre par 2 pour avoir le rayon.

▶ **4.** D'après les questions précédentes, le volume de la vasque (18,85 L) est inférieur au volume d'eau perdu par la fuite en une semaine (30,24 L).

Donc l'eau va déborder.

▶ **5.** Le pourcentage de diminution de la consommation d'eau, arrondi à l'unité, vaut :

$$\frac{\text{valeur de la diminution de la consommation}}{\text{consommation initiale}} \times 100 = \frac{165 - 148}{165} \times 100 \approx 10.$$

La consommation quotidienne d'eau par habitant a baissé d'environ 10 % entre 2004 et 2018.